NO오븐 베이킹의 모든 것 콩지의

착한 베이킹

NO 오븐 베이킹의 모든 것

콩지의 착한 베이킹

지은이 | 박현진

발행일 | 초판 1쇄 2008년 6월 23일
　　　　초판 14쇄 2014년 11월 20일

발행처 | 멘토press

발행인 | 이경숙

출력 | 동신인쇄

인쇄·제본 | 한영문화사

등록번호 | 201-12-80347 / 등록일 2006년 5월 2일

주소 | 서울시 중구 충무로 2가 49-11 태광빌딩 302호

전화 | (02)2272-0907　　　팩스 | (02)2272-0974

E-mail | memory777@naver.com

ISBN 978-89-958552-9-4 03810

NO오븐 베이킹의 모든 것 콩지의

착한 베이킹

박현진 지음

멘토 press

머리말

안녕하세요. 콩지입니다.

블로그에서만 뵙다가 이렇게 책을 통해 인사를 드리게 되니 왠지 모르게 가슴이 설레네요. 맨 처음 우유찐빵을 시작으로 간식거리나 몇 개 만들어 보고자 가볍게 시작했던 베이킹이 이렇게까지 많은 분들의 사랑을 받게 되고 또 책까지 쓰게 되니 벅찬 가슴 감출 길이 없습니다. 불과 얼마 전까지만 해도 빵, 과자, 케이크 등을 제과점에서 사먹는 것을 그저 당연한 일로 여겼고 집에서 직접 만들어 먹는 홈 베이킹이라는 개념이 생겨난 지는 얼마 되지 않았다고 하네요. 집에서도 직접 맛있는 빵을 만들 수 있다는 매력 때문에 이러한 홈 베이킹은 현재 많은 분들의 호응을 얻고 있고 앞으로 그 규모는 더욱더 확대될 것으로 생각됩니다. 이런 추세에 발맞춰 서점에 가면 홈 베이킹에 관한 자료들을 손쉽게 접할 수 있고 그러한 책자들은 대부분 오븐을 이용한 것이다 보니 이제 집에 오븐 하나 들여놓는 것은 그리 어색한 일이 아닌 것 같습니다.

베이킹의 매력에 사로잡혀 부푼 꿈을 안고 큰맘 먹고 장만한 고가의 오븐. 하지만 막상 사용할라치면 의외로 사용이 까다롭고 작동 중 발생하는 열 때문에 공간확보 면에서도 곤란한 경우가 많다고 하더군요. 물론 전기요금에 대한 압박도 무시 못 하겠지요. 게다가 처음 생각과 달리 맘만 먹으면 쉽게 될 줄 알았던 베이킹이 뜻대로 되지 않기라도 하는 날엔 점점 오븐 사용횟수는 줄어들게 되고, 그러다 어느 순간 그저 주방의 액세서리처럼 방치되는 경우가 많은 것 같습니다. 먼지 쌓인 오븐을 볼 때마다 왠지 한번쯤은 사용을 해줘야 할 것 같고 그렇다고 밥통에 밥 안치듯 쉽사리 되는 것도 아니고 이런저런 부담감으로 오븐은 결국 먹다 남은 딱딱한 식빵조각이나 구워먹는 천덕꾸러기 신세가 되는 경우를 종종 접하곤 합니다. 우리의 주식이 밥 대신 빵이 되지 않는 이상 베이킹은 아무래도 세 끼 밥 먹듯 자주 이루어지기보다는 주말이나 시간적 여유가 있을 때 가끔씩 행해지는 경우가 대부분입니다. 바로 이럴 때 장비에 대한 부담 없이 프라이팬이나 밥통을 이용하여 언제든 쉽고 다양한 베이킹을 할 수 있다면 얼마나 좋을까요?

훗, 이제 걱정 마세요.

어느 집에나 구비되어 있는 다양한 주방도구들을 이용한 '콩지의 NO 오븐 베이킹'이 있으니까요.

콩지의 레시피는 오븐이 필요하지 않을 뿐 아니라 대부분 주변에서 쉽게 구할 수 있는 사용도구와 재료들 위주로 사용했다는 점에서도 베이킹에 대한 두려움을 한 단계 낮췄답니다. 그리고 무엇보다 레시피가 아주 쉽고 간단하기 때문에 초보자들도 누구나 쉽게 따라할 수 있다는 것이 최대 장점이 아닐까 생각합니다. 오븐을 구입하신 후에 작별인사를 고하고 가셨던 분들이 "어딜 가도 콩지님만한 레시피가 없네요." 하면서 다시 찾아주시는 것을 뵐 때마다 저는 너무나 큰 감동과 용기를 얻는답니다.

그동안 혼자 베이킹을 익히면서 누구나 그렇듯 머릿속은 온통 궁금증 투성이었고 수없이 많은 방대한 자료들 앞에서 무엇을 어떻게 해야 하는지 막막하기만 했었지요. 누군가가 꼭 필요한 자료들만 한곳에 모아 알려주면 얼마나 좋을까 하는 생각이 수도 없이 들었지만 특별히 시간을 내서 학원을 다닐 수도 없는 상황이라 콩지에겐 흩어져 있는 자료들을 바탕으로 직접 경험으로 익히는 것만이 최선의 방법이었습니다. 그러던 중 지금까지 저를 포함해 수많은 사람들이 당연한 방법인 줄 알고 사용하고 있었던 내용들 중 의외로 잘못되고 불필요한 부분들이 많이 있음을 느끼게 되었고, 또 그것이 아무런 여과 없이 마치 복제되듯 일제히 같은 방법으로 사용되고 있는 것을 보면서 앞으로 직접 경험하지 않은 지식들은 그저 참조자료일 뿐 무조건적인 신뢰의 대상은 아니구나, 하는 것을 깨달았지요.

이 책에서 콩지가 말하고 있는 대부분의 정보들은 비록 사소할지 모르나 직접 경험을 통해 확신있게 얻은 것들입니다. 철저히 아마추어인 입장에서 그저 이미 존재하는 내용들을 아무런 검증 작업 없이 이렇다 저렇다 단언한다는 것이 어쩐지 옳지 않다는 생각이 들었거든요. 물론 아직도 부족한 것이 많고 알고 싶은 것들도 몸살이 날 정도로 많지만 적어도 지금까지 콩지가 습득한 모든 것을 담으려고 애썼습니다. 아무것도 모르고 베이킹에 덤벼들었던 그때 가장 필요한 것이 무엇이고 알아야 할 내용이 무엇이었던가를 떠올리며 내 스스로가 독자의 입장이 되어 최대한 유용한 자료들을 담으려고 최선을 다했습니다. 필요한 자료들을 찾아 여기저기 헤맬 필요 없이 이 책 한 권으로 충분한 만족감을 얻을 수 있도록 알차게 꾸미려고 노력했고, 겹치지 않게 최대한 다양한 레시피를 담기 위해 수십 번의 수정을 통해 레시피를 엄선했습니다.

또한 따라하기 쉽도록 최대한 본문 구성에 통일성을 기했으며, 많은 내용을 한눈에 보고 쉽게 찾을 수 있도록 목차 부분에 특히 많은 신경을 썼습니다. 부족한 능력으로 어렵게 작업한 만큼 콩지의 이러한 사소한 손길이 여러분들께 얼마나 잘 전달될지 모르겠지만, 베이킹을 원하는 많은 분들이 언제든 펼쳐놓고 부담 없이 볼 수 있고 간지러운 곳을 속 시원히 긁어 주는 통쾌하고도 유용한 자료가 될 수 있기를 가슴 깊이 소망합니다.

베이킹은 콩지에게 있어 개인적으로 또 하나의 특별한 의미를 갖는답니다. 젊은 나이에 할머니와 함께 병원과 방 안에서만 8년을 넘게 보내고 있는 딸을 늘 근심어린 눈빛으로 멀리서 지켜보고 계시는 엄마와 주변분들께 이제 그 마음의 짐을 조금은 덜어드릴 수 있는 좋은 선물이 될 수 있을 것 같기 때문이지요.

특히 내 고집에 못 이겨 결국 시어머니께 딸을 양보해 주신 엄마!

할머니로부터 받은 평생의 은혜를 갚을 기회를 주신 것에 대해 다시 한번 진심으로 감사드리고 또 죄송하다는 말씀 드립니다. 그리고 그동안 말은 안 했지만 나와 할머니가 부르면 열일 제쳐 두고 언제든지 한걸음에 달려와 주는 오빠와 동생에게도 항상 고마운 마음 전합니다.

그밖에도 고마우신 분들이 참 많은데요, 애를 둘이나 키우느라 힘이 들텐데도 불구하고 내 뜻이 보기 좋다며 맛있는 거 사먹고 힘내라고 매달 용돈을, 그것도 바쁘면 깜빡한다면서 아예 자동이체를 시켜버리는 호탕함을 기꺼이 베풀어준 대학선배 효정언니에게도 진심으로 감사하다는 말씀 전하고 싶습니다. 그리고 콩지에게 이런 좋은 기회를 마련해 주시고 또 일에 방해될까봐 전화도 마음껏 못 하시고 안부를 쪽지글로 남겨주는 배려까지 보여주신 멘토 사장님께도 감사드리고, 무엇보다 지금까지 야박하리만큼 신상공개를 꺼려온 그저 익명의 한 존재에 불과한 콩지라는 인물을 변함없이 사랑해 주시고 응원해 주신 '콩지의 음식발기'의 모든 이웃 여러분들께도 진심으로 감사하다는 말씀을 전합니다.

끝으로 저에게 베이킹에 대한 소질을 발견할 수 있는 기회를 주신 것은 물론 세상을 살면서 진정한 '사랑'과 '행복'이 무엇인지를 진심으로 알게 해주신 할머니….

내 생애 최고의 선물,

당신을 영원히 사랑합니다.

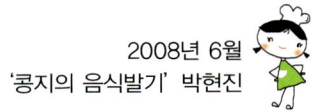

2008년 6월
'콩지의 음식발기' 박현진

1부 쿠키 Cookie

3부 빵 Bread

4부 파이 pie & 타르트 torte

5부 조금 덜 나쁜 베이킹 NO 버터, NO 화학 팽창제

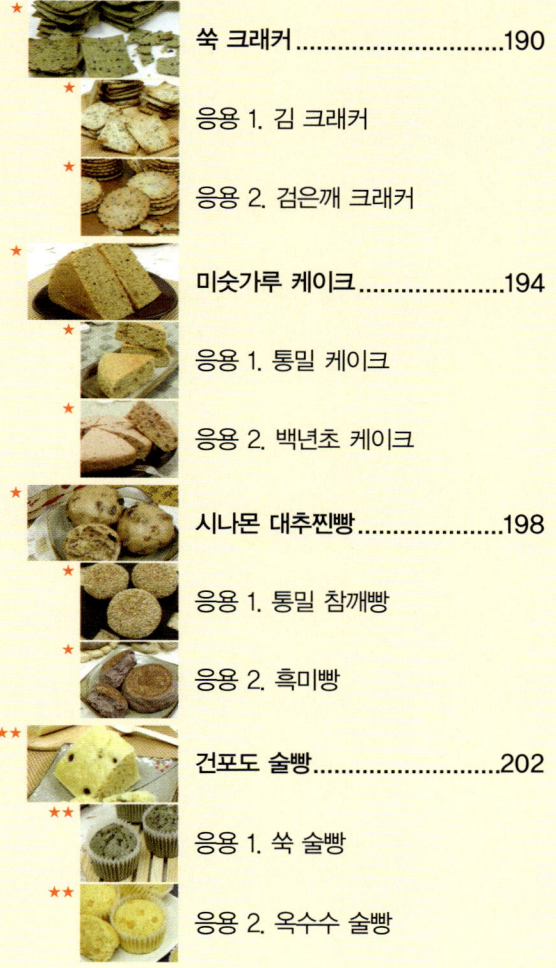

6부 조금 특별한 베이킹

7부 자연을 닮은 베이킹

8부 시판제품 따라하기

9부 간식 & 디저트

할머니를 위한 간식거리 '찐빵'에의 도전
'NO 오븐 베이킹'의 혁명을 가져오다

콩지의 모든 것

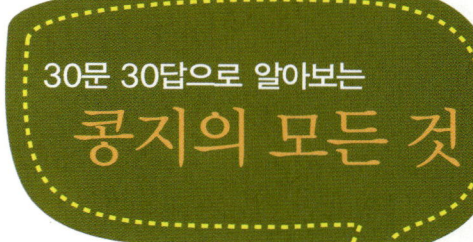

30문 30답으로 알아보는
콩지의 모든 것

❶ **이름** … 박현진

❷ **혈액형** … O형

❸ **신체 사이즈** … 158cm/53kg

❹ **좌우명** … 위기를 기회로!

❺ **나를 한마디로 표현한다면?** … 일단 깃대를 꽂으면 미친 듯이 질주하는 작달막한 생물체

❻ **좋아하는 색, 도형, 꽃, 동물** … 빨강과 연두, 별, 해바라기, 개

❼ **좋아하는 음식** … 번데기 빼고 뭐든지

❽ **좋아하는 음악** … 4/4박자의 듣기 편한 음악

❾ **좋아하는 영화** … 유쾌物, 판타지(공포物은 예고편도 안 봄)

❿ **좋아하는 만화** … 보노보노

⓫ **좋아하는 운동** … 볼링

⓬ **재미있게 읽은 책** … 《카스테라》, 《삼미 슈퍼스타즈의 마지막 팬클럽 (박민규 著)》

⓭ **주량** … 소주 1병 정도?

⓮ **이상형** … 몸도 마음도 건강한 사람, 그리고 늘 함께하는 사람

⓯ **잠버릇** … 코곯이無, 이갈이無, 침흘림無, 머리가 다소 산발

⓰ **거울을 본 후 느낌** … 것참, 이만한 게 다행이다.

⓱ **자신 있는 신체부위** … 밀도 높은 뼈다구?

⓲ **당신의 건강 상태는?** … 극심한 생리통을 제외하고는 대략 양호

⓳ **내 장점** … 강인한 정신력?

⓴ **내 단점** … 생각이 너무 많다

㉑ **자신이 가장 존경스러울 때** … 결국 해내고 말 때

㉒ **자신이 가장 한심스러울 때** … 내 자신을 통제하지 못할 때

㉓ **가장 갖고 싶은 능력** … 혀를 내두를 만큼 뛰어난 언변

㉔ **스트레스 해소 방법** … 콧바람을 잔뜩 내뿜으며 매콤달콤한 떡볶이를 질겅질겅 씹어 먹는다

㉕ **현재의 고민** … 잘할 수 있을까?

㉖ **당신과 가장 잘 어울리는 단어** … 파이팅~!

㉗ **5년 후에 나는 어떤 모습일까?** … 현재에만 충실할 뿐…

㉘ **가장 공감하는 명언이 있다면?** … 부모를 공경하는 효행은 쉬우나 부모를 사랑하는 효행은 어렵다. – 장자

㉙ **성인이 되는 과정에서 느낀 점** … 나이를 먹는다는 건 많은 자신감을 필요로 하는 것 같다

㉚ **지금 누군가에게 하고 싶은 말** … 힘세고 오래가는 건전지를 다오!!

베이킹을 하게 된 계기
– 할머니 없이 나는 아무것도 아니다

"어떻게 오븐 없이 베이킹을 할 생각을 하셨나요?"
이것은 콩지가 가장 많이 듣는 질문 중 하나.
우선 콩지와 베이킹의 인연을 얘기하자면,
할머니와 콩지와의 이야기를 언급하지 않을 수 없다.

어릴 적 시골에서 자란 나는 엄마 아빠는 농삿일로 늘 바쁘셨기 때문에 주로 할머니 손에 키워졌다. 그 당시만 해도 까마득한 옛날이라 지금은 상상도할 수 없을 만큼 힘들고 어려운 시골살이였지만, 우리 삼남매가 자라는 동안 할머니는 단 한 번도 우리에게 귀찮은 손짓, 언짢은 얼굴빛 한 번 보이신 적이 없으셨다.
어릴 때부터 유독 겁이 많았던 나는 밤에 쉬가 마려울 때마다 언제나 할머니를 깨워 화장실 밖에 세워두고 마치 영화 속 한 장면처럼 "할머니~ 거기 있지? 거기 있는 거지?"를 외쳐가며 매일 밤 할머니를 귀찮게 했고 그럴 때마다 할머니는 인상한 번 찡그리시는 일 없이 내 손을 잡아주셨다. 아무리 어린아이의 말이라도 항상따뜻하게 귀 기울여 주셨고 권위를 내세우거나 어른들의 그 흔한 훈계의 눈빛 한번보내신 적이 없으셨다.
이런 할머니의 자상함은 내 마음을 늘 따뜻하게 했고 학교를 갔다 와도 나는 무조건 할머니부터 찾았다. 들에서 일을 하고 계시면 기어이 책을 들고 가 할머니 옆에 펼쳐놓고 숙제를 했다. 손자들을 너무나 사랑하셨지만 그렇다고 극성스런 표현으로 우리를 부담스럽게 하신 적이 단 한 번도 없으셨다. 그저 따뜻한 눈빛과 부드러운 손길, 포근한 품만으로도 그 넘치는 사랑은 충분히 우리에게 전달되었으며 그 존재만으로도 세상의 모든 시름이 눈 녹듯 사라지게 하는 놀라운 능력을 가진 분이시다. 작고 왜소한 체구에선 언제나 알 수 없는 위엄이 풍겨 나왔고, 주변의 모든 사람들은 이런 할머니께 하나같이 정중하게 대했으며, 이런 할머니를 볼 때마다 나는 자신을 찍어내는 도끼에도 향을 묻힌다는 향기나무가 떠오르곤 한다.

할머니는 그렇게 모든 사람에게 향기로운 분이셨다.

어릴 때도 그랬지만 나이가 들고 철이 들어서도 신기하게 할머니와는 그 어떤 주제로도 의사소통이 원활했다. 할머니는 언제나 답답한 관습의 틀에 갇힌 사고방식이 아니라 열린 생각을 가지셨고 놀랍도록 현명한 판단력과 타고난 유머감각으로 늘 행복이 넘치는 만족감을 주셨으며, 이런 할머니와 함께 있으면 세상 그 어느 것도 필요치 않을 만큼 가슴이 가득 차올랐다. 우리 둘은 서로의 맘이 누구보다 잘 통했고 엄마도 시기할 만큼 친구처럼 친하게 지냈으며, 손을 잡고 길을 가면 '엄마'와 '딸'이 너무나 보기 좋다며 다들 한마디씩 던질 정도였고, 나는 할머니랑 닮았다는 그 말이 세상에서 가장 듣기가 좋았다.

그러던 어느 날 우리 가족의 버팀목이시자 할머니의 전부였던 아빠가 갑자기 세상을 떠나셨고, 그 누구와도 비교할 수 없을 만큼 큰 충격과 상처를 가슴에 품은 채 부쩍 늙어버리신 얼굴로 하루하루를 힘겹게 지내시던 할머니는 그로부터 5년 후 뇌졸중으로 쓰러지시고 말았다. 그 당시 작은 인테리어 회사에 근무하고 있던 나는 가슴이 무너져 내렸고 이것저것 두 번 생각할 것도 없이 모든 것을 팽개치고 할머니와 함께할 것을 결심했다. 그 연세에 견뎌내기 힘든 수술과 상상할 수 없을 만큼 수없이 많은 고통을 겪고 계시는 할머니를 보면서 나는 뼈가 녹아내리는 듯이 가슴이 아팠다. 하지만 할머니는 모든 걸 꿋꿋하게 이겨내셨고 극한의 고통 속에서도 의연함을 잃지 않으셨다. 그 모습을 보면서 할머니에 대한 사랑과 존경심은 더욱더 깊어만 갔고, 늘 내 가슴속에 아픔으로 박혀 계시던 그분은 어느덧 내 몸의 일부가 되어갔다. 퇴원 후에도 수시로 병원을 드나들면서 힘든 생활은 계속되었고 그렇게 8년이란 세월이 훌쩍 지나갔다.

할머니는 아직도 스스로 거동이 어려운 상태로 침상 생활을 계속하고 계시지만 지금은 컨디션이 많이 회복되셨다. 해맑게 웃고 계시는 할머니를 볼 때마다 나는 눈물 나게 감사하는 마음으로 하루하루를 보내고 있다.

하지만 얼마 전까지만 해도 수시로 상태가 나빠지셔서 응급실로 실려 가시는 일이 많았다. 할머니의 웃음 한 번에 세상을 다 얻은 것 같은 기분이 들다가도 힘들어하시는 얼굴을 보면 가슴이 발끝까지 내려앉으며 그야말로 하루에도 몇 번씩 천국과 지옥을 왔다 갔다 했다. 나는 지금까지 하루 24시간, 단 한순간도 할머니 곁을 떠나본 적이 없다. 그동안 몸도 마음도 말로 할 수 없을 만큼 힘들었지만 할머니 곁을 지키려는 나의 정신력은 상상 이상의 힘을 발휘하였고 할머니의 상태가 좋지 않을 때는 더욱 나를 강하게 이끌었다. 그러다 할머니께 안정이 찾아오는 순간, 안도의 한숨과 함께 쌓여 있던 긴장이 한꺼번에 풀리면서 머릿속에 이상하게 자꾸만 부정적인 생각들이 가득 차고 마음은 극도로 우울해졌다.

이럴 때마다 머릿속 잡념을 떨쳐버리고 마음을 다스릴 만한 뭔가가 필요했고, 손으로 하는 건 뭐든지 좋아했던 나는 스케치북에 이것저것 그림을 그리기도 하고 뜨개질도 하면서 스스로에게 최면을 걸어가며 마음을 진정시켰다. 그 중 단순한 작업이 끊임없이 반복되는 뜨개질은 마음을 비우고 머릿속 잡념을 떨쳐내기에 최고였지만 방바닥에 수북이 쌓여 있는 잔털들을 볼 때마다 할머니의 건강이 걱정되었고 결국 더 이상 뜨개질을 계속할 수는 없었다.

그러다 할머니의 건강이 점차 안정적으로 회복되어가면서 마음의 여유를 어느 정도 되찾게 된 나는 식욕도 좋아지고 이것저것 간식거리들을 만들어 보던 중 할머니가 좋아하시는 찐빵을 우연찮게 만들게 되었는데, 이것이 바로 지금의 '노 오븐 베

지인의 부탁으로 가장 공들여 만들었던 체게바라 니트
체격이 워낙 크기도 했지만 한줄 한줄 채워가느라 그야말로 눈알 빠질 뻔했다. 하지만 초 집중한 덕에 머릿속을 제대로 비울 수 있었음.

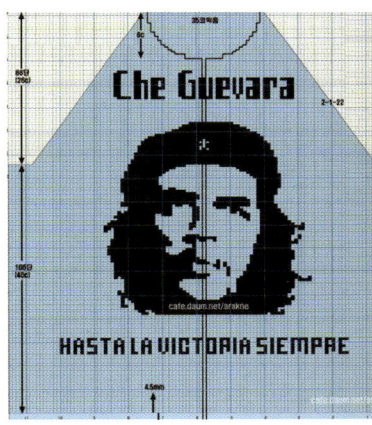

이것은 콩지가 직접 만든 도안
도안 그리는 것도 만만치 않은 작업이었다.

2002년 이놈 멀쩡할 때 재미로 그려 두었던 콩지의 '운동화'
한번 맘에 드는 건 끝까지 함께하는 습성을 가진 콩지, 이놈, 딱 10년 끌고 다녔다. 하지만 현재 뒤꿈치는 너덜너덜 발바닥엔 구멍이 슝~ 아쉽지만 이제 더 이상은 무리구나.

이킹'의 결정적 계기가 된 것이다. 이 사소한 찐빵 하나가 콩지에게 앞으로 어떤 결과를 가져다줄 것인가는 전혀 예상 못한 일이었다. 이것은 고통 속에서 피어난 한 떨기의 꽃과 같은 것이었다.

'NO 오븐 베이킹'의 출발!
– 그놈의 '찐빵' 때문에…

그런데 이 찐빵이 그저 찐빵으로 끝나지 않고 어떻게 해서 베이킹에까지 확대될 수 있었을까? 그것은 너무나 쉬워 보이는 찐빵이 콩지에겐 처음부터 그리 호락호락한 존재가 아닌 것에서 비롯되었다. 가벼운 마음으로 찜통에 찐 후 뚜껑을 열어봤을 때 빵빵하게 부풀어 있어야 할 녀석들이 우굴쭈굴 찌그러져 납작 주저앉아 있는 것이 아닌가.

"엥? 뭐지?"

첨엔 그저 대수롭지 않은 마음으로 웃으면서 다시 한번 시도. 그러나 결과는 실로 충격적이었다. 그것은 분명 봉긋하고 폭신한 '빵'이 아닌 납작하고도 쪼그라진 '떡'의 형상을 하고 있었다. 그 후로도 몇 번을 다시 시도했지만 계속해서 잔인한 떡의 충격을 맛봐야 했고 나중에는 찜통 뚜껑을 여는 것이 두려운 상황에까지 이르렀다. 아니, 럭셔리한 제과점 빵도 아니고 그 흔한 찐빵 하나 먹어보겠다는데 만들기가 이리 어렵다는 게 말이 되느냔 말이지. 콩지는 점점 호기심에 불탔고 찐빵은 어느새 먹기 위한 존재가 아닌 오로지 싸워서 이겨야 할 적이 되어 있었다.

그래 누가 이기나 보자. 내 기어이 원인을 밝혀내고 말 테다.

그리하여 이때부터 본격적으로 찌는 시간, 재료의 양, 넣는 순서 등을 달리해가면서 수없이 많은 실험에 들어갔다. 하지만 그때마다 결과는 대참패였다.

하, 도저히 모르겠다. 이젠 더 이상 테스트해볼 변수도 없다. 콩지의 승부욕은 더욱

불타올랐고 결국 인터넷 검색을 통해 밀가루란 녀석에 대해 공부를 하게 되는 상황에까지 이르고 만 것이다. 수없이 많은 자료들을 뒤적여본 결과 콩지는 그동안 한 번도 생각해보지 못했던 밀가루에 대한 놀라운 능력을 알게 된다.

그동안 밀가루, 쌀가루, 콩가루, 옥수수가루, 메밀가루 등등 가루는 그저 각기 다른 알갱이를 사용하기 쉽도록 고운 분말로 부숴 놓은 것일 뿐, 그 이상도 그 이하도 아닌 것으로 생각했었다. 하지만 밀가루에는 다른 가루들에서는 찾아볼 수 없는 특정 성분을 함유하고 있고, 그것이 물과 함께 섞이면서 특별한 성능의 물질을 만들어낸다는 사실을 알게 되었다.

내 속을 뒤집어 놓았던 문제의 떡 찐빵들
오그라지고 쪼그라지고 흐… 제대로 처참하다. 하지만 더욱 놀라운 것은, 맛은 무척 좋았다는 게!!

아, 그러고 보니 다른 가루들은 물을 붓고 뭉쳐 주면 한 덩어리로 뭉치기는 하나 흙 덩이처럼 쉽게 쪼개져 버리는 반면, 밀가루는 부서지는 것이 아니라 씹어 놓은 풍선껌처럼 길게 늘어지는 찰기를 가지고 있다는 사실이 새삼스럽게 떠올랐다.

그것은 바로 밀가루 속에 포함된 단백질 때문이다. 이것이 물과 만나면서 글루텐이라는 새로운 성분을 만들어내는데 손으로 주무를수록 끈기가 생기는 성질을 갖고 있다. 바로 이것이 빵을 부풀게도 하고 면을 쫄깃하게도 만드는 밀가루만의 독특한 성분인 것이다.

글루텐은 빵, 과자, 케이크의 맛과 모양을 결정하는 데 아주 중요한 역할을 하기 때문에 용도에 따라 치대는 정도를 달리하여 필요한 만큼의 글루텐을 생성시켜 주는 것이 관건이다. 바삭한 과자나 폭신한 케이크를 만들 생각이라면 끈기 없이 쪼개지는 느낌의 상태여야 하므로 최대한 글루텐 함량이 적은 밀가루(박력분)를 골라 최대한 적게 주물러 글루텐이 생성되는 것을 최소화시켜 줘야 한다. 바로 여기에 찐빵(찜 케이크)이 잘 부풀지 않는 열쇠가 숨어 있다. 아무 생각 없이 반죽을 너무 곱게 으깨는 과정에서 과다한 끈기가 생겨 떡처럼 뭉친 것이다.

우여곡절 끝에 탄생한 우유 찐빵
그렇지~ 바로 이거거덩!! 빵빵하고 폭신한 것이 이제서야 찐빵답구나~
이 세상에 쉽게 이루어지는 것은 하나도 없다는 것을 뼈저리게 알게 해준 녀석이라고나 할까.

이와는 반대로 글루텐을 일부러 많이 생성시켜 주는 경우도 있는데 발효빵이 대표적인 예이다. 글루텐은 가스를 보유할 수 있는 힘이 있기 때문에 글루텐 함량이 가장 높은 밀가루(강력분)를 골라 최대한 많이 치대서 글루텐을 최대로 많이 생성시

수세미로 알아보는 빵조직
수세미를 자세히 보면 강력분과 박력분의 차이를 쉽게 이해할 수 있다. 초록색의 거친 부분은 강력분을 이용해 글루텐을 최대화시켜 만든 발효빵 조직과 유사하고, 노란색 부분은 박력분을 이용해 글루텐을 최소화시켜 만든 스펀지케이크나 쿠키 조직과 유사한 모습을 하고 있다. 초록색 부분처럼 찢어지는 식감을 원할 땐 강력분을, 노란색 부분처럼 부드럽게 바스라지는 식감을 원할 땐 박력분을 이용해 베이킹을 해주면 되는 것이다.

켜 주면 이스트에 의해 반죽이 부풀면서 사이사이에 공기층이 확보되어 그만큼 폭신하고 부드러운 빵이 되는 것이다. 그래서 빵의 식감은 쿠키나 케이크처럼 부서지는 것이 아니라 끈기를 갖고 찢어지는 것이다.

찐빵의 실패 덕분에 이처럼 많은 사실들을 알게 되었고 나는 점점 밀가루란 녀석에 대해 묘한 매력을 느끼게 되면서 급기야 베이킹에까지 관심을 갖게 된 것이다.

쿠키부터 구워 보자
– 프라이팬과의 한판 승부!

밀가루에 대해 이토록 재미있는 사실을 알게 된 이상 그저 신기하구나 하고 감탄으로만 끝내기엔 너무 아쉬운 생각이 들었다. 몇 가지 레시피들을 살펴보니 베이킹이 생각보다 그리 어려운 것 같진 않아 보였다. 그러나 늘 이런 자신감을 단번에 무너뜨리는 한마디가 있었으니, 그것은 맨 마지막에 너무나도 천연덕스럽게 쓰여 있는 '180도 오븐에서 10분간 구워 주세요' 란 글귀.

아… 너무나 당연하게 적혀 있는 그 글귀 한 줄이 어찌나 야속하던지. 어떨 땐 약이 오르기까지 했다. 레시피가 쉽고 간단할수록 그 아쉬움은 더욱 컸다. 그러던 중 뭔가 방법이 없을까 궁리하다가 우연히 오븐 없이 팬 쿠키 만드는 방법을 발견하게 되었고 반가운 마음에 나 역시 따라해보지 않을 수 없었다. 그런데 사용되는 부속물들이 너무 많고 과정도 복잡하여 여러 가지 레시피에 두루 사용하기에는 무리가 있어 보였다. 하는 수 없이 다른 방법을 검색해봤으나 어찌 된 일인지 재료, 양뿐만 아니라 굽는 방법까지 마치 약속이나 한 듯 하나같이 모두 비슷했고 오븐 없이 쿠키를 굽는다는 것만 그 방법이 유일해 보였다. 그런데 곰곰이 생각해보니… 꼭 제과점 빵과 과자처럼은 아니더라도 날반죽이 익고 간만 맞으면 집에서 심심풀이로 먹을 수 있는 정도는 나와 주지 않을까? 내다 팔 것도 아니고.

나는 이런 단순한 생각을 바탕으로 본격적으로 오븐 없는 베이킹을 연구하기 시작했다. 요는 간단하다.

'프라이팬에 반죽을 놓고 속이 익을 때까지 뒤집어가며 앞뒤로 타지 않게 구워 주면 된다.' 지금 생각하면 아주 쉬운 것 같지만 콩지는 이 단순한 방법을 찾아내고 모든 레시피에 일괄되게 적용시키고 또 확신을 갖기 위해 그야말로 수없이 많은 길을 돌아왔다.

우선 오븐처럼 과자를 굽기 위해서는 적정한 온도를 설정해 주는 것이 급선무였다. 하지만 가스레인지의 화력은 생각보다 강력했다. 가장 약한 단계인 '약불'을 이용해도 쿠키는 속이 익기도 전에 금세 바닥이 타고 말았다.

음… 관건은 불의 세기를 줄여 주는 것이군. 일단 프라이팬은 반죽이 타지 않도록 코팅이 두꺼운 것을 사용하고 최대한 열이 새어 나가지 못하도록 팬 뚜껑을 닫는 것은 기본조건. 그런 다음 화력을 줄이기 위해 팬 바닥에 호일을 두껍게 깔아보기도 했으나 아무리 두껍게 깔아도 달궈지는 데 시간만 조금 더 걸릴 뿐이지 낭비되는 호일에 비해 효율은 그다지 좋지 않았다.

결국 다른 방법을 찾아보기로 했다.

이번엔 아무것도 깔지 않은 채 팬 바닥에 곧바로 반죽을 놓고 약불에서 굽다가 어느 정도 시간이 지나면 불을 1분 정도 껐다가 켜주기를 반복하기도 하고, 무거운 프라이팬을 불 위로 한참을 들고 서 있기도 하면서 나름대로 여러 가지 방법을 시도해보았다. 그랬더니 이번엔 제법 잘 구워진 과자가 나와 주었다. 일단 만족스런 결과물에 기쁘긴 했지만 쿠키 하나 굽기가 이렇게 힘들고 복잡해서야 이런 방법을 누구에게 권한단 말인가.

실용성이 너무 없어 탈락.

보다 보편적이고 표준화된 과정이 필요했다.

그런데 화력을 줄인답시고 팬을 불에서 들어 올려 한참을 들고 있노라니 어깨도 아

초창기 쿠키 굽는 모습
은박 호일을 깔고 받침대를 두 개 겹치고… 요리조리 다양한 시도를 해보고 있는 중. 쿠키를 굽는 데 큰 문제는 없었으나 받침대를 겹치는 과정에서 오른쪽 화구를 사용할 수 없다는 불편함이 따른다. 특히 바쁜 식사준비 시간과 베이킹이 겹칠 때는 매우 난감.

프고 뭔가 좀 받칠 것이 없을까 생각하다가 갑자기 내 눈에 들어온 것이 있었으니 그것은 바로 옆 칸 화구 위의 받침대.

올커니, 오른쪽 받침대를 왼쪽 화구 위에 겹쳐 올리고 약불로 서서히 굽자 놀랍게도 이번엔 타지 않고 속까지 잘 익은 바삭한 쿠키가 만들어지는 것이 아닌가.

좋아 됐어. 바로 이거야!!

나는 가장 중요한 숙제를 해결한 것 같은 기분에 뛸 듯이 기뻤고 자신 있게 블로그에 선보이며 제법 다양한 빵과 과자를 구워 나갔다.

완벽을 위해 도전, 또 도전
– 프라이팬에 이어 생선 굽는 그릴까지!!

그런데 얼마 후 예상치 못한 문제가 발생했다.

나는 가스레인지의 받침대는 모두 분리가 되는 것으로 생각했건만 전체가 통으로 연결되어 있는 경우가 있다는 것을 알게 되었다. 과자를 굽고 싶어도 그럴 수 없어 아쉽다면서 다른 방법이 없느냐는 질문을 주시는 이웃분들이 의외로 많았던 것이다.

아, 그렇구나. 그분들께는 아무리 좋은 레시피라도 무용지물이겠구나. 누구나 예외 없이 사용할 수 있는 방법은 진정 없단 말인가… 생각하고 생각하고 또 생각하고…. 그러다 갑자기 번뜩 생각난 것이 바로 불꽃 크기가 표시된 약불보다 더 작게 줄이는 방법이었다. 앗, 내가 왜 이 생각을 못했지?

현재 쿠키 굽는 모습
불꽃 크기만 줄여줬을 뿐인데… 군더더기 없이 깔끔한 작업이 가능해졌다. 특히 받침대를 겹칠 필요가 없기 때문에 양쪽 화구를 동시에 사용할 수 있게 되면서 요리와 베이킹을 함께 병행할 수 있는 것은 물론 많은 양의 베이킹도 가능해졌다.

이것은 분명 가스레인지를 요리에만 사용하면서 불은 늘 강, 중, 약 세 가지로만 사용한다는 고정관념에서 비롯된 편견임을 깨달았다. 오븐처럼 온도를 정확히 맞출 수는 없지만 이렇게라도 불의 세기를 직접 조절할 수 있다면 팬에 굳이 호일을 깔 필요도, 받침대를 겹칠 필요도 없이 그야말로 군더더기 하나 없이 프라이팬 하나만 있으면 누구든지 베이킹을 할 수 있는 깔끔한 작업이 가능한 것이다. 좋아~ 완벽해!!

이것은 정말 한번 마음먹으면 답이 나올 때까지 집요하게 물고 늘어지는 콩지의 셰퍼드 정신의 승리가 아닐 수 없다. 이렇게 해서 지금까지 계속해서 이 방법을 사용하여 수많은 레시피에 적용하고 있고 아직까지는 더 이상의 개선을 요하는 질문은 나오지 않고 있다.

하지만 콩지는 여기서 멈추지 않았다.

아무래도 가스레인지는 오븐과 굽는 환경이 다르다 보니 프라이팬으로 모든 오븐용 레시피를 섭렵하기란 한계가 있을 수밖에 없었다. 우선 윗불이 나오지 않기 때문에 먹음직스런 갈색을 표현할 수 없고 윗면까지 익히기 위해서는 뒤집어 줘야 하기 때문에, 윗면이 봉긋해야 할 빵이나 머핀 같은 경우 어쩔 수 없이 납작해지는 수모를 겪어야만 한다. 물론 집에서 간식으로 즐기기엔 모양이 큰 문제가 되진 않지만 콩지는 최대한 이런 효과까지도 표현해낼 수 있는 방법이 없을까를 생각하면서 과자를 굽고 반죽의 일부는 늘 새로운 시도를 하는 데 사용했다.

그러다가 그동안 장식용으로만 방치해두었던 가스레인지에 딸린 생선 굽는 그릴을 생각하게 되었고, 틈나는 대로 여러 가지 테스트를 해가면서 프라이팬과 함께 적절히 사용해본 결과 좀더 근사한 효과를 얻을 수 있는 방법을 터득했다.

생선 굽는 그릴은 오븐과 달리 불이 열선이 아닌 직화방식인데다 불을 아무리 작게 줄여도 천장높이에 한계가 있기 때문에 부피가 큰 것들보다는 반죽이 얇은 쿠키를 구울 때 주로 유용하게 사용할 수 있다. 프라이팬보다 굽는 방식이 오븐에 더 가깝기 때문에 불 조절만 잘하면 오히려 팬보다 훨씬 바삭하고 맛좋은 쿠키를 만들 수 있다. 게다가 빵이나 타르트처럼 덩치가 큰 녀석들의 경우에도 프라이팬에 바닥면

을 구운 후 그릴로 옮겨 가볍게 윗면을 구워 주면 모양과 색을 그대로 살린 좀더 근사하고 먹음직스런 외관을 표현할 수 있기 때문에 팬과 함께 적절히 병행해 주면 훨씬 근사한 베이킹을 할 수가 있다. 잘만 사용하면 제법 유용하게 쓸 수 있는 것이 바로 이 그릴이라는 도구이다.

그릴이기 때문에 가능한 효과
윗면이 봉긋한 쿠키, 울퉁불퉁 소보로
폼나는 크랙 효과, 상투과자의 주름

케이크는 밥통에!!
– 밥통에 밥만 하는 시대는 가라~

밥통 속에 케이크가 한가득
취사 완료음이 울린 후 밥통뚜껑을 열었을 때 하얀 쌀밥이 아닌 폭신한 케이크가 한솥 가득 들어 있는 것을 볼 때마다 그 탐스러운 풍성함에 짜릿한 쾌감을 느끼곤 한다. 밥통아~ 앞으로 내 너를 빵통이라 불러주마!!

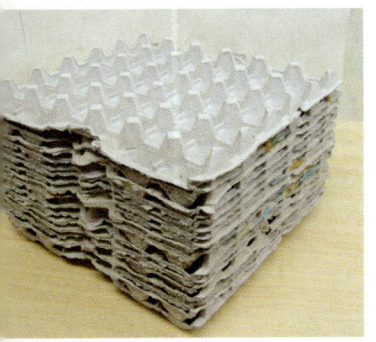

이번 책작업 하면서 소요된 계란판 수
우와~ 많기도 하다. 근데 저걸 누가 다 먹었지?

쿠키보다 굽는 과정이 훨씬 간편한 케이크의 경우 반죽만 완성하면 밥통에 붓고 그야말로 밥하듯 취사버튼만 눌러 주면 쉽고 간편하게 완성된다.

그런데 그간 콩지가 사용한 밥통 용량이 6인용이었기 때문에 10인용을 사용하시는 분들이 곤란함을 호소하였고, 콩지는 간단한 설문조사를 실시한 결과 10인용을 쓰시는 분들이 압도적으로 많다는 것을 확인한 후 책 집필을 위해 기꺼이 10인용 밥통을 새로 장만했다. 그동안 6인용 사이즈에 맞춰서 작업된 모든 레시피를 뒤로 하고 10인용에 맞도록 전부 새로 짜야 했기 때문에 생각보다 많은 시간과 에너지가 소모되었다.

게다가 케이크의 두께는 최소한 세 장으로 슬라이스 할 수 있는 높이가 나와 주어야 하고, 굽는 시간은 되도록 40~50분을 넘기지 않도록 하기 위해 참으로 많은 테스트를 거쳤다. 이때 쓰인 계란만 해도 무려 10판이 넘는다.

그냥 결과물이 나오는 대로 레시피를 작성하면 편할 것을 콩지는 왜 굳이 이런 쓸데없는 고생을 사서 하는 것일까….

그것은 불필요한 과정을 최대한 줄이고 이용자로 하여금 서로 다른 레시피들의 재료들을 상호 교환하여 보다 다양한 응용을 할 수 있도록 하기 위한 콩지 나름의 고집스런 삽질인 것이다. 더군다나 짧은 시간 동안 테스트와 레시피 작업을 모두 끝내야 했기 때문에 엄청난 심적 부담과 스트레스를 받아가며 어렵게 작업이 진행되었지만 다행히 만족스런 결과가 나와 주었고 그동안 몰랐던 사실도 많이 알게 되어 지금은 마음이 너무나 흡족하다.

누구나 처음은 있다
- JUST DO IT !!

사실 콩지에게 있어 베이킹은 문제의 그 찌그러진 찐빵이 처음이었고 베이킹을 해보신 분들은 잘 아시겠지만 굽는 것은 둘째치고 반죽을 완성하는 자체만으로도 상당히 어려운 일이다. 그런데 반죽법 마스터하랴 레시피 짜랴 여기에 굽는 방식까지 찾아내랴 그야말로 어찌나 힘들던지 지금 생각하면 어디서 그런 열정이 나왔는지 나조차도 의아할 정도다. 그때는 기본상식이 전혀 없었던 상태라 맨 처음 밀가루 치는 체를 고르는 데만도 몇날 며칠이 걸렸다.

가루들을 체에 치라는데 도대체 무슨 체를 말하는 건지.

시장에서 흔히 파는 그런 걸 말하는 건가? 아님 전용체가 따로 있나?

지금 생각하면 방산시장 가서 조언을 구하면 되었을 것을, 그 당시엔 그런 게 어디에 붙어 있는지도 몰랐기 때문에 아휴… . 누구에게 물어볼 사람도 없고 그야말로 답답하기 짝이 없었다.

방법은 무조건 아무거나 하나 사서 사용해본 후 불편한 점이 있거나 용도에 안 맞으면 바꿔보는 길뿐이었다. 편찮으신 할머니를 두고 외출을 자유롭게 할 수가 없었기 때문에 재료를 구하러 여기저기 돌아다닐 만한 상황도 아니어서 대부분의 재료와 도구들은 가까운 동네 수퍼나 시장에서 구입할 수밖에 없었다. 사실 이처럼 세련되지 못한 재료들 때문에 콩지의 작품들은 다른 분들에 비해 조금 촌스러운 것이 사실이다. 하지만 재료들이 간단하고 주변에서 누구나 쉽게 구할 수 있는 것들이다 보니 오히려 많은 분들께서 열광해 주셨고 의외의 반응에 콩지는 엄청나게 큰 용기와 자신감을 얻을 수 있었다.

누구에게나 그렇듯 처음이 어려운 법이다. 일단 무조건 부딪쳐가면서 하나하나 알아가고 그러다 여러 가지 재료와 도구들이 하나둘 갖춰지면서 어느 정도 실력이 쌓이자 나는 좀더 다양한 레시피에 도전하게 되었다.

수퍼에서 생긴 일
– 저, 결혼 안 했어요~

재미있게도 아이디어의 상당부분은 동네 수퍼마켓에서 이루어지는 경우가 많았다. 수퍼에 들를 때마다 반드시 빵, 과자, 아이스크림 코너에 들러 원료설명과 포장지의 제품 사진을 살펴보고, 맛도 보고, 요리조리 분해도 해가면서 여러 가지 아이디어를 얻을 수 있었고, 그 덕에 제법 다양한 작품들이 탄생되었다.

그런데 사흘이 멀다 하고 밀가루와 계란을 사다 나르는가 하면 과자봉지를 들고 뭔가를 유심히 들여다보고 있는 모습이 마치 아이에게 유해한 물질이라도 들었는지 꼼꼼하게 따져보는 애엄마처럼 보여서였을까.

"애기들 간식을 자주 만드나 보네."

"남편 출근하고 애기 학교 가고 나면 마땅히 혼자 해먹을 것이 없지요?^^"

등의 말씀을 하시며 나를 일말의 의심도 없이 애기엄마라고 부르시는 주인아주머니. 처음엔 굳이 해명 아닌 해명을 하는 것 같아 그냥 "네…" 하고 웃으며 넘겼으나 아주머니의 그 해맑은 표정의 질문은 그 후로도 계속되었고, 그때마다 입을 다물고 있는 것은 분명 아주머니께 죄를 짓는 것이 아니고 무엇이란 말인가.

나는 결국 커밍아웃을 선언한다.

"저, 결혼 안 했어요…."

아니나 다를까 당황한 아주머니는 놀란 표정으로 한동안 입을 다물지 못하시며 그대로 얼어붙어 계시다가 너무 미안하다며 어쩔 줄 몰라하시는 것이다. 이렇게 무안해하실까봐 그동안 대충 넘어갔던 것인데….

어쨌든 이 사건 이후로 아주머니와는 묘한 친밀감이 형성되었고, 나도 마음의 작은 짐을 내려놓은 것처럼 왠지 마음이 홀가분해졌던 웃지 못할 에피소드다.

실패를 두려워하지 말라, 위기를 기회로!
– 나의 목적은 먹기 위한 베이킹이 아닌, 알기 위한 베이킹!

블로그를 하다보면 "콩지님은 뭐든지 맘만 먹으면 뚝딱 만들어내시는 것 같아요. 비법이 뭔가요?" 라고 물어보시는 이웃분들이 종종 계신다.

부끄럽지만 감히 말씀드려보자면 그 첫 번째 비법은 바로 '실패를 두려워 말라'이다. 베이킹을 하다보면 누구나 실패의 쓴맛을 보기 마련이다. 그러나 비록 모양은 망가진다 하더라도 실패는 지금껏 몰랐던 정보를 알 수 있게 되는 좋은 기회다. 콩지의 경우에도 처음 만든 찐빵이 그렇게 찌그러지지 않았더라면 대충 두어 번 만들어 먹다 먹기 싫어지면 그것으로 싱겁게 끝나버렸을지도 모를 일이었다. 하지만 찐빵은 운명처럼 콩지 앞에 그토록 잔인하게 찌그러져 주셨고, 그 원인을 찾기 위해 공부를 하게 되면서 그것이 결국 이렇게까지 많은 지식을 얻게 해준 기회가 되고 말았던 것처럼 말이다.

기존의 레시피를 따라하다 보면 '왜 꼭 이 과정을 거치는 거지?' '생략하면 안 되나?' 하는 상황들을 자주 접하게 되는데, 대부분의 사람들은 괜한 짓했다가 결과물을 망치느니 궁금하지만 그냥 순순히 시키는 대로만 따르게 되는 것이 보통이다. 망가질 셈치고 한 번만 반항해보면 그 무엇과도 바꿀 수 없는 귀한 정보 하나를 알게 되는데 말이다. 물론 초보 적에는 정해진 레시피를 정확하게 따라야 하지만, 어느 정도 경험이 쌓인 후에도 이 무모해 보이는 도전을 굳이 하려는 사람들은 별로 없는 듯하다.

콩지는 사실 먹기 위한 베이킹이라기보다 알기 위한 베이킹을 하다보니 결과물보다는 만드는 과정에서 얻게 되는 정보들이 더 소중했다. 그래서 빵이야 어떻게 되건 말건 궁금한 것은 무조건 시도해봤다.

발효빵은 왜 꼭 2차 발효까지 시켜야 하는 거지? 1차까지만 해봐야지.

반죽에 기름을 꼭 넣어야 하나? 안 넣어 봐야지.

반항하는 크림치즈빵
크림치즈는 다른 재료들과 달리 열 받으면 쉽게 끓어오르기 때문에 반죽을 아주 꼼꼼하게 봉해주지 않으면 어떻게든 틈을 찾아 기어 나온다는 것을 여러 번의 경험을 통해 알게 되었다. 민감한 녀석 같으니라구!! 하지만 넌 너무 맛있어~

실수로 계란을 빼먹은 야채찐빵
초보시절, 재료혼합을 다 마친 후 뻑뻑해진 반죽 상태를 보고야 비로소 계란을 깜빡하고야 말았다는 사실을 알게 된 콩지빵에 계란을 안 넣으면 무조건 큰일나는 줄로만 알았다. 그러나 이번 실수로 재료 배합에 대한 두려움이 사라졌고 얼마든지 원하는 대로 조절할 수 있는 것이구나, 하는 용기를 얻게 되었다. 역시… 한 번 실수는 병가지상사인 것이야!!

재료 넣는 순서는 어떻게 정해지지? 하나하나 바꿔가면서 해봐야지…

등등 그야말로 무식한 방법으로 하나하나 직접 테스트 해가며 그 해답을 찾아갔다. 주변에 전문가가 있었다면 이런 힘든 작업을 굳이 할 필요 없이 한 토막의 대화만으로 쉽사리 좋은 정보들을 알아낼 수 있었을 것이다.

하지만 누구든 그런 여건이 되지 않는 이상 둘 중 하나를 택해야 한다.

뭔가를 만들 때마다 늘 같은 부분에서 브레이크가 걸리고 응용작업에 한계를 느낄 것인가, 아니면 눈 딱 감고 부딪쳐서 유레카를 외칠 것인가.

콩지는 선택의 여지 없이 후자 쪽을 택할 수밖에 없었다. 이 작업은 정말 힘들고 피곤한 일이었지만, 직접 경험으로 얻어진 정보들은 그 무엇과도 바꿀 수 없을 만큼 소중하고 값진 것이었고 다양한 레시피를 창작해내는 데 굉장히 중요한 밑거름이 되었다.

그리고 두 번째 비법은 바로 '실수를 두려워 말라' 이다.

"앗, 박력분 대신 강력분을 넣고 말았네?" "앗, 계란을 빼먹고 말았네?" 등 중요과정에서 행해지는 매우 어이없어 보이는 이런 실수들은 우리에게 더욱더 진화된 정보를 제공해 준다. 실수가 없었더라면 좀처럼 시도해보지 못했을 테스트를 자연스럽게 시도하게 되면서 중요한 사실을 덤으로 하나 더 알게 되니 말이다.

이처럼 실패와 실수는 베이킹 실력을 쑥쑥 늘게 해주는 대단히 운이 좋은 일인 것이다. 뜻대로 안 된다고 포기하지 말고 그 속에서 하나라도 건져보자는 마인드로 끝까지 최선을 다한다면 분명히 좋은 결과가 있을 것이라 생각한다.

'위기를 기회로!!'

이것은 콩지의 잠재의식 속에 늘 자리하고 있는 좌우명이기도 하다.

사람들은 내가 할머니로 인해 많은 것을 잃었다고 말을 할지도 모른다. 하지만 누구에게나 가슴속에 담아두는 가치의 기준이 다르듯 나는 그때 그 순간 나에게 가장 가치 있는 할머니를 선택했고 지금까지 그 생각은 일말의 흔들림도 없다. 그 선택이 틀리지 않았음을 증명이라도 하듯 나는 할머니로 인해 표현할 수 없을 만큼 수 없이 많은 값진 것들을 얻었고 누구보다 마음이 꽉 찬 사람이 되어가고 있음을 실 감한다. 베이킹 또한 할머니께서 내게 주신 좋은 행운 중 하나인 것이다. 사람이 무 엇을 하고 어떤 처지에 놓이든 주어진 환경에 최선을 다하고 진심으로 매순간을 대 한다면 위기는 얼마든지 곧 기회로 바뀔 수 있다고 확신한다.

노력의 대가代價
- 조금 고생하면 훨씬 건강해진다

솔직히 콩지는 밀가루, 버터, 설탕이 주재료인 베이킹을 열렬히 권하지는 않는다. 건강을 생각한다면 잡곡밥에 싱거운 반찬과 생선 그리고 신선한 채소와 과일을 먹 는 것이 훨씬 좋은 일이기 때문이다. 하지만 사람이 이 세상에 태어나 달콤함을 한 번 맛본 이상 밥만 먹고 산다는 것은 굉장한 절제력을 소유한 자가 아니고서는 도 저히 뿌리치기 힘든 유혹이라는 것은 부인할 수 없는 사실이다.

더구나 통제력이 약한 어린 아이들에게 몸에 해롭다며 먹지 말라고 해봐야 이미 피 자, 햄버거, 치킨 등 인스턴트의 유혹에 넘어간 아이들에게 더 이상 이런 논리는 효 력이 없다. 아이들은 집에서 못 먹게 하면 밖에 나가서 사먹어 버리면 그만인 일. 바로 이럴 때 사람보단 제품의 맛과 모양새가 우선일 수밖에 없는 이유로 인공 버 터, 설탕, 각종 첨가제가 듬뿍 들어간 시판 먹거리들보다는 유해한 물질을 최소화 하고 좋은 재료들로 직접 선별하여 만든 엄마표, 누나표 빵과 과자로 입을 막아 주 어야 한다.

한마디로 몸에 좋은 걸 먹인다기보다 최대한 덜 나쁜 것으로 더 나쁜 것을 차단시켜 주는 개념인 것이다.

지금 세상의 유혹을 맛볼 날이 점점 가까워지고 있는 어린 아이들을 기르고 계시는 분들이 있다면 태어나 처음 맛보는 과자가 첨가물로 얼룩진 시판 과자가 아닌 정성이 가득한 엄마표 과자가 될 수 있도록 미리미리 그 기술을 익혀 두자. 조금 덜 달고, 조금 덜 부드럽고, 조금 덜 예쁘면 어떤가. 투박하고 좀 못생겼어도 집안에 가득한 향만으로도 벌써 배가 부르고 갓 구워진 빵, 과자를 옆에서 집어먹는 맛이란 굳이 달콤하지 않아도 충분히 맛있는 것을.

그런데 직접 베이킹을 하다보니 우리가 흔히 먹는 먹거리들의 단맛과 부드러움을 내기 위해서는 생각보다 많은 양의 설탕과 기름이 들어간다는 것을 알게 되었다. 집에서 아무리 달지 않고 담백하게 만든다 해도 설탕 양을 줄이는 데는 어느 정도 한계가 있었고, 이런 점을 생각해볼 때 시중에서 파는 그 달콤한 것들에는 얼마나 많은 양의 설탕이 들이부어졌을까를 생각하니 다시 한번 경각심이 솟구친다.

하지만 판매용 과자들에는 설탕, 기름뿐만 아니라 그외에도 모양과 색과 식감을 최대화하고 보존성을 높이기 위해 수없이 많은 첨가물들이 들어갈 수밖에 없다. 제품 뒷면의 설명서를 보면 콩지의 레시피에서는 도저히 찾아볼 수 없는 엄청나게 많은 성분들이 깨알처럼 적혀 있는 것을 보면 짐작할 것이다. 겉으로 드러내 놓은 것만 해도 그 정도니 모든 성분을 다 표시하라고 하면 아마 아무도 사먹지 않을지도 모른다. 물론 약간의 대가만 지불하면 얼마든지 쉽고 간편하게 맛좋은 것들을 쉽게 구할 수 있다는 것만큼은 박수칠 만큼 편리한 것이 사실이다.

하지만 그만큼 우리의 건강을 담보로 잡혀야 한다는 거! 이런 사실을 조금만 생각한다면 진열대 위에 그토록 쉽게 손을 뻗지 않을 것이고 그동안 '그냥 돈 주고 하나 사먹고 말지 귀찮게 무슨 홈 베이킹이냐' 생각했던 분들도 더 이상 이러한 작업이 수고스럽게만 느껴지지는 않을 것이다.

무슨 일이든 일장일단은 있는 법. '건강'과 '편리함' 이 두 가지를 어느 정도 적절히 선택할 것인가는 각자의 몫이겠지만, 기꺼이 전자를 택하고 싶은 분들이라면 콩지의 잔소리에 귀 기울여 주실 것을 믿는다.

쑥 크래커
설탕 한 톨 안 들어갔지만, 그윽한 쑥향과 바삭한 고소함에 모두가 반한다. (190쪽 참조)

미숫가루 케이크
밀가루가 없어도 케이크가 된다. 12가지 곡물을 갈아 만든 100% 미숫가루 케이크. 당신을 최고의 건강 케이크로 임명합니다. (194쪽 참조)

콩지표 NO 오븐 베이킹의 의미
- 기존의 것과 무엇이 다른가

서점에 가면 오븐 없는 베이킹에 관련된 책자들이 간혹 있는 것을 보면 알 수 있듯이 지금까지 노 오븐 베이킹에 대한 시도는 꾸준히 있어온 것 같다. 하지만 오븐 없이 베이킹을 한다는 것은 어쩔 수 없는 한계가 있기 마련이고 그러다 보니 결국 오븐 베이킹의 거침없이 방대하고 화려한 자료에 밀려 절판되거나 아까운 자료들이 묻히고 마는 것 같다.

그러나 콩지가 소개하는 노 오븐 베이킹은 일부 레시피에만 국한되지 않고 베이킹 전반에 걸쳐 보다 본격적이고 체계적인 방식으로 이루어져 있다는 점에서 지금까지 소개된 방식들과는 분명 차이가 있다고 본다. 블로그에서 이미 수없이 많은 레시피들을 소개하였고, 또 많은 분들께서 호응해 주신 만큼 그저 개인적인 자료로 끝나는 것이 아니라 누구에게나 유용하게 쓰일 수 있도록 많은 연구와 노력을 거쳐 얻어낸 것들이기 때문이다.

무엇보다 오븐이 없이도 이처럼 광범위한 베이킹이 얼마든지 가능할 수 있다는 가능성을 제시하였다는 사실에 가장 큰 의미가 있다고 자부한다. 그리고 이러한 작업의 기회가 콩지에게 주어진 것에 대해 대단히 감사하게 생각하며 또한 굉장한 자부심과 긍지를 느낀다. 어떤 일에 그 영광의 첫발을 내딛는다는 것은 누가 봐도 가슴 벅차고 의미 있는 일이니까 말이다. 처음부터 어떤 포부를 갖고 시작한 것은 아니었다. 하지만 그저 매순간 새로운 것을 알아가는 것이 즐거워 계속했던 일이 어느 순간 고개를 들어보니 이처럼 의미 있는 일이었음을 알게 되었을 때 나는 뭔가 특별한 선물을 받은 것처럼 무척이나 기분이 좋았다.

할머니는 나의 힘!!
– 콩지라는 이름의 비밀을 벗긴다

문득 한 이웃분의 말이 떠오른다.

'오븐 없는 베이킹… 저도 계획하고 있었는데 콩지님이 먼저 시도하셨군요. 아쉽지만 앞으로 열심히 발전시키시길 바랄게요.' 라는 내용의 글이었다.

난 이 글을 보고 내가 정말 운이 좋구나 하는 생각이 들었다. 내가 만약 할머니를 따르지 않았더라면 빵 굽는 일은 그저 한가한 사람들이나 부리는 여유 정도로만 생각하고 살아갔을 것이고, 내 평생 지금처럼 많은 분들의 사랑과 관심을 받아보는 행운 따위는 꿈조차 꾸지 못했을 것이다. 그동안 베이킹에 빠져 할머니께 많이 소홀했는데 할머니는 내가 워낙 베이킹을 좋아하는 것을 보시고 내가 없을 때 오빠에게 조용히 이르셨다고 한다.

"우리 현진이 빵 만든다고 행여나 머시라고 허지 말어라이~ 나 땀시 젊은 청춘을 다 보내 브러서 보기만 해도 짠헌디 저 하고 싶은 것이라도 맘껏 하라고 가만둬."

하… 이런 할머니를 내 어찌 사랑하지 않을 수 있으랴.

빵을 완성하고 난 후에도 나는 늘 할머니께 들고 와서 자랑을 한다. 그때마다 할머니는 "와~~ 먹기도 아깝다. 우리 현진이는 뭣이든 재치지게 잘해~"라며 칭찬을 아끼지 않으셨고 나는 이러한 따뜻한 말 한마디에 힘든 것도 잊고 언제나 즐거운 마음으로 베이킹을 계속할 수 있었다. 그리고 이러한 할머니를 즐겁게 해드리는 또 하나의 일이 있는데, 그것은 바로 이웃분들이 남기신 따뜻한 덧글을 읽어 드리는 일.

"콩지님이 최고예요~" "대단해요~" "존경해요~" 등 찬사의 글을 읊을 때마다 할머니는 "아따~ 고마와라~" 하시면서 어찌나 감동하시는지 그런 모습을 보면서 나는 또 한번 굉장한 보람과 환희를 느낀다. 역시 칭찬은 언제 들어도 기분 좋은 일인 것 같다.

32년을 봐왔는데도 아침에 잠에서 깨어나서 보면 어제보다 한뼘 더 사랑스러워져

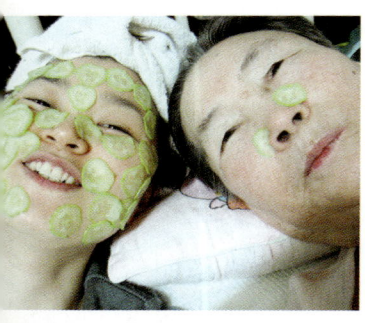

여든이 넘은 연세에도 불구하고 검버섯 하나 없이 깨끗하고 하얀 피부를 자랑하시는 할머니. 그 피부를 따라잡기 위해 열심히 마사지 중인 콩지. 얼굴에는 오이, 눈에는 콩깍지. 나는야 유기농 콩지~

있고 뽀얗고 하얀 그 얼굴이 어찌 그리 예쁜지 나는 할머니 볼에 내 얼굴을 아예 비비고 산다. 그래서 할머니는 나더러 다 늙은 노인이 뭐가 그리 좋으냐며 눈에 콩깍지가 씌어도 아주 단단히 씌었다며 우스갯소리를 하시곤 한다.

'콩지' 라는 이름도 바로 이 콩깍지에서 따온 말이다.

콩지의 똥고집!!
– NO 오븐 베이킹은 계속된다

"오븐에 구우면 되는 것을 왜 굳이 NO 오븐을 고집하시나요?"

다소 당황스럽긴 하지만 이것 또한 심심찮게 듣는 질문 중 하나다. 그렇다. 오븐에 구우면 맛도 모양도 훨씬 근사한 빵을 만들 수 있는 것을 콩지는 왜 굳이 힘들게 프라이팬이며 냄비며 밥통이며 이런 것들을 붙잡고 낑낑대는 것일까.

이유는 간단하다. 콩지는 오븐이 없기 때문이다.

앞으로 구입할 생각, 물론 전혀 없다.

콩지는 모든 베이킹을 오븐 없이 하라고 권하는 것이 아니다. 단지 오븐이 없는 입장에서 남들보다 조금 더 관심을 갖고 깊이 연구하게 된 후 같은 입장에 있는 사람들과 함께 자료를 공유할 뿐이다.

한마디로 그저 남들이 안 해본 새로운 분야라는 이유로 무의미하게 붙잡고 있는 것이 아니라 순전히 필요에 의해 자연스럽게 존재하고 있다는 얘기다.

아직도 배워야 할 것도 많고 도전하고 싶은 것도 많은 지금 콩지의 NO 오븐 베이킹에 대한 도전은 멈추지 않을 것이고, 아마도 전 국민이 오븐을 소유하고 더 이상의 존재 가치가 없어지는 그날까지 이러한 콩지의 똥고집은 계속될 것이다.

NO 오븐 베이킹에 대한 모든 궁금증이 풀린다.
준비가 철저하면 결과물도 만족스러운 법!!
성공적인 베이킹을 위해 이것만은 반드시 짚고 넘어가자구요^^

본격적인 베이킹에 앞서

알아둡시다

NO 오븐 베이킹의 모든 것

오븐이 없이 베이킹을 하기 위해서는 먼저 오븐을 대신할 만한 도구들이 필요하겠지요?
가장 대표적인 것으로 가스레인지와 전기압력 밥솥이 있고 때에 따라 찜통, 전자레인지, 생선 굽는 그릴도 유용하게 사용된답니다.
밥통과 전자레인지는 주로 케이크를 만들 때 쓰이는데
사용하는 데 있어 특별히 어려운 것은 없고
레시피를 따라 반죽을 완성하여 시간 설정만 잘해 주시면 누구나 쉽게 따라하실 수 있습니다.
반면 빵, 케이크, 쿠키를 모두 구울 수 있는 가스레인지의 경우
굽는 시간도 중요하지만 더욱 중요한 것은 바로 불꽃 크기의 조절입니다.
요리를 하는 경우에는 대부분 강, 중, 약 3단계로 조절해서 사용하면 되지만
베이킹을 하기 위해서는 레버에 표시된 '약불' 이하의 화력만을 사용합니다.
자, 그럼 구체적으로 어떻게 이용되는지 좀더 자세히 알아봅시다.

불조절이 포인트!

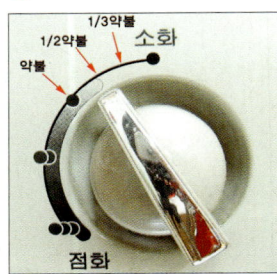

가스레인지의 화력은 레버에 표기된 '약불' 이하의 세기를 총 3단계로 나눠 사용하시면 되는데요,
빵을 구울 때는 표시된 **'약불'** 그대로를 사용하고 쿠키를 구울 때는 표시된 약불보다 불꽃 크기를 반으로 줄여 사용합니다(**'1/2약불'**). 그리고 냄비 케이크를 구울 때는 반죽양이 많기 때문에 1/2약불보다 더 작게 (**'1/3약불'**) 줄여 사용하셔야 합니다.
이 수치는 단순히 레버의 구간을 나눈 것이 아닌 실제 불꽃의 크기를 말하는 것이니 불꽃을 직접 보면서 레버를 서서히 돌려가며 화력을 조절해 주시기 바랍니다.
사용하는 가스레인지의 성능과 프라이팬의 종류, 불을 줄이는 크기에 따라 약간의 개인차가 있기 마련이지만 오 본도 그렇듯 몇 번 연습을 해보며 자신의 환경에 맞는 조건을 찾아내면 얼마든지 다양한 베이킹에 응용하실 수가 있답니다.

그렇다면 오븐과는 어떤 차이가 있을까요?

먼저 가스레인지와 밥통이 오븐과 가장 크게 다른 점은 바로 가열방식인데요, 오븐은 베이킹 전용도구인 만큼 바닥뿐만 아니라 천장에서도 불이 나오기 때문에 바닥과 윗면이 동시에 구워지면서 전체적으로 예쁜 갈색이 돌고 부풀어 오른 형태도 그대로 유지됩니다.
반면 가스레인지는 바닥에서만 불이 나오기 때문에 굽는 중간에 한번 뒤집어줘야 한다는 차이가 있습니다. 그러는 과정에서 윗면이 살짝 눌리게 되고 팬 바닥에 직접 닿는 부분을 중심으로 갈색이 돌기 때문에 우리가 흔히 접하는 제과점 빵, 과자와는 그 모양새가 조금 다르게 나오는 것이 사실입니다.
하지만 빵이 꼭 제과점 빵처럼 생기라는 법은 없지요. 오히려 고가의 장비에 대한 부담감도 없고 이러한 특성을 잘 이용하면 오븐에서는 나올 수 없는 프라이팬만의 개성만점 빵과 과자를 얼마든지 만들 수가 있답니다.
그리고 콩지의 모든 레시피는 오븐에도 그대로 적용이 가능합니다.
단, 굽는 온도와 시간은 오븐용 레시피를 참조하시기 바랍니다.

참고의 말씀!

온도와 시간 설정이 정확한 오븐과 달리 프라이팬 베이킹은 이 모든 것을 수동으로 직접 조절해야 하기 때문에 콩지의 방식이 반드시 절대적인 것은 아닙니다. 제시된 방법을 참조하여 자신에 맞는 소요 시간과 상태를 잘 메모해가면서 작업하시면 훨씬 효율적인 베이킹을 하실 수 있습니다.
그리고 가끔 프라이팬이나 밥통 사용이 워낙 친숙해서인지 베이킹을 너무 쉽게 생각하셔서 만드는 과정을 레시피대로 따르지 않고 임의대로 대충 만들다가 실패의 쓴맛을 보고 눈물로 호소하시는 분들이 의외로 많이 계십니다.
도구가 쉽다고 절대 베이킹까지 쉽게 생각해서는 안 됩니다. 굽는 도구만 다를 뿐이지 계량에서부터 반죽 완성까지는 오븐 베이킹과 마찬가지로 정확하게 그 절차를 지켜 주셔야 만족스런 결과물을 얻을 수 있다는 것을 꼭 명심해 주세요.

베이킹이 가능한 주방기구들

오븐 대신 사용할 수 있는 주방기구들을 총동원해보니 무려 6가지나 되는군요.
밥하고 국 끓이고 부침개만 되는 줄 알았던 녀석들이
과연 베이킹에는 어떻게 쓰이는지 좀더 자세히 살펴볼까요?

1. 전기압력밥솥

케이크를 구울 때 주로 사용합니다. 반죽을 붓고 시간 설정만 해주면 완성되기 때문에 중간 중간 상태를 점검할 필요 없이 간편하고 안전하게 케이크를 구울 수 있어요. 반드시 압력기능이 있는 것을 사용해 주시고 찜기능이 있으면 더욱 편리하답니다.
이 책에는 모두 10인용을 사용하였습니다.

2. 프라이팬

주로 쿠키와 빵을 구울 때 사용합니다. 타지 않고 속까지 잘 익을 수 있도록 코팅이 두꺼운 것을 선택해 주시고 코팅이 벗겨지지 않도록 조심스럽게 사용하셔야 오래 쓸 수 있습니다. 익어가는 과정을 눈으로 확인할 수 있도록 뚜껑은 반드시 투명한 것을 사용해 주셔야 해요. 뚜껑은 사이즈별로 별도 구매가 가능합니다. 크기는 한 번에 많은 양을 구울 수 있도록 약 28~30cm 정도 되는 것이 좋아요.
콩지는 30cm 팬을 사용하였습니다.

3. 냄비

전기압력밥솥뿐만 아니라 냄비에도 케이크를 구울 수 있어요. 케이크는 반죽 양이 많고 부피가 크므로 바닥이 타지 않고 속까지 잘 익을 수 있도록 바닥이 두꺼운 코팅 냄비를 사용해 주세요. 그리고 굽는 중간에 뚜껑을 열면 케이크 반죽이 가라앉을 위험이 있기 때문에 반드시 투명한 뚜껑을 사용하셔야 합니다. 그래야 뚜껑을 열지 않고도 불을 끌 시간을 알 수 있답니다. 또 굽고 난 후 케이크가 매끄럽게 빠져 나올 수 있도록 배가 볼록하지 않고 일자형인 것을 사용해 주시는 게 좋아요. 이 책에는 직경 18cm 코팅 냄비를 사용하였습니다.

4. 찜통

찜 케이크나 호빵, 술빵 등을 찔 때 사용합니다. 스팀을 이용해 단시간에 빵과 케이크를 만들 수 있다는 것이 최대 장점이랍니다.
사이즈는 큰 것을 사용해야 한 번에 많은 양을 찔 수 있어 편리해요. 뚜껑에 면보를 씌워 주면 찌는 도중 반죽에 물이 떨어지지 않는답니다.
콩지는 지름 26cm 찜통을 사용했어요.

5. 전자레인지

차가운 재료를 데우거나 간단한 부재료들을 만들 때 편리하게 사용됩니다. 커스터드크림이나 찹쌀떡을 만들 수도 있고, 딱딱한 버터나 크림치즈를 말랑하게 녹일 때도 사용되고, 불린 젤라틴을 녹일 때도 유용하게 사용될 뿐만 아니라 간단한 쿠키나 케이크를 만들 수도 있답니다. 하지만 수분이 지나치게 많이 빠져 나가기 때문에 프라이팬이나 밥통에 비해 맛과 모양이 떨어질 수 있으므로 모든 레시피를 전자레인지에 적용하는 것은 무리이니 되도록 해당 레시피를 따라해 주시는 것이 좋습니다.

6. 그릴

그릴은 대부분 천장에서 불이 나오기 때문에 오븐과 가장 비슷한 환경을 가지고 있지만 생선 굽는 용도에 쓰이다 보니, 천장이 매우 낮고 열선으로 가열하는 오븐과 달리 직화방식이기 때문에 화력이 너무 강해서 부피가 큰 베이킹을 하기에는 한계가 있습니다. 단, 쿠키를 구울 때 바닥면을 프라이팬에서 구운 후 팬에서 뒤집지 않고 그릴로 옮겨 약불로 타지 않게 살짝 구워 주면 오븐에서 구운 것처럼 색도 예쁘고 무엇보다 윗면이 눌리지 않기 때문에 모양이 훨씬 예쁘답니다.

사용예) 184쪽 애플파이, 270쪽 피자맛 토핑 쿠키

이런 도구들이 필요해요

★은 매우 필요한 도구입니다.

전자저울 ★

쿠키나 빵의 경우 소량만으로도 반죽의 질기가 달라지게 되어 원하는 결과물이 나오지 않을 수 있기 때문에 정확한 계량을 위해 1g 단위로 측정이 가능한 디지털 전자저울을 사용하는 것이 아주 중요합니다. 특히 초보일수록 전자저울은 성공적 베이킹을 위한 필수 도구라고 할 수 있답니다.

바늘저울

전자저울을 구입하기 부담스러울 때 임시방편으로 저렴하게 이용할 수 있어요. 대부분 10g 간격으로 눈금이 표시되어 있기 때문에 소량을 측정하기엔 다소 무리가 따릅니다. 베이킹을 꾸준히 하길 원하시는 분들이라면 처음부터 전자저울을 구입하시길 권합니다.

핸드믹서 ★

생크림이나 계란 거품을 쉽고 빠르게 낼 수 있게 해줄 뿐 아니라 재료들을 효율적으로 섞는 데 매우 중요한 도구입니다. 1~5단까지 속도 조절이 가능하고 버터를 부드럽게 풀거나 재료들을 혼합할 때는 중속, 생크림이나 계란 거품을 낼 때는 고속으로 휘핑해 줍니다. 굳이 반죽이나 다른 액세서리가 딸려 있는 것보다 거품날만 있는 것을 구입하셔도 사용하는 데 전혀 무리없답니다.

손거품기

핸드믹서가 없을 때 대신 사용할 수 있습니다. 버터 같은 덩어리나 뻑뻑한 재료를 섞을 때는 철사가 고정된 타원형 모양이 좋고 생크림이나 계란 거품을 낼 때는 스프링처럼 감겨 있는 것을 사용하시는 것이 좋답니다. 타원형에 비해 가볍고 탄력이 좋아 힘을 많이 들이지 않고도 핸드믹서 못지 않게 10분이면 단단한 거품을 올릴 수가 있답니다.

타이머 ★

프라이팬은 오븐처럼 시간설정 기능이 없기 때문에 일일이 시간을 메모해야 하는데 타이머가 있으면 훨씬 편리하고 정확하게 작업하실 수 있답니다. 타이머는 베이킹뿐만 아니라 요리할 때도 유용하게 쓰이기 때문에 콩지처럼 건망증이 심한 분들께 적극 추천합니다.

스텐볼 ★

스텐볼은 유리볼이나 플라스틱 볼에 비해 쉽게 깨지거나 흠집이 생기지 않아 반영구적으로 사용이 가능하고 뜨거운 물에 중탕도 가능하기 때문에 여러모로 유용하답니다. 스펀지케이크의 경우 가루를 섞을 때 동작을 크게 하여 주걱질의 횟수를 최대한 줄여야 하기 때문

에 입구가 26cm 정도로 큰 사이즈를 사용하시는 게 좋아요. 바닥이 볼록하거나 골이 져 있으면 재료 혼합이 효율적이지 못하므로 꼭 확인하고 구입해 주시고, 처음 사용하실 때는 거친 수세미로 테두리의 홈 부분과 볼 안팎을 힘껏 닦아 검은 쇳물을 깨끗하게 제거한 후 사용해 주세요.

고무주걱 ★

재료를 섞을 때나 반죽을 틀에 부울 때 남김없이 깔끔하게 긁어낼 수 있어 알뜰 주걱이라고도 부르는 고무주걱은 나무주걱과 달리 움직임이 유연하여 쿠키나 스펀지 반죽을 섞을 때 꼭 필요한 도구예요. 손잡이가 따로 분리되는 것은 재료를 섞을 때 잘 빠지기도 하고 무엇보다 홈에 반죽이 끼기 때문에 청결하지 않으므로 주걱과 손잡이가 통으로 연결되고 오래 써도 날 부분이 휘지 않는 실리콘 주걱을 구입하시는 것이 좋답니다.

계량스푼 ★

무게가 아닌 부피를 측정하는 도구로 소량의 재료를 계량할 때 편리하게 사용됩니다.
1T=1큰술=15cc=15ml 이고
1t=1작은술=5cc=5ml 입니다.
이 두 가지만 있으면 1/2에 해당되는 분량까지 모두 계량이 가능하므로 굳이 사이즈별로 모두 구입하실 필요 없답니다. 계량스푼은 밥숟가락과 용량이 전혀 다르므로 계량스푼 만큼은 반드시 구입하시는 것이 좋습니다.

체 ★

고운체와 거친체 두 가지가 있는데 망이 촘촘한 고운체는 밀가루나 기타 가루류를 체칠 때 사용하는 것으로 손잡이가 달리고 바닥이 둥근 것이 사용하기 편하답니다. 구멍이 좀더 큰 거친체는 장식용으로 쓸 카스테라나 앙금 등을 내릴 때 사용합니다. 장식용 슈거파우더나 코코아가루를 뿌릴 때는 별도로 작은 사이즈의 고운체를 이용하시면 편리해요.

식힘망

굳이 값비싼 베이킹 전용 식힘망을 구입하실 필요 없이 시장에서 쉽게 구입이 가능한 원통형체를 이용하시면 됩니다. 쿠키를 식힐 때도 편리하고 무엇보다 밥통케이크를 꺼내서 뒤집어 놓아도 깊은 홈이 생기지 않고 매끈한 표면을 유지할 수 있어 간격이 넓은 전용 식힘망보다 오히려 훨씬 유용하게 쓰인답니다.

타르트팬*

타르트나 파이를 만들 때 사용합니다. 바닥판이 분리되기 때문에 뒤집지 않고도 쉽게 내용물을 꺼낼 수 있어 편리해요. 프라이팬으로도 다양한 타르트를 만들 수 있기 때문에 하나 구입해 놓으시면 유용하게 쓰인답니다.
콩지는 21cm 3호팬을 사용하였습니다.

구겔호프팬

모양과 무늬가 독특해 특별한 장식 없이도 근사한 모양의 케이크나 빵을 만들 수 있답니다. 무엇보다 가장 늦게 익는 가운데 부분이 뚫려 있어서 많은 양의 반죽도 쉽게 익힐 수 있어 편리해요.
콩지는 16cm 2호팬을 사용하였습니다.

미니 파운드 틀

미니 식빵이나 파운드 케이크를 구울 때 사용됩니다. 우유팩을 이용할 수도 있지만 은박호일을 감싸는 것이 귀찮고 시간이 많이 걸리므로 전용틀을 사용하세요. 안쪽에 버터를 펴 바르거나 유산지만 끼워 주면 되기 때문에 훨씬 간편하게 사용할 수 있답니다.
사이즈는 15cm×7cm×6.5cm가 적당합니다.

원형팬

케이크나 롤빵을 구울 때 편리하게 쓰입니다. 하지만 같은 크기의 원형체에 은박호일을 깔고 구워도 되기 때문에 여유가 되는 경우 구입하시면 됩니다.
콩지는 18cm 2호팬을 사용하였습니다.

무스링*

무스 케이크나 고구마 케이크 등 익히지 않은 레어 케이크를 만들 때 유용하게 쓰이는 도구로, 바닥이 없이 테두리만 있기 때문에 내용물을 뒤집을 필요 없이 링만 위로 빼내 주시면 됩니다.
콩지는 18cm 2호 사이즈를 사용했습니다.

쿠키커터*

쿠키를 여러 가지 모양으로 찍어내는 틀로 다양한 모양이 있지만 그 중에서 콩지가 가장 추천하고 싶은 것은 양면 커터입니다. 스텐 재질보다 값도 싸고 두께가 얇아 깔끔하게 잘 찍히는 데다 무엇보다 가장 많이 쓰이는 하트, 주름, 별 모양이 모두 포함되어 있고 양면 크기도 다르기 때문에 굉장히 유용하게 쓰이는 제품이랍니다. 원형은 이쑤시개통을 이용하시면 좋아요.

빵칼, 스패큘러

굳이 고가의 전용 도구를 구입할 필요 없이 시장에서 쉽게 구할 수 있는 미니 빵칼이나 끝이 둥근 과일칼을 사용하시면 됩니다.

밀대

쿠키 반죽을 밀 때 쓰는 도구로, 없을 때는 반죽 위에 위생비닐을 덮고서 호일이나 랩을 다 쓴 후 남은 종이심으로 밀어줘도 된답니다.

베이킹컵*

미니 파운드 케이크나 머핀 또는 찜 케이크를 만들 때 필요한 도구로 안에 유산지를 끼우고 사용하면 두고두고 유용하게 쓸 수 있답니다.

유산지*

인체에 무해한 베이킹 전용 기름종이로 케이크 팬이나 베이킹 컵 안에 끼우고 반죽을 부으면 케이크를 쉽게 꺼낼 수 있고 팬 세척도 편리하답니다. 반드시 제과용 유산지를 사용하시고 문구점에서 파는 기름종이는 공업용이기 때문에 식품에 사용하시면 절대 안 됩니다.

짤주머니, 깍지

짤주머니 끝에 다양한 모양의 깍지를 끼우고 쿠키 반죽이나 생크림을 짤 때 쓰입니다. 천으로 된 것은 튼튼하므로 사용 후 세척해서 계속 사용해도 됩니다. 일회용으로 나온 비닐 짤주머니도 조금 약하긴 하지만 구멍만 안 나면 얼마든지 재사용이 가능하답니다.

위생비닐*

반죽이 마르지 않도록 덮어두거나 쿠키 반죽을 담아둘 때 굉장히 많이 쓰입니다. 크기는 25cm×30cm가 가장 적당하고 양쪽 테두리 부분이 입체적으로 접혀 있는 것보다 일자형으로 납작한 것이 편리합니다. 롤백의 경우 속에 든 종이심이 호일이나 랩보다 훨씬 크기 때문에 두 동강 내서 냉동된 쿠키 반죽을 보관할 때도 아주 유용하게 쓰인답니다.

밀가루의 모든 것

밀가루는 베이킹에 있어 없어서는 안 될 가장 중요한 재료로
모든 베이커리들이 각각 그 맛과 식감이 다른 만큼 한 종류의 밀가루를 일괄적으로 사용하는 것보다
각각의 용도에 적합한 밀가루를 사용하면 더욱 효과적이고 맛좋은 빵, 케이크, 쿠키를 만들 수가 있답니다.

1. 백밀가루

백밀가루는 밀의 거친 껍질과 씨눈을 제거한 후 부드러운 하얀 속살만 곱게 빻은 것으로 크게 강력분, 중력분, 박력분 세 가지로 나뉩니다. 이것은 밀가루 속에 들어 있는 단백질의 함량에 따라 분류한 것으로 그 중 가장 많이 차지하고 있는 글리아딘과 글루테닌이라는 단백질은 밀가루에 물을 넣고 주무르면 물과 결합하여 쫄깃거리는 성격을 가진 글루텐이라는 새로운 단백질을 만들어 냅니다.

글리아딘(점성) + 글루테닌(탄성) $\xrightarrow{\text{물}}$ 글루텐(점탄성)

바로 이 단백질의 함량이 많은 순으로 강력분, 중력분, 박력분으로 나누는 것이랍니다.
그럼 각각의 밀가루에 대해 좀더 자세히 살펴 볼까요?

강력분 (단백질 함량 : 약 12%)
경질의 밀(딱딱한 밀알)을 빻아서 만들고 글루텐 함량이 가장 높은 만큼 점탄성이 강하기 때문에 쫄깃한 발효빵을 만들고자 할 때는 반드시 강력분을 사용하는 게 좋습니다. 글루텐은 밀가루 반죽을 주무르면 주무를수록 더 많이 생성되기 때문에 오래 치댈수록 더욱 쫄깃하고 부드러운 빵을 만들 수가 있답니다.
기호에 따라 씹는 맛이 있는 쿠키나 케이크를 만들 때도 사용 가능합니다.

중력분 (단백질 함량 : 약 10%)
쫄깃함이 강력분과 박력분의 중간 정도 되고 흔히 우리가 말하는 '밀가루'라는 것이 바로 이 중력분을 가리키는 것으로 적당히 쫄깃해서 수제비, 칼국수, 부침개 등 가정에서 부담없이 사용할 수 있는 다목적 밀가루랍니다.
쿠키나 케이크에도 사용 가능합니다.

박력분 (단백질 함량 : 약 8%)
연질의 밀(부드러운 밀알)을 빻아서 만들고 글루텐 함량이 낮은 만큼 점탄성이 약하기 때문에 쫄깃함을 최대화시켜야 하는 발효빵에 쓰기에는 부적절하며 쉽게 부스러지는 바삭한 쿠키나 폭신한 케이크를 만들기에 적합합니다.

2. 통밀가루

백밀을 하얀 백미에 비유한다면 통밀은 누런 현미에 비유할 수 있답니다. 밀겨를 제거한 후 도정 작업을 거치지 않고 씨눈과 함께 통째로 빻은 것으로 백밀가루에 비해 색이 누렇고 입자가 거칠지만 통밀 특유의 향과 함께 맛이 고소하고 영양이 풍부하여 건강한 빵을 만들고자 할 때 자주 사용되는 밀가루입니다. 백밀가루와 적당량씩 섞어 쓰셔도 좋습니다.

3. 호밀가루

일반 백밀가루에 쓰는 밀이 아닌 유럽이나 러시아 지방에서 많이 재배되는 호밀이라는 밀을 빻은 것으로 일반밀과 달리 글루텐 함량이 낮아 빵을 만들었을 때 쫄깃함이 약하기 때문에 이스트를 이용한 일반발효보다 사워(sour) 반죽의 발효가 더 적합하다고 합니다. 하지만 그리 쫄깃거리진 않아도 강력분에 적당량씩 섞어서 사용하면 얼마든지 고소한 빵을 만들 수 있답니다. 통밀가루나 호밀가루는 백밀가루만큼 자주 쓰지 않기 때문에 개봉 후에는 벌레가 생기지 않도록 밀봉하여 냉장고에 보관하시는 것이 좋습니다.

이런 재료들이 필요해요

우유

바삭함이 생명인 쿠키는 버터나 계란으로 반죽질기를 조절하는 반면 촉촉함이 생명인 빵이나 케이크는 우유를 주로 사용합니다. 우유는 생크림, 치즈, 분유, 연유, 버터 등 다양한 가공품을 만드는 데도 굉장히 중요하게 쓰이는 재료랍니다.

계란

열에 의해 응고되는 성질이 있어 재료들끼리 결합시켜주는 기능을 하고 스펀지케이크에 있어서 빠질 수 없는 중요한 재료입니다. 이 책에 쓰인 '계란 1개'라 하는 것은 자료의 정확성을 위해 껍질을 제거한 표준 무게인 55g을 정확히 맞춘 것으로 쿠키의 경우 계란 양에 따라 반죽질기가 달라질 수 있으니 참조하시면 좋을 것 같습니다.

버터

우유의 지방을 80% 이상 농축시켜 만든 동물성 유지로 소금이 들어간 가염버터와 들어가지 않은 무염버터로 나뉘는데 베이킹할 때는 대부분 무염버터를 사용하고 소금은 레시피에 따라 별도로 첨가하는 것을 기본으로 합니다. 가염버터를 사용하실 경우 소금양을 반으로 줄여 주시면 됩니다.

비엘 마가린

기존 마가린보다 맛과 향이 월등히 개선된 제품으로 무엇보다 트랜스 지방이 0%라고 하니 버터값이 부담되는 분들께 추천합니다. 하지만 맛과 풍미 면에서는 버터보다 떨어집니다.

피넛버터

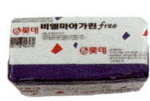

크리미   청키

버터에 땅콩을 혼합한 것으로 땅콩 알갱이가 들어 있는 '청키(chunky)'와 들어 있지 않은 '크리미(creamy)' 두 가지가 있어요. 고소하면서 달콤한 맛이 나며 빵에 그냥 발라 먹기도 하고 쿠키나 케이크 반죽에 넣어 주면 색다른 맛을 즐길 수 있습니다.

식물성 오일

동물성 유지인 버터에 비해 칼로리가 낮고 맛이 깔끔합니다. 버터를 녹여 쓰는 레시피에서만 대체가 가능하고 고체 상태의 버터를 크림화해서 만드는 쿠키나 버터 케이크의 경우엔 절대 대체해서 쓸 수 없어요. 일반적으로 향이 없는 포도씨유, 카놀라유, 해바라기유를 사용하시는 것이 좋고 올리브유는 특유의 향을 가지고 있기 때문에 기호에 맞게 사용하시면 됩니다.

생크림

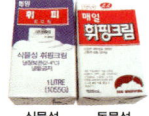

식물성   동물성

우유의 지방을 농축시켜 만든 동물성 크림과 식물성 유지를 합성시켜 만든 식물성 크림으로 나뉩니다. 동물성 크림은 유지방 함량이 높아 식물성에 비해 맛과 풍미가 월등하여 베이킹 전반에 걸쳐 두루 사용되나 거품이 단단하게 나질 않기 때문에 케이크 장식할 때는 맛은 조금 떨어지므로 거품의 안정성이 우수한 식물성 크림을 사용하시는 것이 좋답니다. 개봉 후에는 밀폐통에 담아 반드시 냉장실에 보관하시고 최대한 빨리 사용하시는 것이 좋으며 일부 냉동 가능한 생크림에 한해 냉동실에 보관해 주세요.

크림치즈

크림과 우유를 혼합하여 만든 치즈로 치즈 케이크 만들 때 주로 쓰이며 숙성이 되어 있지 않아 맛이 고소하면서 부드럽고 약간 신맛이 납니다. 개봉 전에는 유통기한까지 냉장보관 하시고 개봉 후에는 빨리 상하기 때문에 최대한 빨리 드시거나 장기 보관시 밀폐해서 냉동보관 해주세요.

롤치즈

피자치즈와 맛은 비슷하지만 열에 쉽게 녹지 않기 때문에 빵반죽에 넣고 구우면 쫀득하고 고소한 빵이 된답니다. 그냥 먹어도 맛이 좋아 와인 안주로도 그만이지요. 약 1kg 단위로 구매가 가능한데요, 양이 많은 것 같지만 냉동보관 해두시면 오래 두고 쓸 수 있답니다.

설탕

단맛을 나게 하는 중요한 재료로 빵과 과자를 구웠을 때 먹음직스런 갈색이 돌도록 해줄 뿐 아니라 계란 거품을 단단하게 하고 윤기를 돌게 하며 속살을 촉촉하게 하고 저장성을 길게 해줍니다. 건강 면에서 흑설탕, 황설탕, 백설탕 순으로 건강에 덜 나쁘지만 당도와 수분 함량이 각각 다르므로 백설탕을 무조건 흑설탕으로 대체하는 것은 무리입니다.

슈거파우더(분당)

설탕에 소량의 전분을 넣고 곱게 간 것으로 같은 무게였을 때 설탕보다 덜 달아요. 쿠키나 케이크 위에 뿌려 장식용으로도 많이 씁니다. 쿠키에 설탕 대신 넣으면 훨씬 부드러운 맛이 나지만 설탕과 동량 대체할 수 있는 것은 아니고 반죽질기를 봐가며 적절한 조절이 필요합니다.

인스턴트 드라이 이스트

이스트는 빵을 부풀게 하는 살아 있는 효모로서 생이스트, 드라이 이스트, 인스턴트 드라이 이스트로 나뉩니다. 생이스트는 효모를 압착해서 만든 것으로 빵맛은 좋으나 사용과 보관이 불편하고, 드라이 이스트는 생이스트를 건조시킨 것으로 보관이 한결 용이해졌지만 여전히 사용 전에 물에 미리 개었다가 사용해야 하는 불편함이 있지요. 이 두 가지 단점을 모두 보완시킨 것이 바로 인스턴트 드라이 이스트로 밀가루에 곧바로 섞어서 사용할 수 있고 보관성도 좋아 가장 많이 쓰인답니다. 이 책에 쓰인 이스트는 모두 인스턴트 드라이 이스트를 말합니다. 개봉 후엔 밀폐해서 냉장 또는 냉동보관 해주세요.

베이킹파우더

이스트와 달리 화학 반응을 일으켜 순식간에 반죽을 부풀게 하는 화학 팽창제로 소량만으로도 팽창력이 매우 우수합니다. 쿠키나 케이크에 주로 사용되며 많이 넣으면 쓰고 떫은 맛이 나기 때문에 해당 레시피를 따라해 주시는 것이 좋아요.

베이킹소다

중조라고도 하며 반죽을 위로 부풀게 하는 베이킹파우더와 달리 옆으로 부풀게 하고 베이킹파우더보다 팽창력이 3배나 좋다고 하네요.

코코아가루

베이킹에 쓰는 코코아가루는 단맛이 전혀 없어 쓴맛이 나는 색이 찐한 것을 사용합니다. 없을 때는 우유에 타 먹는 시판 가공품을 사용하셔도 되지만 설탕이나 다른 재료들이 혼합되어 있기 때문에 맛과 색이 많이 떨어집니다. 쉽게 상하지 않아 개봉 후 밀폐통에 담아 실온에 보관 가능합니다.

아몬드가루

아몬드를 갈아서 가루로 만든 것으로 쿠키나 케이크에 적당히 섞어 주면 훨씬 고소하고 부드러운 맛이 납니다. 약간 촉촉한 느낌이 나기 때문에 밀가루와 함께 체에 내릴 때 뭉쳐진 가루들을 손끝으로 비벼가면서 내려 주시고 지퍼백에 담아 냉장 또는 냉동보관 하면 오랫동안 쓸 수 있어요.

코코넛가루

코코넛을 가루로 빻은 것으로 쿠키에 넣으면 맛과 향이 굉장히 고소합니다. 입자가 굵어서 밀가루와 함께 체에 내려지지 않으므로 굳이 체칠 필요 없이 바로 섞어 주시면 됩니다.

옥수수가루

호화된 옥수수를 가루로 만든 것으로 노란색을 띠며 같은 양의 밀가루에 비해 물을 굉장히 많이 먹기 때문에 과도하게 양을 조절하시기에는 무리가 따를 수 있어요. 옥수수가루는 시중에서는 쉽게 구하기가 힘들고 제과재료상이나 인터넷 쇼핑몰에서 구입할 수 있어요.

옥수수전분

옥수수에서 녹말만을 따로 뽑아내서 빻아 놓은 입자가 굉장히 고운 가루로 밀가루처럼 흰색을 띠고 있어요. 쿠키나 케이크에 섞어 주면 훨씬 부드러운 식감이 나고 찹쌀떡 만들 때 덧가루로도 사용합니다. 수퍼에서 파는 것은 대부분 옥수수전분이니 옥수수가루와 혼돈하지 않도록 색과 설명서를 꼭 확인해 주세요.

제과용 흑미가루

글루텐이 없는 쌀가루에 흑미가루와 글루텐 등을 적당량 혼합시킨 것으로 빵, 쿠키, 케이크를 만드는 데 두루 사용이 가능합니다. 제과용이 아닌 100% 흑미가루를 구입했을 때는 박력분에 적당량을 혼합해서 사용하셔도 됩니다.

찹쌀가루

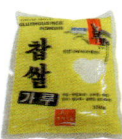

방앗간에서 직접 빻은 것을 사용할 수도 있지만 수분 함량에 따라 그 무게가 달라질수 있으므로 재료의 정확성을 위해 수퍼에서 파는 고운 분말 상태를 사용했습니다. 전분이 섞이지 않은 100% 찹쌀가루인지 설명서를 보고 반드시 확인해 주세요.

녹차, 쑥가루

향과 색이 좋아 베이킹에 자주 쓰이는 재료입니다. 녹차는 일반 녹찻가루를 사용하셔도 되지만 색과 향은 제과용이 훨씬 좋답니다. 쑥가루는 솜뭉치처럼 생긴 것이 아닌 반드시 고운 가루로 되어 있는 것을 사용하셔야 계량이 정확합니다.

단호박가루

단호박을 건조시켜 곱게 가루낸 것으로 촉촉한 맛을 내고 싶을 땐 삶은 단호박을 사용하고, 바삭한 맛을 내거나 간편하게 사용하고 싶을 때는 단호박가루를 이용하시면 편리합니다.

백년초, 황치즈

예쁜 색을 내고 싶을 때 밀가루에 소량씩 섞어서 사용할 수 있어요. 백년초는 양에 따라 보라색이나 분홍빛이 나고 황치즈가루는 선명한 주황색이 납니다.

초콜릿

초콜릿은 색이 진한 다크 초콜릿과 우유가 첨가되어 맛이 부드러운 밀크 초콜릿 그리고 코코아가 들어가지 않은 화이트 초콜릿이 있어요. 모두 그냥 먹을 수도 있고 중탕으로 녹여 사용합니다. 코팅용 초콜릿은 템퍼링(tempering) 작업을 하지 않고도 중탕으로 녹여 표면에 코팅해 주면 광택이 돌고 순식간에 굳으며 손에도 묻어나지 않아 편리합니다. 하지만 맛은 커버춰보다 떨어지기 때문에 반죽에 넣을 때는 밀크나 다크 초콜릿를 넣어 주시는 게 더 맛있답니다.

호두

건강에도 좋고 맛이 부드러워서 가장 많이 쓰이는 베이킹의 대표 견과류라 할 수 있는 호두는 호두알을 몇 번 쪼개느냐에 따라 불리는 이름도 여러 가진데요. 쪼개짐 없이 온전한 것을 온태, 절반으로 나눈 것을 반태, 4등분 한 것은 반반태 그리고 좀더 작게 부순 것을 분태라고 합니다. 이 중에서 분태가 가장 많이 쓰이니 넉넉히 사두고 냉동실에 보관해 두면 유용하게 쓰인답니다.

아몬드

호두와 함께 베이킹의 양대 산맥을 이루는 대표 견과류 중 하나로 그 형태에 따라 통아몬드, 슬라이스아몬드, 크로칸트 등 여러 가지가 있는데 그 중 슬라이스아몬드는 빵, 케이크, 쿠키 반죽에 두루 사용이 가능하고 장식용으로도 훌륭해서 가장 많이 쓰인답니다.

땅콩, 호박씨, 해바라기씨

주변에서 가장 쉽게 구할 수 있는 견과류들로 기호에 맞게 다양하게 활용해 보세요. 견과류는 모두 냉동보관 하시면 됩니다.

건포도

씨 없는 건포도용 포도를 당처리하여 건조시킨 것으로 구입하기도 쉽고 맛이 달콤하고 빵이나 케이크에 가장 부담 없이 넣어 주는 재료입니다. 개봉 후 냉동보관 해주세요.

초코칩

일반 초콜릿에 비해 쉽게 녹지 않고 쿠키나 케이크에 넣어 주면 촉촉하고 달콤하면서 모양도 예쁘답니다. 밀봉해서 냉동보관 하세요.

블루베리, 체리 필링

달지 않고 맛이 부드러울 뿐만 아니라 색상이 고와서 케이크 위에 올려 주면 굉장히 화려하고 고급스러워 보인답니다. 개봉 후 남은 것은 냉동해 뒀다가 아이스

크림을 만들어도 아주 맛있어요. 자연해동 하게 되면 물처럼 흐느적거리게 되는데 전자레인지에 뜨겁게 데워 주면 점성을 가진 원래 상태로 감쪽같이 복귀된답니다.

적앙금, 백앙금

집에서 만들기 불편할 땐 시판제품을 사용하시면 편리해요. 적앙금은 팥이 주원료이고 백앙금은 흰콩이나 강낭콩으로 만든다고 하네요. 개봉 후 냉장 또는 냉동 보관 해주세요.

판젤라틴

동물의 뼈나 연골에서 추출해 만든 것으로 푸딩이나 젤리 또는 무스 케이크에 넣어서 단단하게 형태를 유지시켜 주는 데 사용합니다. 찬물에 주물러 흐물흐물하게 만든 후 물은 대충 따라내고 전자레인지에 가볍게 녹여서 사용하시면 됩니다. 한 장의 무게는 2g입니다.

커피

모카 엑기스가 없어도 시판 인스턴트 커피를 물에 찐하게 녹여서 사용하면 은은한 모카향을 즐길 수가 있답니다. 프림과 설탕이 믹스된 티백이 아닌 순수한 커피 알갱이를 사용해 주세요.

시트용 과자

잘게 부순 후 녹인 버터와 섞어서 치즈 케이크나 타르트 바닥에 시트로 깔아 주면 편리한 시판 과자들이에요. 원하는 색상을 선택해서 사용하시면 됩니다.

드라이허브

로즈마리, 오레가노, 바질, 타임, 파슬리 등 서너 가지 정도 구비해 두시면 오래오래 유용하게 쓸 수 있답니다.

계핏가루

쿠키나 케이크 또는 사과조림에 넣어 주면 향긋한 맛을 낼 수 있어요. 수퍼에서 쉽게 구입 가능하고 소량씩만 사용하기 때문에 되도록 용량이 적은 것으로 구입하시는 게 좋답니다.

부재료 만들기

사과조림

재료

사과	2개
황설탕	4T
물	2T
계핏가루	1t

사용예

사과 케이크 (102쪽)
사과 머핀 (137쪽)
사과 롤빵 (148쪽)
애플파이 (184쪽)

1 사과를 작게 썰어 냄비에 담고 설탕과 물을 고루 뿌린 후 숟가락으로 골고루 뒤적여 준 후 센불로 끓여 줍니다. 끓일 때는 딱딱해지지 않도록 젓지 말고 가만히 두세요.

2 국물이 거의 다 줄어들면 계핏가루를 넣고 고루 섞어 주세요. 경우에 따라 전분을 1T 넣어 주기도 하는데 알맹이들이 흩어지지 않고 서로 엉기게 되어 빵이나 파이의 속재료로 쓰기도 합니다.

3 국물이 완전히 사라지고 윤기가 돌면 불을 끄고 식혀 주세요.

커스터드크림

재료

노른자	2개
설탕	4T
박력분	2T
우유	200g

사용예

커스터드 초코 케이크 (118쪽)
단호박 타르트 (187쪽)
슈크림빵 (160쪽)
초코파이 (253쪽)
고구마 케이크 (215쪽)

1 노른자에 설탕을 넣고 거품기로 잘 섞어 주세요.

2 박력분을 체쳐 넣고 덩어리가 없도록 곱게 풀어 줍니다.

3 우유를 붓고 잘 풀어 줍니다. 이때 우유를 한꺼번에 넣지 말고 먼저 50g 정도만 넣고 덩어리가 없도록 잘 풀어준 후 나머지 우유를 모두 붓고 저어 주면 체에 따로 내릴 필요 없이 매끄러운 상태가 된답니다.

4 볼에 랩을 씌우고 전자레인지에 넣고 2~3분간 돌리다가 반죽이 조금씩 응고되는 것이 보이면 꺼내서 거품기로 고루 섞어준 후 다시 전자레인지에 넣고 1~2분간 돌려 주면 완성.

5 너무 오래 익히면 크림이 단단해지므로 거품기로 저어봤을 때 살짝 엉기면서 부드러운 상태가 됐으면 고무주걱으로 정리한 후 식혀 주세요.

6 볼을 찬물에 담궈 두면 빨리 식어요. 크림이 거의 다 식으면 냉장고에 넣고 완전히 식힌 후 뚜껑을 닫고 보관해 주세요.

※ 전자레인지가 없을 때는 냄비에 넣고 약한 불에서 타지 않게 저어가면서 익혀 주시면 됩니다.

기본 버터크림

재료

버터...60g
슈거파우더..............................100g

사용예

미니 샌드쿠키 (82쪽)
초코 샌드쿠키 (267쪽)

1 실온에서 말랑해진 버터를 부드럽게 풀어준 후 슈거파우더를 조금씩 넣어가면서 거품기로 잘 섞어 주세요.

2 고무주걱으로 정리해서 모아 주면 완성.

3 짤주머니에 담아 다양한 쿠키에 샌드해 줍니다.
쓰고 남은 크림은 냉장고에 넣어 두고 필요할 때 미리 꺼내 뒀다가 부드러워지면 다시 사용하세요.

땅콩 버터크림

재료

버터...50g
피넛버터....................................50g
슈거파우더..............................100g

사용예

땅콩 샌드쿠키 (269쪽)

1 실온에서 말랑해진 버터와 피넛 버터를 부드럽게 풀어준 후 슈거파우더를 조금씩 넣어가면서 거품기로 잘 섞어 주세요.

2 긴 통에 짤 주머니를 씌우고 주걱을 이용해 잘 담아 주세요.

3 입구 부분을 비틀어 크림을 아래쪽으로 모아 줍니다.

황치즈 버터크림

재료

버터...50g
황치즈분말..................................1T
슈거파우더.................................80g

사용예

황치즈 샌드쿠키 (81쪽)

1 실온에서 말랑해진 버터를 부드럽게 풀어준 후 황치즈분말을 넣고 고루 섞어 주세요.

2 슈거파우더를 조금씩 넣어가면서 잘 섞어 줍니다.

3 짤주머니에 담아 주세요.

허니 버터크림

재료

버터...80g
플레인 요구르트.........................100g
꿀...50g

사용예

부시맨빵 (175쪽)

1 실온에 미리 꺼내두어 말랑해진 버터를 부드럽게 푼 후 차갑지 않은 플레인 요구르트 1개를 넣고 고루 섞어 주세요.

2 꿀을 넣고 가볍게 섞어 줍니다.

3 완성된 크림을 통에 담아 냉장고에 넣어 차게 굳힌 후 조금씩 꺼내 드시면 됩니다.

팥앙금

재료(약 1kg)

팥..................................400g
설탕..............................400g
소금.............................1/2T

사용예

팥앙금빵 (155쪽)
단팥 호빵 (167쪽)
삼색 찹쌀떡 (231쪽)

1 먼저 팥을 준비해 주세요. 팥 400g은 종이컵으로 약 2컵 반 정도 된답니다.

2 깨끗하게 씻은 팥을 냄비에 넣고 물을 충분히 붓고 삶아 주세요. 맨 처음 빨갛게 우러난 물은 떫은맛이 나므로 따라내 버리고 다시 물을 붓고 삶아 줍니다.

3 약한 불에서 30분 정도 푹 끓이다가 팥알이 툭툭 터지도록 삶아지면 불을 꺼주세요.

4 이때 바구니에 받쳐 물기를 제거한 후 설탕과 소금을 넣고 으깨 주시면 거친 팥앙금이 완성된답니다.

5 고운 앙금을 만들기 위해서는 몇 가지 작업이 더 필요해요. 삶은 팥을 식힌 후 팥물과 함께 믹서에 곱게 갈아준 다음 숟가락이나 나무주걱으로 비벼가며 거친 체에 내려 껍질을 걸러 주세요. 팥물이 걸쭉해서 잘 안 걸러질 때는 내려진 국물이나 물을 조금씩 끼얹어가면서 내려 주시면 됩니다.

6 앙금이 가라앉도록 가만히 두세요.

7 윗물은 따라내 버리고 가라앉은 앙금을 면보에 넣고 꽉 짜줍니다. 양이 많을 땐 두 번에 나눠 짜주세요.

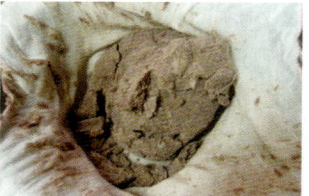

8 수분이 제거된 모습이에요. 지금은 색이 옅지만 완성 후엔 훨씬 진해진답니다.

9 수분이 제거된 앙금을 다시 냄비에 넣고 설탕과 소금을 넣어 바닥에 눌러 붙지 않도록 주걱으로 저어가면서 약한불로 줄여 주세요.

10 설탕이 녹으면서 축축해진 앙금을 계속해서 조리다가 수분이 점점 사라지고 주걱 자국이 선명하게 남을 만큼 되직해지면 불을 끄고 식혀 줍니다. 설탕과 소금은 맛을 봐가면서 적당히 조절해 주세요.

11 이렇게 해서 고운 팥앙금이 완성되었습니다. 완전히 식으면 통에 조금씩 담아 냉동실에 보관해 두고 필요할 때 꺼내서 전자레인지에 해동시켜 사용하시면 편리하답니다.

완두앙금

재료(약 1kg)

통조림 완두..........................4캔
설탕...................................400g

팁

만드는 과정은 팥앙금과 같고 앙금이 들어가는 레시피에 모두 사용 가능합니다.

1 통조림 완두를 물에 헹군 후 물을 충분히 붓고 삶다가 손가락으로 비벼봐서 잘 으깨지면 불을 끄고 다시 한번 찬물에 헹궈줍니다. 통조림 대신 생완두콩을 사용하시면 더욱 좋답니다.

2 믹서에 물과 함께 곱게 간 후 주걱으로 으깨가며 거친 체에 내려 껍질을 걸러내 줍니다.

3 앙금이 가라앉도록 가만히 둡니다.

4 윗물을 따라내고 가라앉은 앙금을 면보에 짠 후 냄비에 넣고 설탕과 함께 '약불'에서 저어가며 조려 주세요.

5 수분이 줄어들면서 살짝 되직해지면 불을 끄고 식혀 주세요.

6 완전히 식힌 후 적당량씩 통이나 위생비닐에 담아 냉동실에 보관해 주세요.

4색 고구마앙금

재료

고구마..................................200g
우유......................................30g
설탕......................................2T
황치즈가루...........................2T
(or 쑥가루.............................2t)
(or 코코아가루......................2t

팁

고구마만 있으면 다양한 색의 앙금을 간편하게 만들 수가 있어요. 찹쌀떡이나 호빵 속에 넣어 주면 알록달록 너무 예쁘답니다.

1 고구마가 뜨거울 때 설탕과 우유를 넣고 포크로 으깨 주세요. 설탕은 입맛에 맞게 가감해 주시고 우유는 퍽퍽한 고구마가 부드러워지도록 상태를 봐가면서 조절해 주세요.

2 굵은 체에 한번 내려 줍니다. 그냥 사용해도 되지만 체에 한 번 내려 주면 입자가 훨씬 고운 앙금이 된답니다.

3 기본 고구마앙금 완성.

4 기본 고구마앙금에 황치즈가루를 넣고 섞어 주면 고운 빛깔의 주황색 앙금이 됩니다.

5 쑥가루를 넣고 섞어 주면 초록 앙금이 됩니다.

6 코코아가루를 섞어 주면 팥앙금처럼 초코색 앙금이 됩니다.

남녀노소 누구나 좋아하는 쿠키!
이젠 집에서 쉽게 만들 수가 있답니다.
달지 않고 고소한 쿠키로 당신의 마음을 선물하세요~

PART **1**

쿠키

Cookie

기본 쿠키 반죽하기를 이용하여
모듬 냉동쿠키 만들기

쿠키는 기본반죽 레시피만 알고 있어도 얼마든지 다양한 쿠키를 만들 수가 있어요. 반죽을 길쭉하게 모양을 잡아 냉동했다가 그대로 썰어서 굽거나 밀대로 납작하게 밀어서 쿠키커터로 찍어내거나 스틱 모양으로 썰어서 구워 보세요. 같은 반죽이라 해도 찍어낸 모양과 크기에 따라 전혀 다른 느낌의 쿠키가 되거든요. 여기에 약간의 부재료만 추가해 주면 더욱더 다양한 쿠키가 만들어진답니다.

| 기본반죽 응용 레시피 |

| 김 쿠키(53쪽) | 시나몬 롤쿠키(54쪽) | 3단쿠키(55쪽) | 빼빼로(229쪽) | 아이싱 쿠키(233쪽) |

재료(약 35개 분량)

| 〈기본 쿠키〉 | 〈모카쿠키〉 | 〈녹차쿠키〉 | 〈초코쿠키〉 |

〈기본 쿠키〉	〈모카쿠키〉	〈녹차쿠키〉	〈초코쿠키〉
박력분..............250g	박력분..............260g	박력분 240g + 녹찻가루 10g	박력분 220g + 코코아가루 20g
버터..............100g	버터..............100g	버터..............100g	버터..............100g
설탕..............80g	설탕..............80g	설탕..............80g	설탕..............80g
소금..............1/4t	소금..............1/4t	소금..............1/4t	소금..............1/4t
계란..............1개	계란..............1개	계란..............1개	계란..............1개
	커피물..............1t		

기본 쿠키 만들기

1 가루류는 한데 섞어 따로 체쳐 두고 버터와 계란은 냉장고에서 미리 꺼내두어 냉기를 없애 두세요.
재료들이 차가우면 서로 잘 섞이지 못하고 버터에서 기름이 분리되어 나와 멍울이 생겨 쿠키의 맛과 질이 떨어집니다.

2 실온에서 말랑해진 버터를 덩어리가 없게 부드럽게 풀어 줍니다.
버터를 미리 꺼내두지 못했다면 전자레인지에 살짝 돌려 형태가 무너지기 직전에 꺼내서 사용하시면 됩니다. 이때 액체로 녹아 흐르지 않도록 주의하세요.

3 설탕을 두세 번에 나눠 넣어가면서 중속으로 약 1분간 휘핑(whipping, 거품 일게 하기)해 줍니다.

4 설탕이 반 이상 녹은 듯하면 계란을 넣고 중속으로 약 1분간 고루 섞어 줍니다. 모카쿠키의 경우 계란을 섞고 나서 커피물을 넣고 가볍게 섞어 주세요. 커피물은 물 1t를 뜨겁게 데운 후 커피 2t를 녹여 국물만 1t 사용해 주세요.

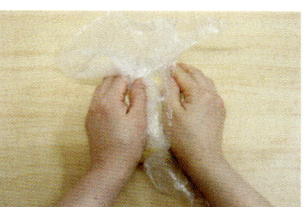

5 체쳐둔 박력분을 한번 더 체쳐 넣고 주걱날을 세워 볼 바닥을 썰어 가면서 버터 반죽에 마른가루를 계속해서 접촉시켜 줍니다.

6 마른가루가 거의 흡수되면 주걱을 짧게 잡고 버터 덩어리를 바닥에 깔린 가루에 콕콕 찍어가면서 마저 섞어 주세요. 잘 섞이지 않는다고 주걱을 눕혀서 으깨면 밀가루에 끈기가 생겨 쿠키가 딱딱해져요.

7 밀가루가 모두 흡수되고 나면 볼 주변을 정리해서 한 덩이로 모아 줍니다. 이때 마른손으로 반죽을 눌러봤을 때 묻어나는 것 없이 깔끔한 자국이 남으면 아주 적당한 질기랍니다.

8 위생비닐을 넓게 터서 반죽을 담고 양손으로 가볍게 뭉쳐 주세요.

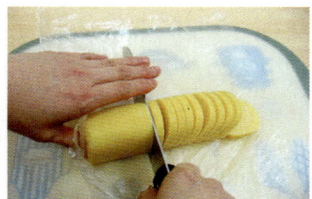

9 반죽을 둘로 나눠 원형이나 사각형으로 길게 모양을 잡아준 후 각각을 비닐에 말아 냉동실에 넣어 둡니다.

10 같은 방법으로 다른 반죽도 함께 넉넉히 만들어서 냉동보관 하셨다가 필요할 때마다 꺼내서 구워 드시면 좋아요.

11 단단하게 언 반죽을 꺼내 칼로 눌러 약 0.5cm 두께로 썰어 주세요. 너무 꽁꽁 얼었을 땐 실온에 5~10분간 꺼내두었다가 썰어 주세요.

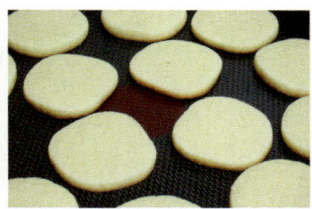

12 반죽을 프라이팬에 놓은 후 팬 뚜껑을 닫고 '1/2약불'에서 약 15~20분간 구워 줍니다. '1/2약불'이란 레버에 표시된 '약불'보다 불꽃 크기를 반으로 줄인 것을 뜻합니다.

13 팬 뚜껑에 증기가 맺히면 바닥으로 흘러들기 직전에 뚜껑을 열고 키친타올로 잽싸게 닦아준 후 다시 덮고 계속해서 구워 줍니다. 뚜껑을 자주 열면 익는 시간이 지연될 수 있으니 물기는 딱 한 번만 닦아내 주세요.

14 밖에서 들여다봤을 때 바닥면에 노르스름하게 갈색이 스며 나오면 뒤집어서 약 3~5분간 타지 않게 구워 주시면 됩니다. 뒤집고 나서 불꽃 크기를 조금 더 줄여서 1~2분간 더 구워 주시면 얼룩이 많이 지지 않고 예쁜 색이 된답니다.

쿠키는 완전히 식은 후 드셔야 바삭해요.
밀폐통에 담아 실온에 2~3일간 두고 드시거나 장기 보관을 원하실 땐 냉동실에 넣어 두셨다가 자연해동 후 드시면 됩니다.
특히나 많은 양을 선물할 일이 있을 때 미리 조금씩 구워서 냉동실에 모아 두셨다가 한꺼번에 선물하시면 좋답니다.

고소한 김 한 장이 통째로

김 쿠키

1 기본반죽하기를 참조하여 쿠키 반죽을 만들어 주세요.

2 반죽을 위생비닐에 넣고 가볍게 뭉친 후 다시 두 개로 나눠 담아 주세요.

3 반죽 한 덩이를 김 크기에 맞도록 적당히 밀어 펴주세요.

🌱 **재료**(약 40개 분량)

박력분	220g
버터	80g
설탕	80g
소금	1/4t
계란	1개
김	2장

🌱 **준비**

1. 버터와 계란은 냉장고에서 미리 꺼내두어 냉기를 없애 주세요.
2. 박력분은 체쳐 두세요.
3. 모든 재료는 미리 계량해 두세요.

4 위 비닐을 걷어내고 김을 한 장 올린 후 다시 비닐을 덮고 밀대로 굴려 김을 반죽에 밀착시켜 주세요. 반죽이 너무 될 때는 반죽 위에 붓으로 물을 얇게 펴 바른 후 김을 붙여 주세요.

5 김이 붙은 쪽을 바닥으로 가도록 놓고 김이 으드득 하고 잘리는 소리가 나도록 칼을 힘껏 눌러서 적당한 크기로 썰어 주세요.

6 팬에 가지런히 놓아 주세요. 이때 김이 위쪽으로 오게 놓아야 구워지는 동안 김이 지나치게 타는 것을 막을 수 있답니다.

7 팬 뚜껑을 닫고 '1/2약불'로 약 15~20분 정도 굽다가 바닥에 갈색이 돌면 뒤집어서 3~5분 정도 타지 않게 구워 주세요. 굽는 중간에 뚜껑에 맺힌 물기는 한 번 닦아내 주세요.

8 쪼개봐서 속까지 다 익었으면 바구니에 꺼내 식혀 주세요. 냉장고에 넣어 두었던 반죽도 썰어서 구워 주시면 됩니다.

콩지의에피소드

기본 쿠키 반죽을 이용한 냉동쿠키도 맛있지만 방법을 조금만 달리 해주면 전혀 새로운 응용 쿠키가 만들어진답니다. 콩지는 김 쿠키, 시나몬 롤쿠키, 3단쿠키 요렇게 세 가지를 준비해 봤는데요, 그 중 맨 먼저 소개할 김 쿠키는 만들기도 너무 쉽고 맛 또한 장난이 아니라지요.^^
굽는 내내 고소한 냄새가 진동을 하구요, 직접 먹어보면 와, 진짜 맛있다~ 하는 탄성이 절로 나온답니다.
첨에 아이디어가 떠올랐을 때 김 한 장을 통째로 붙이면서 드는 생각이 이거 너무 무식한 거 아냐? 에라, 모르겠다. 그래봐야 지가 김 붙은 쿠키겠지 뭐… 요렇게 반신반의하면서 만들었는데 예상을 뒤엎고 너무나 훌륭한 쿠키가 나와 주어서 기분이 아주 좋았답니다. 김이 타지 않을까도 걱정했는데 전혀 그런 문제는 발생하지 않았지요. 반죽에 김이 찰싹 들러붙어 있기 때문에 반죽이 질어도 너무 얇게 밀었어도 또 아무리 더운 여름날이라도 팬에 놓는 과정에서 반죽이 늘어지고 찢어지는 일은 없어요. 그런 점 때문에 누구나 쉽게 만들 수 있는 만능 쿠키랍니다.

시나몬 롤쿠키

재료(약 30개)

박력분	250g
버터	100g
설탕	60g
소금	1/4t
계란	1개

속재료

설탕	2t
계핏가루	2t

1 기본 쿠키 반죽을 비닐에 넣고 얇게 밀어 펴주세요. 반죽이 질 때는 이 상태로 냉장고에 잠시 넣었다가 단단해지면 꺼내 주세요.

2 위 비닐을 걷어내고 계핏가루와 설탕을 골고루 뿌려 주세요.

3 아래 비닐을 당기면서 김밥 말듯 꼼꼼하게 잘 말아 주세요.

4 롤이 풀리지 않도록 반죽 끝부분을 몸통에 잘 부착시켜 줍니다.

5 반죽을 비닐에 감싼 후 냉동실에 2~3시간 넣어서 반죽을 굳혀 주세요. 이때 원통 모양의 틀에 넣어 주면 반죽이 망가지지 않아요.

6 단단해진 반죽을 꺼내서 칼로 눌러가며 얇게 썰어 주세요. 너무 꽁꽁 얼었으면 실온에 5~10분 정도 꺼내 두었다가 살짝 녹으면 썰어 주시면 됩니다.

7 팬 뚜껑을 닫고 '1/2약불'로 약 15~20분 정도 굽다가 바닥에 갈색이 돌면 뒤집어서 3~5분 정도 타지 않게 구워 주세요. 롤이 조금 느슨하게 말렸어도 구워지면서 쿠키가 살짝 부풀기 때문에 빈 공간이 어느 정도 메워진답니다.

3단쿠키

 재료(약 40개)

기본반죽 1개
초코반죽 1/2개

 팁

굽고 남은 냉장고 속 반죽을 이용
하여 다양한 색의 3단쿠키를 만들
어 보세요.^^

1 먼저 기본 쿠키 반죽하기를 참조
하여 기본반죽과 초코 반죽을 준비
해 주세요.

2 흰 반죽을 둘로 나눈 후 가운데
에 초코 반죽을 놓고 나란히 포개
주세요.

3 밀대를 이용하여 얇게 밀어 펴
주세요. 반죽이 얇을수록 고소한 쿠
키가 된답니다.

4 칼로 눌러 적당한 크기로 잘라
줍니다.

5 반죽을 팬에 옮겨 담은 후 이쑤시
개로 구멍을 숭숭 뚫어 주세요. 뾰족
한 부분은 잘라내 버리고 밀가루를
묻혀가며 찔러 주면 깔끔하답니다.

6 팬 뚜껑을 닫고 '1/2약불'로 약 15~20분 정도 굽다가 바닥에 갈색이
돌면 뒤집어서 3~5분 정도 타지 않게 구워 주세요. 뒤집은 후 불을 조금
더 줄여 주시면 색이 훨씬 고르고 예쁘답니다.^^

7 완전히 식은 후 드시면 아주 고소
하답니다. 장기 보관은 밀폐통에 담
아 냉동실에 넣어 두세요.

동글동글 귀여운

쑥 스노우볼

새하얀 눈이
소복이 쌓인 것 같아요~

너무 앙증맞은
동그란 초록볼

1 실온에서 말랑해진 버터를 부드럽게 풀어준 후 설탕과 소금을 두세 번에 나눠 넣으면서 중속으로 1분 정도 휘핑해 주세요.

2 차갑지 않은 계란을 깨넣고 계란의 느른함이 남지 않도록 충분히 섞어 주세요.

3 박력분, 쑥가루, 베이킹파우더를 체쳐 넣고 주걱날을 세워 칼질하듯 섞어 주세요.

 재료(약 50개)

박력분	200g
쑥가루	1T
베이킹파우더	1/2t
버터	80g
설탕	80g
소금	1/4t
계란	1개
장식용 슈거파우더	조금

 준비

1. 버터와 계란은 냉장고에서 미리 꺼내 두세요.
2. 가루들은 한데 섞어 체쳐 두세요.

4 마른가루가 모두 숨고 나면 곧바로 주걱질을 중단하세요. 반죽을 너무 오래 하면 쿠키가 딱딱하고 맛이 없답니다.

5 반죽을 두 개로 나눠 위생비닐에 담고 납작하게 눌러준 후 냉장고에 30분 정도 넣어 두세요.

6 살짝 단단해진 반죽을 꺼내 칼로 눌러 작게 등분해준 후 손바닥에 굴려 동그랗게 만들어 주세요. 반죽이 질 때는 손바닥에 밀가루를 묻혀가며 작업해 주세요.

7 어느 정도 간격을 두고 프라이팬에 배치한 후 '1/2약불'로 약 15~20분 정도 굽다가 바닥에 갈색이 돌면 뒤집어서 3~5분 정도 타지 않게 구워 주세요. 굽는 동안 뚜껑에 맺힌 물은 바닥에 흘러들기 직전에 한 번만 닦아내 주세요.

8 바구니에 식혀 주세요.

9 그냥 먹어도 맛있지만 슈거파우더를 뿌려 주면 맛도 모양도 훨씬 좋아진답니다.

스 노 우 볼 의 모 든 것

최종 반죽 상태는 기본반죽과 비슷하지만 모양을 살짝 달리해서 구워 주면 또 다른 맛과 모양의 쿠키를 만들 수가 있어요. 스노우볼은 크기는 작지만 속살이 도톰하기 때문에 베이킹파우더를 넣어 줘야 속까지 고루 익힐 수 있고 맛도 부드러워진답니다. 또 구워지면서 살짝 부풀어 오르기 때문에 반죽은 작게 떼어내는 것이 좋아요. 반죽은 냉장고에 넣어 두고 1~2일 안에 구워 드시면 되구요, 장기 보관시엔 냉동실에 넣어 뒀다가 실온에 자연해동 시킨 후 구워 드시면 됩니다.

초코 스노우볼

재료(약 50개)

박력분	180g
코코아가루	20g
베이킹파우더	1/2t
버터	80g
설탕	80g
소금	1/4t
계란	1개
장식용 슈거파우더	조금

준비

1. 버터, 계란 냉장고에서 꺼내 두기
2. 가루들 한데 섞어 체쳐 두기

1 실온에서 말랑해진 버터를 부드럽게 풀어준 후 설탕과 소금을 두세 번에 나눠 넣으면서 중속으로 1분 정도 휘핑해 주세요.

2 차갑지 않은 계란을 깨넣고 계란의 느른함이 남지 않도록 충분히 섞어 주세요.

3 박력분, 코코아가루, 베이킹파우더를 체쳐 넣고 주걱으로 칼질하듯 섞어 줍니다. 마른가루가 안 보이면 곧바로 중단해 주세요.

4 반죽을 둘로 나눠 비닐에 넣고 납작하게 눌러서 냉장고에 30분 정도 넣어 두세요.

5 냉장고에서 살짝 단단해진 반죽을 꺼내 칼로 눌러 적당한 크기로 자른 후 손바닥에 굴려 동그랗게 만들어 주세요.

6 어느 정도 간격을 두고 프라이팬에 배치한 후 '1/2약불'로 약 15~20분 정도 굽다가 바닥에 갈색이 돌면 뒤집어서 3~5분 정도 타지 않게 구워 주세요.

7 하나를 쪼개봐서 속까지 다 익었으면 꺼내서 바구니에 식혀 주세요.

응용 2

아몬드볼

 재료(약 50개)

박력분	200g
아몬드가루	40g
베이킹파우더	1/2t
버터	100g
설탕	80g
소금	1/4t
계란	1개
슬라이스아몬드	80g

준비

1. 버터, 계란은 냉장고에서 미리 꺼내 두세요.
2. 슬라이스아몬드는 팬에 볶은 후 작게 부숴 두세요.

1 실온에서 말랑해진 버터를 부드럽게 풀어준 후 설탕과 소금을 두세 번에 나눠 넣으면서 중속으로 1분 정도 휘핑해 주세요.

2 차갑지 않은 계란을 깨넣고 계란의 느른함이 남지 않도록 충분히 섞어 주세요.

3 박력분, 아몬드가루, 베이킹파우더를 체쳐 넣고 잘게 부순 슬라이스아몬드를 넣고 주걱으로 칼질하듯 섞어 주세요.

4 반죽을 둘로 나눠 담고 냉장고에 30분간 휴지시킵니다.

5 냉장고에서 꺼낸 반죽을 칼로 눌러 적당한 크기로 등분한 후 손바닥에 굴려 경단 모양으로 만들어 주세요.

6 어느 정도 간격을 두고 프라이팬에 배치한 후 '1/2약불'로 약 15~20분 정도 굽다가 바닥에 갈색이 돌면 뒤집어서 3~5분 정도 타지 않게 구워 주세요.

7 속까지 다 익었으면 바구니에 꺼내 식혀 주세요.

고소하고 쌉싸름한 매력~

아망디오 쇼콜라

초코쿠키는
어딜 가나 인기 만점^^

고소한 아몬드는
초코와 환상 궁합이랍니다^^

요건 콩지가 아끼는
통나무 냄비 받침이에요ㅋㅋ

 재료(약 45개)

박력분	200g
코코아가루	20g
버터	100g
황설탕	80g
소금	1/4t
계란	1개
슬라이스아몬드	80g

1 실온에서 말랑해진 버터를 부드럽게 풀어준 후 설탕과 소금을 두세 번으로 나눠 넣으면서 중속으로 1분 정도 휘핑해 주세요.

2 차갑지 않은 계란을 깨넣고 계란의 느른함이 남지 않도록 충분히 섞어 주세요.

3 박력분과 코코아가루를 체쳐 넣고 볶아둔 아몬드도 넣어서 주걱으로 칼질하듯 볼 바닥을 그어가며 열심히 섞어 주세요.

 준비

1. 버터와 계란은 쓰기 전에 냉장고에서 미리 꺼내두어 냉기를 없애 주세요.
2. 아몬드는 팬에 한번 살짝 볶아 주면 훨씬 맛있어요.

4 마른가루가 모두 흡수되고 나면 곧바로 주걱질을 중단해 주세요. 너무 오래 섞으면 과자가 딱딱해지거든요.

5 위생비닐에 반죽을 둘로 나눠 담고 사각으로 모양을 잡아준 후 냉동실에 2~3시간 정도 넣어 둡니다.

6 반죽이 단단해졌으면 꺼내서 감쌌던 비닐을 넓게 펼쳐놓고 칼로 눌러가며 약 0.5cm 두께로 썰어 주세요. 반죽이 너무 단단할 땐 실온에 5~10분 정도 방치 후 썰어 주세요.

7 반죽을 프라이팬에 옮겨 담고 '1/2약불'로 약 15~20분 정도 굽다가 바닥에 갈색이 돌면 뒤집어서 3~5분 정도 타지 않게 구워 주세요. 중간에 뚜껑에 맺힌 물기는 한 번 닦아내 주세요.

8 위아래 면이 모두 타지 않을 만큼 갈색이 돌면 꺼내서 바구니에 담아 완전히 식혀 주세요.

 **콩 지 의 팁**

아몬드를 뜻하는 '아망디오'와 초코를 뜻하는 '쇼콜라'가 만나 아망디오 쇼콜라라는 이름이 붙게 된 이 쿠키는 쌉싸름한 고소함이 매력적인 고급과자예요. 냉동쿠키 중 선물용으로 쉽고 간단하면서도 뭔가 좀 있어 보이는 쿠키가 무엇이냐고 물으신다면 콩지는 단연 '아망디오 쇼콜라'를 추천합니다. 주는 사람도 괜스레 어깨가 으쓱해지고 받는 사람도 박수 치며 좋아하게 만드는 즐거운 쿠키거든요.^^

코코넛 쿠키

 재료(약 40개)

박력분	200g
코코넛가루	50g
버터	80g
황설탕	80g
소금	1/4t
계란	1개

 팁

코코넛가루는 입자가 굵어서 체에 내려지지 않기 때문에 박력분만 체에 쳐주시면 됩니다.

1 실온에서 말랑해진 버터를 부드럽게 풀어준 후 황설탕과 소금을 두세 번으로 나눠 넣으면서 중속으로 1분 정도 휘핑해 주세요.

2 차갑지 않은 계란을 깨넣고 계란의 느른함이 남지 않도록 충분히 섞어 주세요.

3 박력분과 코코넛가루를 넣고 칼질하듯 금을 그어가면서 마른가루가 안 보일 때까지만 열심히 주걱질을 해주세요.

4 위생비닐에 반죽을 둘로 나눠 담고 네모로 모양을 잡아준 후 냉동실에 2~3시간 정도 굳혀 주세요.

5 단단해진 반죽을 꺼내서 칼로 눌러 약 0.5cm 두께로 썰어 주세요.

6 반죽을 프라이팬에 옮겨 담고 '1/2약불'로 약 15~20분 정도 굽다가 바닥에 갈색이 돌면 뒤집어서 3~5분 정도 타지 않게 구워 주세요. 중간에 뚜껑에 맺힌 물기는 한 번 닦아내 주세요.

7 위아래 면이 모두 타지 않을 만큼의 갈색이 돌면 꺼내서 바구니에 담고 완전히 식혀 주세요. 모양은 심플하지만 코코넛 맛이 너무 좋은 쿠키랍니다.^^

카레쿠키

 재료(약 35개)

박력분	200g
카레가루	2T
버터	100g
황설탕	60g
계란	1개
파슬리	적당량

 팁

카레가루가 들어간 레시피는 굳이 소금을 넣으실 필요 없구요, 파슬리가루도 장식이 주목적이기 때문에 없으면 안 묻히셔도 됩니다.

1 실온에서 말랑해진 버터를 부드럽게 풀어준 후 황설탕과 소금을 두세 번으로 나눠 넣으면서 섞다가 계란을 넣고 1분 정도 충분히 섞어 주세요.

2 박력분, 카레가루를 체쳐넣고 마른 가루가 안 보일 때까지만 칼질하듯 섞어 주세요.

3 반죽을 둘로 나눠 담고 네모로 모양을 잡아준 후 파슬리를 뿌리고 비닐로 감싸가며 골고루 묻혀 주세요. 이때 파슬리가 떨어지지 않도록 고정시켜 주세요.

4 파슬리가 묻은 반죽을 비닐로 다시 감싼 후 냉동실에 넣고 2~3시간 정도 굳혀 주세요.

5 시간이 되면 실온에 5~10분 정도 꺼내뒀다가 약 0.5cm 정도 두께로 썰어 주세요.

6 반죽을 팬에 가지런히 옮겨 담고 '1/2약불'로 약 15~20분 정도 굽다가 바닥에 갈색이 돌면 뒤집어서 3~5분 정도 타지 않게 구워 주세요. 뒤집은 후에 불꽃 크기를 조금 더 줄여 주시면 색이 더 예쁘답니다.

샛노란 달콤함~
단호박 사블레

와우~
이 있어 보이는
설탕옷 좀 보세요ㅋ

노란 속살에 초록 호박씨가
너무 예쁘지요?

1 실온에서 말랑해진 버터를 부드럽게 풀어준 후 설탕과 소금을 두세 번으로 나눠 넣으면서 중속으로 1분 정도 휘핑해 주세요.

2 차갑지 않은 계란을 깨넣고 계란의 느른함이 남지 않도록 충분히 섞어 주세요.

3 박력분과 단호박가루를 체쳐 넣고 호박씨도 넣은 후 주걱으로 칼질하듯 금을 그어가며 가루들을 모두 흡수시켜 주세요.

 재료(약 30개)

박력분	180g
단호박가루	20g
버터	100g
황설탕	80g
소금	1/4
계란	1개
호박씨	80g
장식용 설탕	적당량

 준비

1. 버터와 계란은 쓰기 전에 미리 냉장고에서 꺼내두어 냉기를 없애 주세요.
2. 호박씨는 팬에 한번 볶아 두면 더 고소하고 맛있어요.

4 반죽을 비닐에 두 개로 나눠 담고 원통형으로 모양을 잡아준 후 양 끝을 비틀어서 단단하게 감싸준 후 냉동실에 2~3시간 넣어 두세요.

5 복잡한 냉동실 안에서 모양이 망가지지 않도록 종이롤에 담아 세로로 세워서 넣어 주시면 아주 깔끔하답니다.

6 반죽이 단단해졌으면 비닐을 벗기고 설탕그릇에 꾹꾹 누르듯 굴려준 후 다시 비닐로 감싸서 쓱쓱 훑어 주어 설탕을 고정시킵니다.

7 그사이 썰기 좋게 녹은 반죽을 칼로 눌러가며 0.5cm 두께로 썰어 주세요.

8 팬에 가지런히 담고 '1/2약불'로 약 15~20분 정도 구워 주세요.

9 바닥에 요렇게 갈색이 돌면 뒤집어서 3~5분 정도 구워 주면 됩니다. 뒤집은 후에 불을 조금 더 줄여 주시면 색이 더 예쁘답니다.

10 윗면이 노르스름해지면 꺼내서 바구니에 담아 완전히 식힌 후 드세요.

사블레의 모든것

사블레란 윗면이나 옆면에 설탕을 묻혀서 구운 쿠키를 뜻한다고 하죠.
물론 그냥 구워도 맛있지만 설탕 장식이 아주 예쁘고 그만큼 더 달콤하기 때문에 선물용으로 아주 최고예요. 냉동쿠키나 사블레는 낱개로 포장하기보다는 층층이 겹쳐서 투명 쿠키봉투에 담아 예쁜 스티커 한 장만 붙여 주면 제과점에서 샀다고 해도 믿을 만큼 멋스럽답니다.^^
기본 쿠키, 냉동쿠키의 레시피들도 설탕만 묻혀 주면 아주 다양한 사블레 쿠키가 되니까 입맛에 맞게 응용해 봐도 좋을 것 같네요. 물론 다이어트 하시는 분들은 조금 참으셔야겠지요.

시나몬 사블레

 재료(약 24개)

박력분	200g
계핏가루	2t
버터	80g
황설탕	80g
소금	1/4t
계란	1개
검은깨	4T
장식용 설탕	적당량

팁

계피향을 싫어하는 분들은 계핏가루는 빼고 검은깨만 넣어도 맛있답니다.

1 실온에서 말랑해진 버터를 부드럽게 풀어준 후 설탕과 소금을 두세 번으로 나눠 넣으면서 중속으로 1분 정도 휘핑해 주세요.

2 차갑지 않은 계란을 깨넣고 계란의 느른함이 남지 않도록 충분히 섞어 주세요.

3 박력분과 계핏가루를 체쳐 넣고 검은깨와 함께 칼질하듯 금을 그어가며 마른가루가 모두 흡수될 때까지만 섞어 주세요.

4 반죽을 비닐에 둘로 나눠 담고 모양을 잡아준 후 냉동실에 2~3시간 정도 넣어 두세요.

5 썰기 좋게 단단해진 반죽을 꺼내 설탕그릇에 꾹꾹 눌러가며 묻혀 줍니다.

6 비닐로 감싼 후 설탕을 고정시킨 후 칼로 눌러가며 0.5cm 두께로 썰어 주세요.

7 반죽을 팬에 넣고 '1/2약불'로 약 15~20분 정도 굽다가 바닥에 갈색이 돌면 뒤집어서 3~5분 정도 타지 않게 구워 주세요. 중간에 뚜껑에 맺힌 물기는 한 번 닦아내 주세요.

크림치즈 사블레

 재료(약 14개)

박력분	160g
버터	60g
설탕	50g
소금	1/8t
크림치즈	100g
장식용 설탕	적당량

준비

버터와 크림치즈는 쓰기 전에 미리 냉장고에서 꺼내두어야 딱딱하지 않아요.

1 실온에서 말랑해진 버터와 크림치즈를 부드럽게 풀어준 후 설탕과 소금을 두세 번에 나눠 넣어가면서 중속으로 약 1분간 섞어 주세요.

2 박력분을 체쳐 넣고 주걱날을 세워 칼질하듯 썰어가며 마른가루가 안 보일 때까지만 섞어 줍니다. 가루가 잘 안 섞인다고 주걱을 눕히거나 너무 오래 섞으면 반죽에 끈기가 생겨 과자가 질겨지니 주의하세요.

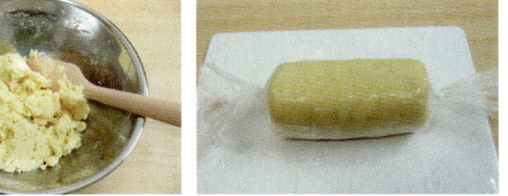

3 반죽을 가볍게 뭉쳐서 비닐에 감싼 후 동그랗게 모양을 잡아 주어 냉동실에 2~3시간 넣어 두세요.

4 냉동실에서 꺼낸 반죽을 설탕그릇에 굴려 주세요.

5 칼로 눌러 0.5cm 두께로 썬 후 프라이팬에 놓아 주세요. 써는 과정에서 모양이 눌린 부분은 손가락으로 살짝 만져 주면 깔끔해져요.

6 팬뚜껑을 닫고 '1/2약불'로 약 15~20분 정도 굽다가 바닥에 갈색이 돌면 뒤집어서 3~5분 정도 타지 않게 구워 주세요.

달콤한 초코칩이 콕콕~

초코칩 쿠키

노르스름한 게 보기만 해도
먹음직스럽지요?^^

달콤한 초코칩이
듬뿍 들어 있어요

1 실온에서 말랑해진 버터를 부드럽게 풀어준 후 설탕과 소금을 두세 번에 나눠 넣으면서 중속으로 1분 정도 휘핑해 주세요.

2 차갑지 않은 계란을 깨넣고 계란의 느른함이 남지 않도록 충분히 섞어 주세요.

3 박력분과 베이킹파우더를 체쳐 넣고 초코칩을 넣은 후 주걱날을 세워 칼질하듯 쓱쓱 그어가며 섞어 주세요.

 재료(약 18개)

박력분	200g
베이킹파우더	1/2t
버터	100g
황설탕	80g
소금	1/4t
계란	1개
초코칩	100g

 준비

버터와 계란은 쓰기 전에 미리 냉장고에서 꺼내두어 냉기를 없애 주세요.

4 마른가루가 모두 흡수되고 나면 곧바로 주걱질을 중단해 주세요. 반죽을 짓이기거나 너무 오래 섞으면 반죽에 끈기가 생겨 쿠키가 질기거나 딱딱해지거든요.

5 반죽을 비닐에 담아 가볍게 뭉친 후 두 개의 비닐에 나눠 담고 길게 모양을 잡아 주세요.

6 한 덩이는 냉장고에 대기시켜 놓고 나머지 한 덩이는 주걱으로 대충 분할해서 손바닥에 놓고 납작하게 눌러 모양을 잡아 주세요. 반죽이 질 때는 손에 밀가루를 묻혀가면서 작업해 주세요.

7 반죽을 팬에 담고 '1/2약불'로 약 15~20분 정도 굽다가 바닥에 갈색이 돌면 뒤집어서 3~5분 정도 타지 않게 구워 주세요. 굽는 동안 뚜껑에 맺힌 물은 바닥에 흘러들기 직전에 한 번만 닦아내 주세요.

8 윗면에 노르스름 갈색이 돌면 꺼내서 완전히 식힌 후 드세요.

초코칩쿠키의 모든 것

쿠키 하면 가장 먼저 떠오르고 남녀노소 누구나 좋아하는 것이 바로 이 초코칩 쿠키가 아닐까 싶네요. 그만큼 제과점이나 수퍼에서도 쉽게 찾아볼 수 있지요. 하지만 이제 그 범국민 쿠키를 오븐 없이 프라이팬 하나로 누구나 쉽게 만들 수 있다는 사실!! 반죽한 후 별도로 기다리는 시간 없이 곧바로 손바닥에 눌러 굽기 때문에 특히나 콩지처럼 성질 급한 사람에게 적극 추천합니다.^^
재료를 살짝 달리하여 '초코 초코칩 쿠키'와 '피넛버터 초코칩 쿠키' 레시피도 준비했으니 입맛대로 취향대로 맘껏 만들어 드세요.^^

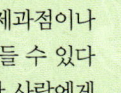

응용 1

초코 초코칩 쿠키

 재료(약 18개)

박력분	180g
코코아가루	20g
베이킹파우더	1/2t
버터	100g
황설탕	80g
소금	1/4t
계란	1개
초코칩	60g
호두분태	60g

 준비

1. 버터와 계란은 냉장고에서 미리 꺼내 두세요.
2. 호두는 팬에 살짝 볶아서 넣어 주면 훨씬 맛있답니다.

1 실온에서 말랑해진 버터를 부드럽게 풀어준 후 설탕과 소금을 두세 번에 나눠 넣으면서 중속으로 1분 정도 휘핑해 주세요.

2 차갑지 않은 계란을 깨넣고 계란의 느른함이 남지 않도록 충분히 섞어 주세요.

3 박력분, 코코아가루, 베이킹파우더를 체쳐 넣고 칼질하듯 섞다가 가루가 반 이상 섞이고 나면 초코칩과 호두분태를 넣고 마저 섞어 줍니다. 마른가루가 안 보이면 곧바로 중단해 주세요.

4 위생비닐에 반죽을 둘로 나눠 담고 길게 늘려 주세요. 한 덩이는 냉장고에 넣어 두고 나머지 한 덩이는 바로 작업해 주시면 됩니다.

5 주걱으로 적당히 등분한 후 손바닥에 놓고 납작하게 눌러 주세요.

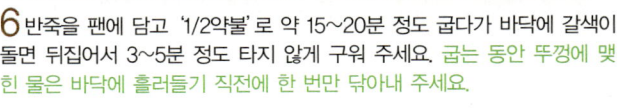

6 반죽을 팬에 담고 '1/2약불'로 약 15~20분 정도 굽다가 바닥에 갈색이 돌면 뒤집어서 3~5분 정도 타지 않게 구워 주세요. 굽는 동안 뚜껑에 맺힌 물은 바닥에 흘러들기 직전에 한 번만 닦아내 주세요.

피넛버터 초코칩 쿠키

 재료(약 18개)

박력분	180g
베이킹파우더	1/2t
버터	50g
피넛버터	50g
황설탕	80g
소금	1/4t
계란	1개
초코칩	80g

준비

1. 버터와 피넛버터는 냉장고에서 미리 꺼내두어야 딱딱하지 않아요.
2. 계란도 미리 꺼내두어 냉기를 없애 주세요.

1 실온에서 말랑해진 버터와 피넛버터를 부드럽게 풀어준 후 설탕과 소금을 두세 번에 나눠 넣어가면서 중속으로 1분 정도 섞어 주세요.

2 냉장고에서 미리 꺼내둔 계란을 깨넣고 충분히 섞어 줍니다.

3 박력분과 베이킹파우더를 체쳐 넣고 초코칩도 넣어준 후 주걱날을 세워서 칼질하듯 쓱쓱 그어가면서 섞어 주세요.

4 마른가루가 다 숨으면 곧바로 주걱질을 중단해 주셔야 해요.

5 반죽을 비닐에 담고 살짝 뭉쳐준 후 다시 두 개로 나눠 담고 길게 늘려 줍니다.

6 주걱으로 대충 분할한 후 동글납작하게 모양을 잡아 주세요.

7 반죽을 팬에 담고 '1/2약불'로 약 15~20분 정도 굽다가 바닥에 갈색이 돌면 뒤집어서 3~5분 정도 타지 않게 구워 주세요.

8 쪼개봐서 속까지 다 익었으면 꺼내서 식혀 주세요.

와~ 고소한 아몬드가
정말 통 크게도 들었네요^^

한눈에 봐도
수분이 쫙 빠진
바삭한 자태^^

고소한 아몬드가 통째로~
통아몬드 비스코티

 재료(약 20개)

박력분	180g
아몬드가루	30g
베이킹파우더	1/2t
계란	1개
포도씨유	40g
황설탕	80g
소금	1/4t
통아몬드	100g

1 볼에 계란, 포도씨유, 설탕, 소금을 모두 넣고 설탕이 반 이상 녹을 때까지 잘 섞어 주세요.

2 박력분과 아몬드가루, 베이킹파우더를 체쳐 넣고 주걱으로 칼질하듯 뒤엎어가며 섞어 주세요.

3 가루들이 반 이상 섞이고 나면 아몬드를 넣고 반죽을 반으로 갈라가며 아몬드가 한곳에 뭉치지 않도록 고르게 섞어 주세요.

4 반죽을 둘로 나눠 위생비닐에 담고 납작한 사각형이 되도록 손바닥으로 잘 눌러 주세요. 반죽 위아래가 되도록 평평해야 나중에 썰기도 좋고 모양도 예쁘답니다.

5 1차 굽기 – 프라이팬에 하나씩 넣고 '1/2약불'로 약 15~20분 정도 굽다가 바닥에 갈색이 돌면 불을 조금 더 줄이고 뒤집어서 약 3~5분간 타지 않게 구워 주세요. 비스코티는 나중에 또 한 번 굽기는 하지만 1차 굽기에서 충분히 수분이 빠져 줘야 더 바삭하기 때문에 불을 약하게 해서 속까지 잘 익혀 주세요.

6 다 구워진 반죽을 꺼내서 뜨거운 열기가 어느 정도 가시면 비닐에 담아 식혀 주세요. 그래야 겉면이 촉촉해져서 썰 때 부서지는 것을 줄일 수 있어요.

7 반죽이 식고 나면 약 1.5cm 두께로 썰어 주세요. 칼 위에 손바닥을 대고 체중을 실어서 한방에 팍!! 하고 썰어야 아몬드가 밀려나지 않고 깔끔하게 썰린답니다.

8 2차 굽기 – 길게 썬 반죽을 프라이팬에 넣고 한 번 더 구워 주세요. 1차 굽기로 이미 수분이 대부분 빠져 나간 상태이므로 크게 부담 갖지 마시고 약불에서 10분간 굽다가 불꽃 크기를 반으로 줄인 후 뒤집어서 5분간 앞뒤가 노르스름해지도록 구워 주시면 됩니다.

 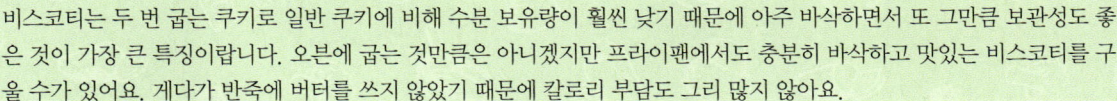 **비 스 코 티 의 모 든 것**

비스코티는 두 번 굽는 쿠키로 일반 쿠키에 비해 수분 보유량이 훨씬 낮기 때문에 아주 바삭하면서 또 그만큼 보관성도 좋은 것이 가장 큰 특징이랍니다. 오븐에 굽는 것만큼은 아니겠지만 프라이팬에서도 충분히 바삭하고 맛있는 비스코티를 구울 수가 있어요. 게다가 반죽에 버터를 쓰지 않기 때문에 칼로리 부담도 그리 많지 않아요.

그러나 버터가 빠진 만큼 자칫하면 딱딱하거나 밋밋한 맛의 쿠키가 될 수 있기 때문에 반죽에는 반드시 소금을 넣어 주시고 고소한 견과류를 듬뿍 넣어서 그 단점을 커버해 주는 것이 좋을 듯합니다.^^

그리고 반죽이 질면 식감은 더 부드럽지만 썰 때 많이 부서지는 단점이 있구요, 반죽이 되면 주걱질을 아무래도 여러 번 해줘야 하기 때문에 과자가 조금 딱딱해질 수 있지만 반죽을 썰 때 부서짐은 훨씬 덜하답니다.

정확한 계량으로 따라하신다면 부서지지 않고 맛있는 비스코티를 쉽게 만들 수 있으니 여러분들도 한번 도전해 보세요.^^

응용 1

초코 비스코티

재료(약 20개)

박력분	170g
코코아가루	20g
베이킹파우더	1/2t
계란	1개
포도씨유	40g
황설탕	80g
소금	1/4t
호두분태	80g

팁

호두 대신 슬라이스아몬드를 넣어도 맛있답니다.

1 볼에 계란, 포도씨유, 설탕, 소금을 모두 넣고 설탕이 반 이상 녹을 때까지 잘 섞어 주세요.

2 박력분, 코코아가루, 베이킹파우더를 체쳐 넣고 섞다가 호두분태를 넣고 마른가루가 모두 흡수될 때까지만 섞어 줍니다.

3 비닐에 반죽을 둘로 나눠 담고 네모난 모양으로 납작하게 눌러 주세요.

4 **1차 굽기** – 프라이팬에 하나씩 넣고 '1/2약불'로 약 15~20분 정도 굽다가 바닥에 갈색이 돌면 불을 조금 더 줄이고 뒤집어서 약 3~5분간 타지 않게 구워 주세요.

5 바닥이 요렇게 타지 않을 만큼 갈색이 돌면 뒤집어서 약 5분간 구워 주세요.

6 다 익으면 꺼내서 뜨거운 열기가 빠지고 나면 비닐에 담아 마저 식혀 주세요.

7 **2차 굽기** – 칼로 약 1.5cm 폭으로 썰어준 후 프라이팬에 담고 약불로 10분간 굽다가 불꽃 크기를 반으로 줄이고 뒤집어서 5분간 구워 주세요.

074

통밀 비스코티

 재료(약 20개)

박력분	90g
통밀가루	100g
베이킹파우더	1/2t
계란	1개
포도씨유	40g
황설탕	80g
소금	1/4t
초코칩	50g
호두 분태	50g

 팁

통밀 비스코티는 통밀 특유의 구수함이 달콤한 초코칩과 만난, 자꾸자꾸 손이 가는 쿠키랍니다.

1 볼에 계란, 포도씨유, 설탕, 소금을 모두 넣고 설탕이 반 이상 녹을 때까지 잘 섞어 주세요.

2 박력분, 통밀가루, 베이킹파우더를 체쳐 넣고 섞다가 초코칩과 호두 분태를 넣고 마른가루가 모두 흡수될 때까지만 섞어 줍니다.

3 비닐에 반죽을 둘로 나눠 담고 네모난 모양으로 납작하게 눌러 주세요.

4 **1차 굽기**-프라이팬에 하나씩 넣고 '1/2약불'로 약 15~20분 정도 굽다가 바닥에 갈색이 돌면 불을 조금 더 줄이고 뒤집어서 약 3~5분간 타지 않게 구워 주세요.

5 바닥이 요렇게 타지 않을 만큼 갈색이 돌면 뒤집어서 약 5분간 구워 주세요.

6 다 익으면 꺼내서 뜨거운 열기가 빠지고 나면 비닐에 담아 마저 식혀 주세요.

7 **2차 굽기**-칼로 약 1.5cm 폭으로 썰어준 후 프라이팬에 담고 약불로

10분간 굽다가 불꽃 크기를 반으로 줄이고 뒤집어서 5분간 구워 주세요.

검은깨를 넣어
고소함이 두 배!

오우~
노랗게 잘 뻗은 옥시시 막대기~ㅋ

콘 스틱

1 볼에 계란, 포도씨유, 황설탕, 소금을 모두 넣고 잘 섞어 주세요.

2 설탕이 어느 정도 녹으면 박력분, 옥수수가루, 베이킹파우더를 체쳐 넣고 검은깨와 함께 주걱으로 칼로 자르듯 뒤엎어가며 섞어 주세요.

3 가루가 거의 다 흡수되면 주걱을 짧게 잡고 엉긴 반죽을 덜 섞인 가루에 콕콕 찍어가면서 마른가루가 모두 숨을 때까지 주걱질을 해줍니다.

재료(약 20개)

박력분	100g
옥수수가루	40g
베이킹파우더	1/2t
계란	1개
포도씨유	30g
황설탕	40g
소금	1/8t
검은깨	1T

4 반죽을 비닐에 담고 살짝 뭉쳐 준 후 밀대로 도톰하게 밀어 주세요. 이때 폭을 원하는 스틱 길이보다 살짝 작게 잡아 주세요.

5 반죽을 칼로 눌러 길게 썰어준 후 손으로 살짝 비벼서 둥근 모양을 잡아 줍니다. 이때 너무 세게 비비면 부서질 수 있으니 주의하세요.

6 프라이팬에 나란히 배치해 주세요.

7 팬 뚜껑을 닫고 '1/2약불'로 약 15~20분 정도 굽다가 바닥에 갈색이 돌면 뒤집어서 3~5분 정도 타지 않게 구워 주세요. 스틱이 두꺼울 경우 뒤집은 후 불을 조금 더 줄이고 구워 주세요.

8 뒤집을 때는 스틱이 휘지 않도록 서로 나란히 배열한 후 위에서 살짝 눌러 주세요.

9 노르스름 잘 구워진 스틱은 완전히 식힌 후 드셔야 고소하고 바삭하답니다.

스틱의모든것

반죽에 버터 대신 식물성 오일을 넣어서 긴 막대 모양으로 만든 스틱은 담백하면서 살짝 딱딱한 느낌의 바삭함이 매력이지요. 이곳에 소개된 세 가지 스틱 레시피는 191~193쪽에 소개된 세 가지 크래커 반죽과 크게 다르지 않아요. 스틱 반죽에서 베이킹파우더를 빼고 납작하게 밀어서 구워 주면 크래커가 되고, 반대로 크래커 반죽에 베이킹파우더를 넣고 막대 모양으로 비벼서 구워 주면 그대로 스틱이 된답니다. 요렇게 살짝만 바꿔 주면 무려 6개의 응용 레시피가 가능하다니 와우~ 참 쉽고도 푸짐하지요?^^

프라이팬에 굽는 스틱은 두께가 얇을수록 훨씬 더 바삭하고 맛있는데요, 대신 작업하기가 까다로울 수 있으니 각자의 상황에 맞도록 요령껏 만들어 주시면 좋을 것 같네요. 넉넉히 만들어서 통에 담아 두고 심심할 때 하나씩 오독오독 씹어 먹으면 너무 맛있답니다. 물론 장기 보관을 원하신다면 냉동실에 넣어 두셔야겠지요?

응용 1

허브 스틱

 재료(약 20개)

박력분	200g
베이킹파우더	1/2t
물	60g
올리브유	30g
황설탕	40g
소금	1/4t
드라이허브	2T

팁

올리브유와 허브향이 잘 어울리는 허브 스틱은 좋아하는 허브를 넣어서 다양한 향으로 즐길 수 있는 과자랍니다.

1 볼에 물, 올리브유, 황설탕, 소금을 모두 넣고 잘 섞어 주세요.

2 설탕이 어느 정도 녹으면 박력분과 베이킹파우더를 체쳐 넣고 드라이허브도 넣어 주걱으로 칼질하듯 금을 그어가며 섞어 주세요.

3 가루가 반 이상 섞이고 나면 주걱을 짧게 잡고 쿡쿡 찍어가면서 마른가루가 다 숨을 때까지 잘 섞어 줍니다.

4 완성된 반죽을 비닐에 넣고 양손으로 감싸듯 살짝 뭉쳐 주면서 덜 섞인 마른가루들을 완전히 흡수시켜 주세요.

5 밀대로 도톰하게 밀어 줍니다. 이때 폭이 원하는 스틱 길이보다 살짝 짧은 게 좋아요.

6 손으로 가볍게 비벼서 길이와 모양을 잡아 주세요.

7 팬 뚜껑을 닫고 '1/2약불'로 약 15~20분 정도 굽다가 바닥에 갈색이 돌면 뒤집어서 3~5분 정도 타지 않게 구워 주세요. 스틱이 두꺼울 경우 뒤집은 후 불을 조금 더 줄이고 구워 주세요.

김 스틱

 재료(약 20개)

박력분	180g
베이킹파우더	1/2t
버터	60g
설탕	60g
소금	1/4t
계란	1개
김가루	2T
참깨	2T

 팁

김 스틱은 버터 반죽을 이용해 봤는데요, 칼로리를 줄이고 싶으시다면 다른 스틱 반죽에 김가루만 넣어 주시면 됩니다.

1 실온에서 말랑해진 버터를 부드럽게 풀어준 후 설탕과 소금을 두 번에 나눠 넣으면서 잘 섞어 주세요.

2 차갑지 않은 계란을 깨넣고 충분히 휘핑하여 재료를 고루 섞어 주세요.

3 박력분, 베이킹파우더를 체쳐 넣고 김가루와 참깨를 넣어 주걱으로 칼질하듯 잘 섞어 줍니다.

4 반죽을 둘로 나눠 비닐에 담고 살짝 도톰한 느낌으로 넓적하게 밀어 주세요.

5 칼로 눌러 길게 썰어준 후 손으로 비벼서 모양을 잡아 주세요.

6 프라이팬에 나란히 배치해 주세요. 이때 끝을 적당히 잘라 주면서 길이를 일정하게 맞춰 주시면 더 예쁘겠지요?

7 팬 뚜껑을 닫고 '1/2약불'로 약 15~20분 정도 굽다가 바닥에 갈색이 돌면 뒤집어서 3~5분 정도 타지 않게 구워 주세요. 스틱이 두꺼울 경우 뒤집은 후 불을 조금 더 줄이고 구워 주세요.

요런 주름은
어떻게 만들었을까요?ㅋ

British
Bistro Bear

크림 없이
그냥 먹어도 맛있어요^^

오우~
이 럭셔리한 색감~

주황색이 너무 예쁜
황치즈 샌드쿠키

1 실온에서 말랑해진 버터를 부드럽게 풀어준 후 설탕을 두 번에 나눠 넣어가면서 섞다가 계란을 넣고 충분히 섞어 줍니다.

2 박력분을 체쳐 넣고 파슬리도 넣은 후 주걱날을 세워 칼질하듯 섞다가 마른가루가 모두 흡수되면 곧바로 중단해 주세요.

3 반죽을 비닐에 둘로 나눠 담아 줍니다.

 재료(약 24쌍)

쿠키 반죽

박력분	280g
버터	120g
설탕	60g
계란	1개
파슬리	1T

샌드크림

버터	50g
황치즈분말	1T
슈거파우더	80g

4 비닐에 쌓인 채 밀대로 얇게 밀어서 냉장고에 20~30분간 넣어 두세요.

5 냉장고에서 단단해진 반죽을 꺼내 묵칼로 눌러 일정한 크기로 썰어 주세요. 칼날에 묻은 반죽을 휴지로 닦아가면서 작업해 주면 깔끔하게 썰 수 있답니다.

6 반죽을 프라이팬에 가지런히 놓은 후 이쑤시개로 구멍을 뚫어 줍니다. 뾰족한 부분을 잘라내고 밀가루를 묻혀서 꾹 찔러준 후 살짝 돌리면서 빼주면 깔끔하게 뚫어져요.

 팁

1. 샌드크림 만들기는 45쪽을 참조해 주세요.
2. 단걸 싫어하시면 크림 없이 그냥 먹어도 부드럽고 맛있답니다.

7 팬 뚜껑을 닫고 '1/2약불'로 약 15~20분 정도 굽다가 바닥에 갈색이 돌면 뒤집어서 3~5분 정도 타지 않게 구워 주세요. 굽는 동안 뚜껑에 맺힌 물은 바닥에 흘러들기 직전에 한 번 닦아 주시고 팬에 찬물을 담아 5분 정도 식힌 후 키친타올로 물기를 닦아내고 다음 반죽을 짜서 구워 주시면 됩니다.

8 쿠키를 완전히 식힌 후 같은 크기끼리 짝을 지은 후 크림을 샌드해 주세요.

9 투명 쿠키봉투에 한 개씩 포장해서 예쁜 스티커를 붙여 주면 근사한 선물 포장이 된답니다.

샌드쿠키의 모든 것

샌드쿠키는 달콤하고 모양도 예뻐서 선물하기에 아주 좋은 쿠키랍니다.
물론 단것을 싫어하시는 분들은 크림 없이 그냥 드셔도 맛있어요.
이 책에는 총 다섯 가지의 샌드쿠키가 소개되어 있는데요,
크림을 서로 바꿔서 만들면 훨씬 다양한 맛과 모양이 되겠지요?
굽고 나서 막 식은 쿠키는 아직 바삭하기 때문에 크림을 샌드한 후 하루 정도 냉장고에 넣어 뒀다가 드시면
쿠키는 촉촉해지고 크림은 단단해져서 한입 베어 물어도 크림이 옆으로 빠져 나오지 않아 예쁘게 먹을 수 있답니다.

미니 샌드 쿠키

 재료(약 20쌍)

쿠키 반죽

박력분	80g
쑥가루	1t
베이킹파우더	1/2t
버터	50g
설탕	40g
계란	1개

샌드크림

버터	60g
슈거파우더	100g

 준비

1. 버터, 계란은 미리 냉장고에서 꺼내 두세요.
2. 샌드크림 만들기는 45쪽을 참조해 주세요.

1 실온에서 말랑해진 버터를 부드럽게 풀어준 후 설탕을 두세 번에 나눠 넣으면서 중속으로 1분 정도 휘핑해 주세요.

2 차갑지 않은 계란을 깨넣고 계란의 느른함이 남지 않도록 충분히 섞어 주세요.

3 박력분, 쑥가루, 베이킹파우더를 체쳐 넣고 주걱날을 세워 칼질하듯 썰어가며 섞어 주시고 마른가루가 안 보이면 곧바로 중단해 주세요.

4 반죽을 짤주머니에 담아 동그랗게 짜준 후 울퉁불퉁한 부분은 손가락에 밀가루를 묻혀가며 살짝 다듬어 줍니다.

5 짜고 남은 반죽은 요렇게 컵에 거꾸로 꽂아두면 편리해요.

6 팬뚜껑을 닫고 '1/2약불'로 약 15~20분 정도 굽다가 바닥에 갈색이 돌면 뒤집어서 1~2분간 가볍게 구워 주세요.

7 크기가 비슷한 것들끼리 짝을 지은 후 크림을 짠 후 뚜껑을 덮어 살짝 눌러 주면 예쁜 샌드쿠키가 완성됩니다.

초콜릿 샌드쿠키

재료(약 12쌍)

쿠키 반죽

박력분	280g
버터	120g
설탕	60g
계란	1개

샌드크림

초콜릿	100g
생크림	50g

1 실온에서 말랑해진 버터를 부드럽게 풀어준 후 설탕을 두 번에 나눠 넣어가면서 섞다가 계란을 넣고 충분히 섞어 줍니다.

2 박력분을 체쳐 넣고 주걱날을 세워 칼질하듯 섞다가 마른가루 모두 숨고 나면 곧바로 중단합니다.

3 반죽을 둘로 나눠 위생비닐에 담고 각각을 밀대로 얇게 밀어준 후 냉장실에 20~30분간 넣어 두세요.

4 냉장고에서 단단해진 반죽을 꺼내 위 비닐을 걷어내고 지름 5cm 원형커터로 찍어낸 후 바로바로 프라이팬에 놓아 주세요.

5 이쑤시개의 뾰족한 부분은 잘라내고 밀가루를 묻혀가면서 구멍을 뚫어 주세요.

6 팬 뚜껑을 닫고 '1/2약불'로 약 15~20분 정도 굽다가 바닥에 갈색이 돌면 뒤집어서 3~5분 정도 타지 않게 구워 주세요.

7 냄비에 생크림을 뜨겁게 데운 후 불을 끄고 초콜릿을 넣고 녹인 후 살짝 식혀 두세요.

8 초콜릿 크림이 어느 정도 식은 후 엉기는 느낌이 들 때 숟가락으로 조금씩 떠서 쿠키에 올린 후 뚜껑으로 덮어 살짝 눌러 주세요.

고소한 호두와
달콤한 초코칩

은은한 녹차향이
크림치즈와 잘 어울려요^^

버터를 넣지 않아 부담없는
크림치즈 녹차쿠키

1 실온에서 말랑해진 크림치즈를 부드럽게 풀어준 후 설탕을 두세 번에 나눠 넣으면서 중속으로 1분 정도 휘핑해 주세요.

2 차갑지 않은 계란을 깨넣고 계란의 느른함이 남지 않도록 충분히 섞다가 포도씨유를 넣고 잘 섞어 주세요.

3 박력분, 녹찻가루, 베이킹파우더를 체쳐 넣고 호두와 초코칩도 넣고 칼질하듯 볼 바닥을 썰어가며 섞어 주세요.

 재료(약 25개)

박력분	200g
녹찻가루	2T
베이킹파우더	1t
크림치즈	100g
설탕	80g
계란	1개
포도씨유	30g
호두분태	60g
초코칩	40g

 준비

크림치즈와 계란은 미리 냉장고에서 꺼내두어 냉기를 없애 주세요.

4 마른가루가 모두 숨으면 곧바로 주걱질을 중단하고 한 덩이로 모아 주세요.

5 반죽을 위생비닐에 담고 가볍게 뭉쳐준 후 도톰하게 눌러 주세요.

6 칼로 적당한 크기로 등분한 후 손바닥에 둥글린 후 납작하게 눌러 줍니다.

7 프라이팬에 적당한 간격을 두고 배치한 후 다시 한번 반죽들을 손으로 눌러서 좀더 슬림하게 만들어 주세요.

8 팬 뚜껑을 닫고 '1/2약불'로 약 15~20분 정도 굽다가 바닥에 갈색이 돌면 뒤집어서 3~5분 정도 타지 않게 구워 주세요. 굽는 동안 뚜껑에 맺힌 물은 바닥에 흘러들기 직전에 한 번 닦아 주시고 팬에 찬물을 담아 5분 정도 식힌 후 키친타올로 물기를 닦아내고 다음 반죽을 짜서 구워 주시면 됩니다.

9 잘 구워진 쿠키를 바구니에 담아 완전히 식힌 후 드세요.

MEMO

너무 깜찍하고 예쁜
딸기잼 쿠키

빨간 딸기잼이 너무 예쁘지요?

고소한 아몬드 파편들이
무수히 박혀 있어요^^

1 실온에서 말랑해진 버터를 부드럽게 풀어준 후 설탕과 소금을 두세 번에 나눠 넣으면서 중속으로 1분 정도 휘핑하다가 계란을 넣고 충분히 섞어 주세요.

2 박력분과 베이킹파우더를 체쳐 넣고 주걱날을 세워 칼질하듯 썰어가며 섞다가 마른가루가 모두 숨으면 곧바로 중단해 주세요.

3 반죽을 비닐에 둘로 나눠 담고 냉장고에 20~30분 정도 넣어 두세요.

 재료(약 24개)

박력분	200g
베이킹파우더	1/2t
버터	80g
설탕	80g
소금	1/4t
계란	1개
슬라이스아몬드	적당량
딸기잼	적당량

 준비

1. 버터와 계란은 미리 냉장고에서 꺼내서 냉기를 없애 주세요.
2. 슬라이스아몬드는 프라이팬에 살짝 구운 후 손으로 잘게 부숴 두세요.

4 냉장고에서 꺼낸 반죽을 칼로 눌러 적당한 크기로 등분한 후 손바닥에 굴려 동그랗게 만들고 부순 아몬드가 담긴 그릇에 굴려서 전체적으로 듬뿍 묻혀 줍니다. 아몬드는 그냥 쓰는 것보다 미리 구워 주면 맛도 물론 좋지만 노르스름하게 색도 살아 훨씬 예쁘기 때문에 꼭 미리 구워 주시길 권합니다.

5 프라이팬에 간격을 두고 배치한 후 반죽 가운데를 손가락으로 눌러 홈을 파주세요.

6 팬 뚜껑을 닫고 '1/2약불'로 약 15~20분 정도 구워 주세요.

7 뒤집기 전에 반죽이 부풀면서 높아진 홈을 칼끝으로 살짝 눌러 다시 한번 홈을 만들어 줍니다.

8 바닥에 갈색이 돌면 뒤집어서 3~5분 정도 구워 주세요.

9 쿠키를 꺼내서 가운데 홈에 딸기잼을 예쁘게 올려 주세요. 젓가락을 이용해 주면 깔끔해요.

 **MEMO**

통밀을 넣어 구수한
건빵쿠키

요 앙증맞은 녀석들 ㅋㅋ

도톰해도
속까지 잘 구워졌어요~

1 실온에서 말랑해진 버터를 부드럽게 풀어준 후 설탕과 소금을 두세 번으로 나눠 넣으면서 중속으로 1분 정도 휘핑해 주세요.

2 차갑지 않은 계란을 깨넣고 계란의 느른함이 남지 않도록 충분히 섞어 주세요.

3 박력분, 통밀가루, 베이킹파우더를 체쳐 넣고 주걱으로 칼질하듯 금을 그어가며 가루들을 모두 흡수시켜 주세요.

 재료(약 40개)

박력분	100g
통밀가루	100g
베이킹파우더	1/4t
버터	100g
설탕	60g
소금	1/4t
계란	1개

 준비

버터와 계란은 쓰기 전에 미리 냉장고에서 꺼내 두세요.

4 마른가루가 모두 흡수되면 곧바로 주걱질을 중단하고 반죽을 한 덩이로 모아 주세요.

5 위생비닐에 둘로 나눠 담고 도톰하게 눌러준 후 냉장고에 30분 이상 넣어 둡니다.

6 냉장고에서 단단해진 반죽을 칼로 눌러 건빵 크기로 썰어 주세요.

7 프라이팬에 가지런히 배열하고 이쑤시개로 구멍을 뚫어 줍니다. 뾰족한 부분은 잘라내고 밀가루를 발라서 쿡 찔러 주고 뺄 때는 살짝 돌려서 빼주면 예쁘게 된답니다.

8 팬 뚜껑을 닫고 '1/2약불'로 약 15~20분 정도 구워 주세요.

9 바닥에 갈색이 돌면 뒤집어서 불을 조금 더 줄이고 색을 봐가면서 3~5분 정도 구워 줍니다.

10 바구니에 담아 완전히 식힌 후 드세요.

MEMO

귀여운 미니 도넛 같은
초코링 쿠키

새하얀 옷이
너무 고급스러워요^^

검은 속살이
참 매력적이지요?

1 실온에서 말랑해진 버터를 부드럽게 풀어준 후 설탕과 소금을 두세 번으로 나눠 넣으면서 중속으로 1분 정도 휘핑해 주세요.

2 차갑지 않은 계란을 깨넣고 계란의 느른함이 남지 않도록 충분히 섞어 주세요.

3 박력분, 코코아가루, 베이킹파우더를 한데 섞어 체쳐 넣고 주걱날을 세워 칼질하듯 볼 바닥을 그어가며 섞어 주세요.

4 마른가루가 모두 흡수되면 짤주머니에 담아 주세요. 길쭉한 통에 짤주머니를 씌우고 주걱을 턱에 훑어가면서 담아 주면 남김없이 깔끔하게 담을 수 있답니다.

5 프라이팬에 링 모양으로 짜준 후 손가락에 밀가루를 묻혀가며 거친 부분을 살짝 정리해 주세요.

6 팬 뚜껑을 닫고 '1/2약불'로 약 15~20분 정도 굽다가 바닥에 갈색이 돌면 뒤집어서 3~5분 정도 타지 않게 구워 주세요.

7 쿠키가 완전히 식고 나면 슈거파우더와 함께 봉지에 담고 흔들어 주세요.

 재료(약 16개)

박력분	100g
코코아가루	10g
베이킹파우더	1/2t
버터	60g
설탕	50g
소금	1/8t
계란	1개
장식용 슈거파우더	적당량

 준비

버터와 계란은 쓰기 전에 미리 냉장고에서 꺼내 두세요.

MEMO

너무너무 부드러운

아몬드 쿠키

이쑤시개통으로
참말 요렇게 예쁜 모양을?

요거 한 조각
지금이라도 당장 집어 먹고 싶네요ㅠㅠ

재료(약 15개)

박력분	120g
아몬드가루	50g
버터	100g
설탕	40g
소금	1/4t

1 실온에서 말랑해진 버터를 부드럽게 풀어준 후 설탕과 소금을 두세 번에 나눠 넣어가면서 1분 정도 휘핑해 주세요.

2 박력분과 아몬드가루를 체쳐 넣고 주걱으로 칼질하듯 볼 바닥을 썰어 주며 섞어 주세요.

3 가루들이 어느 정도 흡수되면 주걱을 짧게 잡고 쿡쿡 찍어가며 나머지 덜 섞인 가루들을 모두 섞어 줍니다.

준비

버터는 쓰기 전에 미리 냉장고에서 꺼내두어야 딱딱하지 않아요.

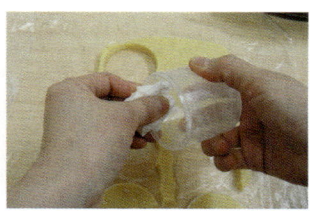

4 완성된 반죽을 비닐에 담고 가볍게 뭉쳐준 후 네모 모양으로 도톰하게 눌러 주세요. 폭은 쿠키커터의 두 배 정도 되도록 해주시면 좋아요.

5 원형커터를 이용해 사진처럼 초승달 모양으로 찍어 주세요. 저는 지름 5.5cm 정도 되는 이쑤시개통을 이용했어요.

6 커터는 한 번 찍을 때마다 안쪽에 묻은 반죽을 말끔하게 닦아내 주면 반죽이 들러붙지 않고 깔끔하게 찍힌답니다.

7 팬 뚜껑을 닫고 '1/2약불'로 약 15~20분 정도 구워 주세요.

8 반죽이 부풀고 바닥이 갈색을 띠면 뒤집어서 윗면도 노르스름한 갈색이 돌도록 약 3~5분 정도 구워 주시면 됩니다. 반죽이 부서지지 않도록 숟가락 두 개를 이용해 조심히 뒤집어 주세요.

9 모양 내는 게 귀찮을 땐 요렇게 네모로 썰어서 구워도 예쁩니다.

콩지의에피소드

요번 쿠키는 반죽에 계란이 들어가지 않았기 때문에 끈기가 적은 아주아주 부드러운 쿠키랍니다. 뒤집을 때 부서질 수 있기 때문에 반죽이 도톰해야 하구요. 초승달도 너무 날씬한 것보다 오동통한 게 좋답니다. 요걸 굽다가 막 외출하려던 동생에게 시식을 권했더니 배부르다면서 시큰둥하게 하나 집어 먹더군요. 그러려니 하고 잠깐 방에서 볼일 좀 보고 있는데 '와~ 맛있다' 하는 소리가 들리더니 글쎄 사진작업도 안 한 귀한 작품을 거의 다 집어 먹고 나갔더라구요.

짜식 안 먹는다더니, 집에서 만든 쿠키는 느끼하지 않아서 정말 한번 맛보면 자꾸자꾸 먹고 싶어진답니다.^^

튀기지 않아 부담스럽지 않은
쿠키 도넛

아몬드 크로칸트

호박씨

코코넛가루

스프링클

땅콩분태

슬라이스아몬드

1 실온에서 말랑해진 버터를 부드럽게 풀어준 후 설탕과 소금을 두세 번에 나눠 넣으면서 섞다가 계란을 넣고 중속으로 1분 정도 휘핑해 주세요.

2 박력분, 베이킹파우더를 체쳐 넣고 주걱날을 세워 칼질하듯 금을 그어가며 섞어 주세요.

3 마른가루가 모두 흡수되면 짤주머니에 담아 주세요. 길쭉한 통에 짤주머니를 씌우고 주걱을 턱에 훑어가면서 담아 주면 남김없이 깔끔하게 담을 수 있답니다.

재료(약 12개)

쿠키반죽

박력분	180g
베이킹파우더	1/2t
버터	100g
설탕	80g
소금	1/4t
계란	1개

장식

제과용 코팅 초콜릿 100g
땅콩, 호박씨, 슬라이스아몬드, 스프링클, 코코넛가루 등

4 프라이팬에 링 모양으로 짜준 후 손가락에 밀가루를 묻혀가며 거친 부분을 살짝 정리해 주세요.

5 팬 뚜껑을 닫고 '1/2약불'로 약 15~20분 정도 굽다가 바닥에 갈색이 돌면 뒤집어서 3~5분 정도 타지 않게 구워 주세요.

준비

1. 버터와 계란은 쓰기 전에 미리 냉장고에서 꺼내 두세요.
2. 장식용 견과류는 팬에 살짝 볶아서 잘게 부숴 두세요.

6 바구니에 완전히 식혀 주세요.

7 냄비에 물을 뜨겁게 끓인 후 불을 끄고 초콜릿이 담긴 냄비를 동동 띄워 놓고 숟가락으로 살며시 저어가면서 완전히 녹여 주세요.

8 초콜릿이 어느 정도 식으면 쿠키 위에 조금씩 올려 고루 펴 발라 주세요.

9 초콜릿이 굳기 전에 준비해둔 장식물을 예쁘게 뿌려 주면 완성.

콩지의에피소드

요 쿠키 도넛은 평소에 콩지에게 늘 도움을 주는 선배언니에게 선물로 보냈던 과자 중 하나인데요.
너무 예쁘고 맛있었다며 꼬맹이들이 어찌나 좋아하는지 숨겨놓고 하나씩만 줬다고 하더군요.
코팅하고 장식까지 하는 게 조금 번거롭긴 하지만 맛나게 먹어줄 사람을 생각하면서 만들면 그런 일마저 즐겁답니다.

밥통이 착해졌어요~
뚜껑을 열면 푸짐한 케이크가 한가득!!
신기하고 재미있는 밥통 케이크의 세계로 당신을 초대합니다~

PART 2

케이크

Cake

기본 스펀지케이크 만들기

계란 거품을 이용해 말 그대로 스펀지처럼 가볍고 폭신한 속살을 자랑하는 스펀지케이크를 만드는 방법에는
공립법과 별립법 두 가지가 있어요.
공립법은 계란 흰자와 노른자를 같은 볼에 함께 깨넣고 걸쭉한 거품을 낸 후 다른 재료를 순차적으로 섞어가는 방식으로
작업 과정이 단순하기는 하지만 거품을 내는 것이 순수한 흰자거품보다 어렵고 시간도 많이 걸립니다.
이에 반해 별립법은 흰자와 노른자를 각각 다른 그릇에 분리해 담고 먼저 노른자에 준비된 재료들을 혼합한 후
별도로 흰자거품(머랭, meringue)을 단단하게 낸 다음 마지막에 이 둘을 혼합해 주는 방식으로
거품내기는 쉬우나 작업이 분리되어 다소 번거로운 단점이 있습니다.
하여, 콩지는 이 두 방식의 장점만을 뽑아 공립과 별립의 중간 형태의 방법을 사용하였습니다.
공립의 과정을 따르되 흰자와 노른자를 한꺼번에 거품내는 것이 아니라
별립법처럼 따로 분리하여 흰자거품을 먼저 완성한 후에 노른자를 나중에 섞어 주는 방식이지요.
여기에 나머지 재료들을 순차적으로 섞어 주면 머랭부터 최종 반죽까지 단 10분이면 반죽이 완성된답니다.
자, 그럼 구체적으로 어떻게 작업이 이루어지는지 기본 스펀지케이크 만들기를 통해 자세히 알아볼까요?

 재료(10인용 전기 압력밥솥)

〈기본 스펀지케이크〉	〈모카 스펀지케이크〉	〈녹차 스펀지케이크〉	〈초코 스펀지케이크〉

박력분.............100g	박력분.............100g	박력분 100g + 녹찻가루 1T	박력분 80g + 코코아가루 20g
계란.................4개	계란.................4개	계란.................4개	계란.................4개
설탕.............120g	설탕.............120g	설탕.............120g	설탕.............120g
포도씨유.........50g	포도씨유.........50g	포도씨유.........50g	포도씨유.........50g
우유 50g + 맛술 1T	우유 50g + 커피 1T	우유.............50g	우유.............50g

＊계란 비린내 제거 기능 - 맛술, 커피, 녹찻가루, 코코아가루
＊밀가루에 베이킹파우더를 1t 섞어 주시면 좀더 안전하게 부푼답니다.

 준비

1 완성된 케이크가 잘 빠져 나오도록 밥통 내솥에 말랑한 버터를 붓으로 옆면까지 높게 펴 발라 두세요. 액체 상태인 식용유는 방울방울 엉기면서 흘러내리기 때문에 버터에 비해 효과가 떨어진답니다.

2 가루 종류를 한데 섞어 체쳐 둡니다. 저울 위에 체를 놓고 눈금을 0으로 세팅한 후 가루를 담아 주면 계량과 동시에 체치기까지 할 수 있어 편해요.

3 계란을 칼등에 쳐서 흰자와 노른자를 분리해 주세요. 흰자는 불순물이 섞이면 거품이 잘 일어나지 않으므로 볼과 거품날에 물기가 없도록 깨끗하게 닦고 노른자가 섞이지 않도록 주의해 주세요.

4 다른 재료들도 모두 계량하여 한 곳에 모아 두어야 빠뜨리는 재료가 없습니다.

1 5분 만에 머랭 만들기 - 흰자를 2~3분간 고속으로 휘핑한 후 거친 거품이 사라지고 잔잔한 상태가 되면 설탕을 3~4회에 걸쳐 나눠 넣어가면서 계속해서 고속으로 2~3분간 더 휘핑해 줍니다. 흰자는 이물질이 섞이면 거품이 잘 안 일어나기 때문에 처음부터 설탕을 넣지 말고 거품이 반 정도 올라온 후에 넣어 주면 쉽고 빠르게 머랭이 완성된답니다.

2 거품이 되직해지면 볼을 뒤집어봐서 흘러내림이 없으면 완성입니다.

3 손거품기의 경우 동일한 과정으로 속도에 상관없이 최대한 힘껏 치대 주면 핸드믹서 못지않게 10분 안에 머랭이 완성된답니다.

4 노른자를 하나씩 빠뜨려가면서 고속으로 1분 정도 더 휘핑해 줍니다. 여기서부터는 별립의 단계를 지나 이제 공립의 개념이 되는 것이지요.

5 포도씨유를 두세 번에 나눠 흘려 넣어가면서 1단으로 가볍게 섞어 주세요.

6 가루섞기 - 체쳐둔 가루를 한번 더 체쳐 넣고 고무주걱으로 볼 바닥까지 크게 쓸어 엎어가면서 조심히 섞어 주세요. 이때 가루를 한꺼번에 넣지 말고 세 번으로 나눠 넣어 주면 밀가루가 뭉치지 않게 잘 섞을 수 있답니다.

7 가루가 반 이상 섞이고 나면 맛술을 섞은 우유를 조금씩 흘려 넣어가면서 다시 한번 반죽을 뒤엎어가며 조심히 섞다가 마른가루가 모두 흡수되고 나면 곧바로 주걱질을 중단해 주세요. 밀가루는 건드릴수록 끈기가 생겨 케이크가 떡처럼 가라앉게 되므로 주걱질의 횟수는 최대한 적을수록 좋답니다.

8 버터를 발라둔 밥통 내솥에 반죽을 길게 흘려 부어 주세요. 덜 섞인 가루들이 보이면 흘러내릴 때 주걱으로 덩어리를 살짝 건드려 풀어 주세요.

9 반죽을 테두리로 고루 밀어준 후 주걱을 윗면에 대고 내솥을 돌려가면서 윗면을 평평하게 정리해 줍니다.

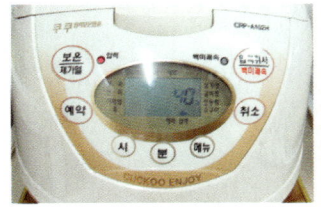   

10 굽기 - 밥통뚜껑을 닫고 '취사' 버튼을 눌러 줍니다. 한 번의 취사(약 20분)가 끝나면 자동으로 전환된 보온모드를 '취소' 시킨 후 다시 한 번 '취사' 버튼을 눌러 총 40분간 익혀 주세요. 찜기능으로 40분간 한 번에 구워 주면 더욱 편리합니다. 두 번의 취사 후 뚜껑을 열고 가운데 부분을 손가락으로 눌러봐서 테두리 부분보다 부스럭거리는 느낌이 심하거나 반죽이 묻어 나오면 10분 더 익혀 주세요.

11 꺼내기 - 냄비뚜껑의 오목한 부분에 호일을 감싸 평평하게 만든 후 케이크 위에 대고 내솥을 뒤집어 탁자 끝에 탁 쳐서 케이크가 바닥에서 분리되면 냄비뚜껑을 조심히 내려 꺼낸 후 케이크 위에 바구니를 대고 다시 한 번 휙 뒤집어 주면 원형 그대로 안전하게 케이크를 꺼낼 수 있답니다.

와우~ 케이크가 고소하다!!

아몬드 당근 케이크

우와~ 넘 푸짐한 거 아냐?^^

알록달록 눈이 즐거운
빨간 당근

아몬드 조각이 듬뿍!!
생각만 해도 고소해요~ㅋ

1 계란은 흰자와 노른자를 분리하고 빼먹는 재료가 없도록 모든 재료를 미리 계량하여 한곳에 모아 두세요.

2 흰자를 2~3분간 거품을 내다가 설탕을 두세 번에 걸쳐 나눠 넣어 가면서 고속으로 휘핑하여 단단한 머랭을 만들어 주세요.

3 계란 노른자를 하나씩 빠뜨려가 면서 휘핑을 계속합니다.

재료(10인용)

박력분	120g
계란	4개
설탕	120g
포도씨유	50g
우유	50g
당근	50g
슬라이스아몬드	50g

준비

1. 슬라이스아몬드는 마른 팬에 살짝 볶아서 잘게 부숴 두세요.
2. 당근은 잘게 다져 두세요.
3. 박력분은 체쳐 두세요.
4. 밥통 내솥에 버터를 발라 두세요.

4 노른자가 골고루 섞였으면 포도 씨유를 넓게 흩뿌려 넣고 저속으로 1분 정도 가볍게 섞어 주세요.

5 박력분을 체쳐 넣고 고무주걱으 로 테두리를 한 바퀴 빙 둘러 정리 한 후 바닥을 쓸어가면서 큰 원을 그리며 가볍게 섞어 주세요.

6 밀가루가 반 이상 섞이고 나면 우유를 조금씩 흘려 넣어가면서 다 시 한 번 가볍게 뒤엎어 주세요.

7 준비해둔 당근과 아몬드를 넣고 두세 번만 가볍게 뒤엎어 줍니다.

8 버터 바른 내솥에 반죽을 붓고 윗면을 평평하게 정리해 주세요.

9 취사 2번(찜 40분)이면 완성. 뚜 껑을 열어봐서 가운데 부분을 손으 로 눌러봐 물컹하거나 반죽이 묻어 나면 찜 10분을 더 추가해 주세요.

10 냄비뚜껑을 이용해 조심히 꺼 낸 후 바구니에 식혀 주세요.

콩지의 에피소드

원래는 당근만 넣을 예정이었으나 쓰고 남은 아몬드 부스러기가 있어 함께 넣고 만들어본 아몬드 당근 케이크…
취사가 끝난 후 밥통을 여는 순간 어찌나 고소하고 맛있는 냄새가 나던지 당장 뜯어 먹고 싶은 마음이 굴뚝같았으나 군침 을 삼키며 포토작업을 마친 후 냉큼 한입 집어 먹어 본 순간 너무 맛있어서 탄성이 절로 나오더군요.
여기서 신기한 것은 따로 맛술을 넣지 않았는데도 볶아 넣은 아몬드가 계란 비린내를 감쪽같이 없애 주더라구요. 새로운 사실도 하나 알게 되고 맛도 모양도 근사해서 이날 콩지는 기분이 아주 좋았답니다.^^
감정 표현에 인색한 동생도 늦은 밤 퇴근 후 슬쩍 뜯어 먹어보더니… 음, 맛있네? 하네요.

사과 케이크

재료(10인용)

박력분	140g
베이킹파우더	1/2t
계란	3개
설탕	100g
포도씨유	40g
우유	50g

사과조림

사과	2개
황설탕	4T
물	2T
계핏가루	1t

준비

1. 박력분, 베이킹파우더는 한데 섞어 체쳐 두세요.
2. 밥통 내솥에 버터를 펴 발라 두세요.

1 사과 한 개는 작게 썰고 다른 한 개는 8등분 해서 모두 냄비에 넣고 물과 설탕을 넣고 젓지 말고 끓이다가 국물이 거의 다 줄면 불을 끄고 계핏가루를 넣어 고루 섞어준 후 식혀 두세요.

2 계란흰자를 1~2분간 거품내다가 설탕을 두세 번에 나눠 넣어가면서 고속으로 휘핑하여 단단한 머랭을 만든 후 노른자를 하나씩 넣어가면서 1분 정도 휘핑해 주세요.

3 포도씨유를 흩뿌려 넣고 저속으로 1분 정도 섞어 줍니다.

4 체쳐둔 박력분, 베이킹파우더를 한번 더 체쳐 넣고 주걱으로 볼 바닥을 쓸어 엎어가면서 조심히 섞어 주세요.

5 가루가 반 정도 섞이면 작게 썰어둔 사과조림을 넣고 우유를 조금씩 흘려 넣어가면서 다시 한번 뒤엎어가며 조심히 섞어 줍니다.

6 나머지 8등분 한 사과조림을 밥통 바닥에 배치한 후 반죽을 붓고 윗면을 평평하게 정리해 주세요.

7 취사 2회(찜 40분)로 완성. 뚜껑을 열어 가운데를 손가락으로 만져봐서 단단하면 다 익은 것이고 손에 묻어나거나 부스럭거림이 남아 있으면 10분 더 구워 주세요.

8 냄비뚜껑을 이용해 조심히 꺼낸 후 뒤집어서 식혀 주세요.

옥수수 케이크

 **재료**(10인용)

박력분	130g
옥수수가루	60g
베이킹파우더	1t
계란	4개
설탕	120g
포도씨유	40g
우유	80g
통조림 콘	100g

 준비

1. 박력분, 옥수수가루, 베이킹파우더는 한데 섞어 체쳐 두세요.
2. 밥통 내솥에 버터를 펴 발라 두세요.

1 모든 재료는 계량해서 한곳에 모아 두어야 빠뜨리는 것이 없어요.

2 계란을 가볍게 풀어준 후 설탕을 두 번에 나눠 넣고 고속으로 휘핑해 주세요.

3 반죽이 걸쭉해지고 위에서 흘려봤을 때 흔적이 쉽게 사라지지 않고 쌓이듯 흘러내리면 포도씨유를 넣고 1단으로 속도를 줄여서 1분 정도 휘핑하여 거친 거품을 제거해 주세요.

4 체쳐둔 박력분, 옥수수가루, 베이킹파우더를 한번 더 체쳐 놓고 주걱으로 뒤엎어가며 조심히 섞어 주세요.

4 가루가 거의 다 섞이면 우유를 조금씩 부어가면서 큰 동작으로 반죽을 뒤엎어가며 조심히 섞어 줍니다.

5 통조림 콘을 넣고 한곳에 뭉치지 않도록 두세 번만 가볍게 뒤엎어 주세요. 통조림 옥수수는 물에 살짝 헹궈 주면 찝찔한 맛이 제거되어 맛이 깔끔하답니다.

6 버터 바른 내솥에 반죽을 붓고 윗면을 평평하게 정리해 줍니다.

7 취사 2회(찜 40분)면 완성. 뚜껑을 열어 가운데를 손가락으로 만져봐서 단단하면 다 익은 것이고 묻어나거나 부스럭거림이 남아 있으면 10분 더 구워 주세요.

꿀 카스테라

따뜻한 우유와 함께 먹으면
황홀 그 자체ㅠ0ㅠ

오븐에 구운 듯한 갈색 껍질이
너무나 예쁘지요?

입 안에서 살살 녹는
촉촉하고 달콤한 속살의 유혹^^

1 박력분은 체쳐 놓고 계란은 흰자와 노른자를 분리하고 다른 재료들도 모두 계량하여 한곳에 모아 두세요.

2 계란흰자를 2~3분간 거품내다가 설탕을 두세 번에 나눠 넣어가면서 고속으로 휘핑해 주세요.

3 거품이 단단해지면 꿀을 넣고 계속해서 휘핑하여 단단한 머랭을 만들어 줍니다.

재료(10인용)

박력분	120g
흰자	4개
노른자	8개
설탕	120g
꿀	50g
포도씨유	50g
우유	50g

4 노른자를 두어 개씩 빠뜨려가면서 계속해서 휘핑해 줍니다.

5 노른자가 골고루 섞였으면 포도씨유를 조금씩 흘려 넣으면서 1단으로 가볍게 섞어 주세요.

6 박력분을 한번 더 체쳐 넣고 주걱으로 볼 바닥까지 쓸어 엎어가면서 조심히 섞어 주세요. 이때 볼 테두리 반죽을 자주 정리해 주는 것도 잊지 마세요.

준비

1. 박력분은 미리 한번 체쳐 두세요.
2. 밥통 내솥에 버터를 높이 펴 발라 두세요.

팁

카스테라는 식힌 후 랩에 싸두었다가 다음날 드시면 더욱 촉촉하고 맛있답니다.

7 가루가 반 이상 섞이고 나면 우유를 조금씩 흘려가면서 마른 밀가루가 안 보일 때까지만 가볍게 섞어 줍니다.

8 버터를 펴 발라둔 내솥에 반죽을 붓고 윗면을 정리해 주세요. 붓는 도중 덜 섞인 덩어리들이 보이면 당황하지 마시고 주걱으로 살짝 건드려서 터뜨려 주세요.

9 찜 50분이면 완성. 취사 2번(찜 40분)을 해준 후 가운데를 손가락으로 눌러보니 살짝 부스럭거림이 남아 있어서 10분 더 구워 줬답니다.

10 다 구워진 카스테라를 냄비뚜껑으로 조심히 꺼낸 후 바구니에 뒤집어서 식혀 주세요.^^

카 스 테 라 의 모 든 것

일반 스펀지케이크보다 노른자와 설탕을 많이 넣어서 훨씬 촉촉하고 달콤한 맛을 낸 것이 바로 카스테라랍니다. 하지만 계란 비린내가 많이 날 수가 있기 때문에 반드시 냄새를 제거해 주는 재료들을 넣어 주셔야 하지요. 대부분 럼주나 청주를 많이 넣지만 굳이 술을 넣지 않아도 꿀을 조금 넣어 주면 그 달콤한 향 때문에 비린내가 감쪽같이 사라질 뿐만 아니라 설탕만 넣는 것보다 케이크가 훨씬 촉촉해진답니다.

| 응용 레시피 |

- 녹차 카스테라 : 박력분 120g + 녹차가루 1T
- 초코 카스테라 : 박력분 90g + 코코아가루 20g
- 모카 카스테라 : 우유 50g + 커피 1T

＊녹차, 코코아, 커피는 모두 계란 비린내를 제거해 주는 재료이므로 꿀 대신 그냥 물엿을 넣으셔도 됩니다.^^

초코 카스테라

재료(10인용)

박력분	90g
코코아가루	20g
흰자	4개
노른자	8개
설탕	120g
올리고당(or 물엿)	50g
포도씨유	50g
우유	50g

준비

1. 박력분, 코코아가루는 한데 섞어 미리 한번 체쳐 두세요.
2. 밥통 내솥에 버터를 높이 펴 발라 두세요.

1 계란흰자를 2~3분간 휘핑한 후 설탕을 넣고 휘핑하다가 올리고당을 넣고 단단한 머랭이 될 때까지 고속으로 휘핑해 주세요.

2 볼을 뒤집어도 머랭이 움직이지 않으면 노른자를 하나씩 빠뜨려가면서 약 1분간 휘핑해 주세요.

3 포도씨유를 넣고 1단으로 가볍게 섞어 주세요.

4 체쳐둔 박력분, 코코아가루를 한번 더 체쳐 넣고 고무주걱으로 볼 바닥까지 쓸어 엎어가며 조심히 섞어 주세요.

5 가루가 반 이상 섞이고 나면 우유를 조금씩 흘려 넣으면서 조심히 뒤엎어가며 섞어 주세요.

6 버터 바른 내솥에 반죽을 붓고 윗면을 주걱으로 평평하게 정리해 줍니다.

7 찜 50분이면 완성.

8 냄비뚜껑으로 조심히 꺼내서 바구니에 식혀 주세요.

단호박 카스테라

 재료(10인용)

박력분	100g
단호박가루	20g
흰자	4개
노른자	4개
설탕	120g
올리고당(or 물엿)	50g
포도씨유	50g
물	50g
삶은 단호박	100g

 준비

1. 박력분, 단호박가루는 한데 섞어 미리 한번 체쳐 두세요.
2. 단호박은 물에 잘 풀어 두세요.
3. 밥통 내솥에 버터를 높이 펴 발라 두세요.

1 계란흰자를 2~3분간 휘핑한 후 설탕을 넣고 휘핑하다가 올리고당을 넣고 단단한 머랭이 될 때까지 고속으로 휘핑해 주세요.

2 볼을 뒤집어도 머랭이 움직이지 않으면 노른자를 하나씩 빠뜨려가면서 약 1분간 휘핑해 주세요.

3 포도씨유를 넣고 1단으로 가볍게 섞어 주세요.

4 체쳐둔 박력분, 단호박가루를 한 번 더 체쳐 넣고 고무주걱으로 볼 바닥까지 쓸어 엎어가며 조심히 섞어 주세요.

5 가루가 반 이상 섞이면 물에 풀어둔 단호박을 군데군데 던져 넣고 다시 한번 뒤엎어가며 마른가루가 안 보일 때까지만 섞어 줍니다.

6 버터 바른 밥통에 반죽을 붓고 윗면을 평평하게 정리해 주세요.

7 찜 50분이면 완성.

8 냄비뚜껑으로 조심히 꺼낸 후 바구니에 식혀 주세요.

많은 양의 계란이 부담스러울 때 별도의 노른자 대신 노란 단호박을 활용해 보세요. 색도 예쁘고 맛도 아주 촉촉하고 맛있답니다.^^

107

슈거파우더를 뿌려 주니
더욱 근사해졌어요~

검은 속살에 더욱 돋보이는
고소한 호두 조각들~

노른자
안 들어갔어도
전혀 티 안 나요^^

남아도는 계란흰자를 처치한다!!
초코 버터 케이크

1 가루류는 따로 체쳐 두고 나머지 모든 재료들도 계량하여 한곳에 모아 두고 작업을 시작해 주세요.

2 실온에서 말랑해진 버터를 부드럽게 풀어준 후 설탕을 두 번에 나눠 넣고 중속으로 1분 정도 섞어 주세요.

3 계란흰자를 두세 번에 나눠 넣어가면서 1분간 충분히 섞어 줍니다.

 재료(10인용)

박력분	130g
코코아가루	20g
베이킹파우더	1t
버터	120g
황설탕	120g
계란흰자	4개
우유	50g
호두분태	한컵

4 박력분, 코코아가루, 베이킹파우더를 체쳐 넣고 주걱날을 세워서 칼질하듯 썰어서 뒤엎어가면서 섞어 주세요.

5 가루가 반 이상 섞이고 나면 우유를 붓고 다시 한번 반죽을 뒤엎어가며 섞어 줍니다.

6 우유가 골고루 섞이고 나면 호두분태를 넣고 한곳에 뭉치지 않도록 가볍게 뒤엎어 주세요.

 준비

1. 버터와 계란흰자, 우유는 사용 전에 미리 냉장고에서 꺼내 냉기를 없애 주세요.
2. 밥통 내솥에 버터를 펴 발라 두세요.

 팁

모아둔 계란흰자가 없을 땐 흰자 4개 대신 계란을 3개 넣어주시면 됩니다.^^

7 버터를 펴 바른 밥통 내솥에 반죽을 붓고 주걱으로 평평하게 정리해 줍니다.

8 취사 2회(찜 40분)면 완성됩니다. 가운데를 손으로 만져봐서 단단하면 꺼내주시고 물컹하거나 손에 묻어나면 10분 더 익혀 주세요.

9 내솥을 뒤엎어서 바구니 위에 식혀 주세요. 버터 케이크는 조직이 튼튼하기 때문에 굳이 냄비뚜껑으로 꺼내지 않아도 찌그러지지 않는답니다.

10 그냥 드셔도 맛있지만 윗면에 슈거파우더를 뿌려 주면 훨씬 근사한 케이크가 된답니다.

 **흰 자 처 리 의 모 든 것**

카스테라나 커스터드크림 등을 만들고 나면 언제나 남아도는 계란흰자 때문에 어떻게 처리해야 할지 곤란한 경우가 많이 있지요. 물론 계란찜을 해먹을 수도 있겠지만 그것보다 베이킹에 활용할 수 있는 좋은 방법이 없을까 곰곰이 생각하다가 만들어낸 콩지의 흰자 처리 레시피를 소개합니다.

남는 재료를 처리하는 거니까 실패율이 낮고 부담 없이 만들 수 있는 버터 케이크 두 개와 고소한 아몬드가루를 넣은 스펀지케이크 하나를 준비해 봤어요. 초코 버터 케이크의 경우 노른자가 빠졌어도 까만 초코색 때문에 전혀 표가 안 나구요, 맛도 별 차이가 없답니다. 피넛버터도 색이 누르스름하기 때문에 이번 레시피에 적합할 것 같아 활용해 봤구요, 아몬드 머랭 케이크는 속살이 아주 새하얗고 맛이 깔끔하면서 아몬드가루가 들어가 아주 고소하고 부드러운 케이크랍니다.

이제 남아도는 계란흰자!! 주저 마시고 맛나게 활용해 보세요.^^

피넛버터 케이크

 재료(10인용)

박력분.............................150g
베이킹파우더............................1t
버터...............................100g
피넛버터...........................100g
황설.............................120g
계란흰자............................4개
우유...............................80g
각종 견과류.......................적당량

 준비

1. 버터, 피넛버터, 계란흰자, 우유
   는 사용 전에 미리 냉장고에서
   꺼내 냉기를 없애 주세요.
2. 밥통 내솥에 버터를 펴 발라 두
   세요.

 팁

전란을 사용하실 경우 흰자 대
신 계란 3개를 넣어 주시면 됩
니다.

1 내솥 안에 버터를 높게 펴 바른 후 각종 견과류를 듬뿍 깔아 주세요. 저는 땅콩, 호두, 해바라기씨, 호박씨를 넣어 줬어요.

2 실온에서 말랑해진 버터와 피넛 버터를 부드럽게 풀어준 후 설탕을 두세 번에 나눠 넣어가면서 중속으로 1분 정도 섞어 줍니다.

3 계란흰자를 두세 번에 나눠 넣어 가면서 충분히 휘핑해 주세요.

4 박력분, 베이킹파우더를 체쳐 넣고 주걱으로 칼질하듯 뒤엎어가며 섞어 줍니다.

5 가루가 반 이상 섞이고 나면 우유를 붓고 반죽을 잘라 뒤엎어가면서 다시 한번 가볍게 섞어 주세요.

6 반죽이 완성되면 버터를 발라둔 밥통 안에 붓고 윗면을 평평하게 정리해 주세요.

7 찜 50분이면 완성. 취사 2번(찜 40분) 후 가운데를 눌러봤더니 살짝 묻어나길래 10분 더 익혀 줬습니다.

8 밥통을 뒤엎어 꺼내주면 요렇게 예쁜 모습의 케이크가 퐁 빠져 나온답니다.

아몬드 머랭 케이크

 재료(10인용)

박력분	100g
아몬드가루	30g
베이킹파우더	1/2t
계란흰자	4개
설탕	100g
포도씨유	50g
우유	50g
슬라이스아몬드	60g

 준비

1. 박력분, 아몬드가루, 베이킹파우더는 한데 섞어 체쳐 두세요.
2. 밥통 내솥에 버터를 펴 발라 두세요.

1 버터를 펴 바른 내솥에 슬라이스 아몬드를 듬뿍 깔아 주세요. 아몬드는 프라이팬에 미리 한번 구워서 사용하시면 훨씬 고소해요.

2 계란흰자를 2~3분간 거품내다가 설탕을 두세 번에 나눠 넣어가면서 단단한 머랭을 만들어 주세요.

3 볼을 뒤집어도 거품이 움직이지 않으면 포도씨유를 넣고 골고루 섞어 줍니다.

4 체쳐둔 박력분, 아몬드가루, 베이킹파우더를 한번 더 체쳐 넣고 주걱으로 뒤엎어가면서 조심히 섞어 주세요.

5 가루가 반 정도 섞이면 우유를 조금씩 부어가면서 다시 한번 가볍게 뒤엎어서 마른가루가 안 보일 때까지만 섞어 줍니다.

6 아몬드를 깔아둔 밥통에 반죽을 주걱으로 떠 넣고 빈 곳이 없이 꼼꼼하게 채워가면서 정리해 주세요.

7 취사 2번(찜 40분)이면 완성.

8 냄비뚜껑으로 조심히 꺼내서 식혀 주세요.

쿠키 부스러기 조금 넣었을 뿐인데
이렇게 근사한 케이크가,,,,

바닥도 타지 않고
노르스름 예쁘답니다^^

쿠키를 넣어 근사하게
크런치 냄비 케이크

1 가루류는 따로 체쳐 두고 나머지 재료들도 모두 계량하여 한곳에 모아 두세요.

2 까메오는 샌드된 크림을 제거하고 쿠키만 지퍼백에 담고 밀대로 부숴 주세요. 크림 제거가 귀찮으시면 함께 부숴 주셔도 됩니다.

 **재료**(18cm 코팅냄비)

박력분	110g
베이킹파우더	1/2t
계란	2개
설탕	80g
포도씨유	30g
우유	30g
플레인 요구르트	100g
까메오	5쌍

3 계란을 풀고 설탕을 넣어 되직한 상태가 될 때까지 고속으로 휘핑해 주세요.

4 포도씨유를 넣고 1단으로 가볍게 섞어 줍니다.

5 체쳐둔 박력분, 베이킹파우더를 한번 더 체쳐 넣고 고무주걱으로 볼 바닥을 훑어가면서 조심히 뒤엎어가며 섞다가 우유를 조금씩 부어가면서 섞어 주세요.

 준비

1. 박력분과 베이킹파우더는 한데 섞어 체쳐 두세요.
2. 냄비 안쪽에 버터를 발라 두세요.

 팁

10인용 밥통에 구울 경우 반죽을 1.5배로 늘려 주세요.

6 가루가 반 정도 섞이면 부숴 뒀던 쿠키와 플레인 요구르트를 여기저기 뿌려 넣고 다시 한번 뒤엎어가며 가볍게 섞어 주세요.

7 버터 바른 냄비에 반죽을 부어 주세요.

8 냄비뚜껑을 닫고 표시된 약불보다 레버를 더 작게 돌려서 불꽃 크기를 1/3 정도로 작게 줄인 후 약 20분 정도 은근하게 구워 주세요.

9 케이크가 부풀어 오르고 중앙이 살짝 볼록하게 올라오면 뚜껑을 열고 손으로 만져봐서 반죽이 묻어나면 살짝 더 구운 후 꺼내 주세요.

이때 뚜껑은 되도록 열지 않는 것이 좋구요, 손가락 테스트할 때 딱 한 번 열어서 뚜껑에 맺힌 물기를 제거해 주시면 됩니다.

 **냄비케이크의모든것**

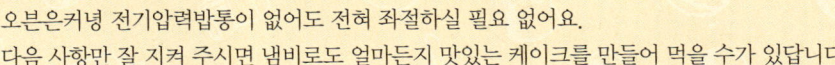

오븐은커녕 전기압력밥통이 없어도 전혀 좌절하실 필요 없어요.
다음 사항만 잘 지켜 주시면 냄비로도 얼마든지 맛있는 케이크를 만들어 먹을 수가 있답니다.

1. 냄비는 바닥이 얇은 것보다 코팅이 되어 있는 것을 사용해야 타지 않고 속까지 익힐 수 있어요.
2. 케이크는 굽는 중간에 뚜껑을 열면 잘 부풀지 않기 때문에 반드시 속이 들여다보이는 투명한 뚜껑이 있는 것을 사용해 주세요.
3. 냄비의 배가 볼록하면 케이크를 꺼내기가 힘들 수 있으니 옆면이 일자형인 것을 사용해 주세요.
4. 케이크는 부피가 크고 도톰하기 때문에 쿠키를 구울 때보다 불을 더 작게 줄여서 은근하게 익혀 주시는 것이 중요해요.
5. 반죽 양은 너무 욕심 부리지 마시고 냄비 깊이의 절반 이하로만 부어 주세요.

콩지의 냄비 베이킹에 대한 연구는 앞으로도 계속될 예정이오니 지켜봐 주세요.^^v

초코 냄비 케이크

 재료(18cm 코팅냄비)

박력분	100g
코코아가루	20g
베이킹파우더	1/2t
계란	2개
설탕	80g
포도씨유	30g
우유	60g
호두	50g

준비

1. 박력분, 베이킹파우더는 한데 섞 어 체쳐 두세요.
2. 냄비 안쪽에 버터를 발라 두세요.

1 계란흰자에 설탕을 두세 번에 나 눠 넣으면서 고속으로 휘핑하여 단 단한 머랭을 만든 후 노른자를 넣고 1분 정도 더 휘핑해 주세요.

2 포도씨유를 조금씩 부으면서 저 속으로 1분 정도 휘핑해 주세요.

3 체쳐둔 박력분, 코코아가루, 베이 킹파우더를 한번 더 체쳐 넣고 주걱 으로 뒤엎어가며 조심히 섞어 주세요.

4 가루가 반 정도 섞이고 나면 호 두를 넣고 우유를 조금씩 부어가면 서 다시 한번 조심히 뒤엎어가면서 섞어 줍니다.

5 마른가루가 숨으면 곧바로 주걱 질을 중단하고 버터 바른 냄비에 반 죽을 붓고 윗면을 정리해 주세요.

6 냄비뚜껑을 닫고 표시된 약불보 다 레버를 더 작게 돌려서 불꽃 크 기를 1/3 정도로 작게 줄인 후 약 20분 정도 은근하게 구워 주세요.

7 케이크가 부풀어 오르고 중앙이 살짝 볼록하게 올라오면 뚜껑을 열 고 손으로 만져봐서 반죽이 묻어나 면 살짝 더 구운 후 꺼내 주세요.

8 완전히 식힌 후 썰면 부스러지지 않고 깔끔하게 썰린답니다.

시나몬 냄비 케이크

 재료(18cm 코팅냄비)

박력분	120g
계핏가루	1T
베이킹파우더	1/2t
계란	2개
설탕	80g
포도씨유	30g
우유	50g
검은깨	1T

 준비

1. 박력분, 계핏가루, 베이킹파우더 는 한데 섞어 체쳐 두세요.
2. 냄비 안쪽에 버터를 발라 두세요.

1 계란을 풀고 설탕을 넣어 되직한 상태가 될 때까지 고속으로 휘핑해 주세요.

2 포도씨유를 넣고 1단으로 가볍게 섞어 줍니다.

3 체쳐둔 박력분, 계핏가루, 베이킹 파우더를 한번 더 체쳐 넣고 검은깨 와 함께 고무주걱으로 볼 바닥을 훑 어가면서 조심히 뒤엎어가며 섞어 주세요.

4 가루가 반 이상 섞이고 나면 우 유를 조금씩 부어가면서 가볍게 섞 어 줍니다.

5 우유가 반죽에 고루 섞이고 나면 냄비에 부어 주세요.

6 냄비뚜껑을 닫고 표시된 약불보 다 레버를 더 작게 돌려서 불꽃 크 기를 1/3 정도로 작게 줄인 후 약 20분 정도 은근하게 구워 주세요.

7 케이크가 부풀어 오르고 중앙이 살짝 볼록하게 올라오면 뚜껑을 열 고 손으로 만져봐서 반죽이 묻어나 면 살짝 더 구운 후 꺼내 주세요.

8 8등분 하여 접시에 예쁘게 담아 내세요.^^

화려한 마블꽃이 활짝~

플라워 마블 케이크

와우~
왕꽃 초코님이다!!

요 녀석은 높이가
낮아야 예쁘답니다^^

1 먼저 우유에 코코아가루를 잘 녹여 두세요.

2 계란흰자를 2~3분간 휘핑한 후 설탕을 두세 번에 나눠 넣어가면서 고속으로 휘핑하여 단단한 머랭을 만들고 노른자를 넣어 1분 정도 더 휘핑해 줍니다.

3 포도씨유를 넣고 1단으로 가볍게 섞어 주세요.

4 박력분, 베이킹파우더를 한번 더 체쳐 넣고 볼 바닥까지 훑어가며 조심히 뒤엎어 주다가 우유를 조금씩 흘려가면서 조심히 섞어 주세요.

5 반죽 중 50g은 초코 반죽 그릇에 덜어 놓고 나머지는 모두 밥통에 부어서 주걱으로 윗면을 평평하게 정리해 줍니다.

6 밥통 속 반죽이 정리되면 초코 반죽을 조심히 뒤엎어가면서 섞어 주세요. 이때 고루 섞이지 않아도 좋으니 너무 오래 짓이기지 않도록 주의해 주세요.

 준비

1. 박력분, 베이킹파우더는 한데 섞어 체쳐 두세요.
2. 밥통 내솥에 버터를 펴 발라 두세요.

7 완성된 초코 반죽을 짤주머니에 담고 끝을 살짝 잘라내 주세요.

8 밥통 속 반죽 위에 달팽이 모양으로 빙글빙글 짜주세요.

9 젓가락을 이용해 바깥에서 중앙 쪽으로 8등분선을 그어 예쁜 문양을 그려 줍니다. 이때 한 번씩 그을 때마다 젓가락에 묻은 반죽을 휴지에 닦아내 주면 깔끔한 문양이 그려진답니다.

10 취사 2번(찜 40분)이면 완성.

 **콩 지 의 에 피 소 드**

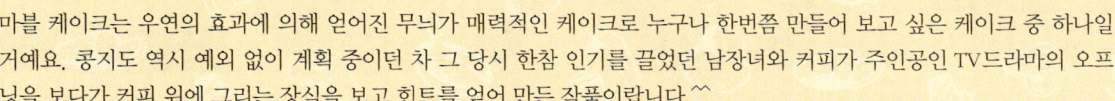

마블 케이크는 우연의 효과에 의해 얻어진 무늬가 매력적인 케이크로 누구나 한번쯤 만들어 보고 싶은 케이크 중 하나일 거예요. 콩지도 역시 예외 없이 계획 중이던 차 그 당시 한참 인기를 끌었던 남장녀와 커피가 주인공인 TV드라마의 오프닝을 보다가 커피 위에 그리는 장식을 보고 힌트를 얻어 만든 작품이랍니다.^^

다행히 별탈 없이 예쁘게 나와 주어서 기분이 정말 좋았구요, 주변의 찬사도 많이 받아서 더욱 기분이 좋았지요. 밥통뚜껑을 막 열어봤을 때 거대한 꽃 한 송이가 피어 있는 것을 보고 왠지 모를 카리스마까지 느껴졌답니다.

케이크 위에 특별한 장식을 할 필요 없이 곧바로 포장만 하면 그대로 멋진 선물이 되는 플라워 마블 케이크, 여러분도 한 번 만들어 보세요.^^

커스터드 초코 케이크

 재료

초코 스펀지

박력분	70g
코코아가루	10g
계란	3개
설탕	90g
포도씨유	50g

커스터드크림

노른자	2개
설탕	4T
박력분	2T
우유	200g

 팁

커스터드크림 만들기는 44쪽을 참조해 주세요.

1 커스터드크림은 미리 만들어서 냉장고에 차게 식힌 후 짤주머니에 담아 주세요.

2 계란흰자에 설탕을 두세 번에 나눠 넣어가면서 단단한 머랭을 만든 후 노른자를 하나씩 빠뜨려가면서 1분 정도 더 휘핑해 주세요.

3 포도씨유를 넣고 1단으로 가볍게 섞어 주세요.

4 체쳐둔 박력분과 코코아가루를 한번 더 체쳐 넣고 주걱으로 볼 바닥을 쓸어 엎어가면서 조심히 섞어 줍니다.

5 마른가루가 다 숨으면 곧바로 주걱질을 중단하고 버터 바른 내솥에 붓고 윗면을 정리해 주세요.

6 커스터드크림을 빙글빙글 빈틈없이 짜주세요. 크림 사이에 틈이 있으면 초코 반죽이 그 사이로 부풀어 올라오기 때문에 짤주머니 끝으로 크림을 살짝 긁어 주면서 빈틈을 메워 주세요.

7 찜 50분으로 완성된 모습입니다. 바로 꺼내지 말고 식으면서 크림에 살짝 막이 생기면 냄비뚜껑에 호일과 랩을 씌워 조심히 꺼내 주세요.

8 차게 식힌 후 커팅해서 드세요. 초코 스펀지와 커스터드크림은 색 배합도 예쁘지만 맛도 참 잘 어울린답니다.

118

 잼 롤 케이크

 재료

기본 스펀지케이크(98쪽 참조)
딸기잼 적당량

팁

롤에 사용할 스펀지는 바로 구워
낸 것보다 만들고 나서 봉지에 담
아 하루 정도 재운 촉촉한 상태의
스펀지가 끊어지지 않고 잘 말린
답니다.

1 먼저 기본 스펀지케이크 하나를
준비해 주세요.

2 가장 바깥부분의 볼록한 부분은
살짝 저며내고 얇은 과도를 수직으
로 꽂고 나선형으로 칼질을 해주세
요. 폭은 약 1cm 정도가 적당해요.

3 도마 위에 랩을 길게 펼쳐놓고
엄지, 검지 두 뼘 정도 되는 길이로
잘라낸 케이크 두 개를 나란히 깔고
딸기잼을 골고루 펴 발라 주세요.

4 말기 전에 맨 앞에 자투리 조각을
하나 대주면 시트가 부러지거나 빈
공간이 생기는 것을 막아 줍니다.

5 바닥에 깐 랩을 이용해 꼼꼼하게
말아 주세요. 이때 윗부분은 시트 길
이보다 좀더 여유 있게 랩이 깔려
있어야 해요.

6 전체를 랩에 싸준 후 세로로 세
우고 롤을 바닥 쪽으로 밀어가면서
위아래 부분의 랩을 당겨 잘 정리해
주세요.

7 이렇게 하면 총 세 덩이가 나오는
데요. 두 장씩 마는 것이 어렵다면
한 장씩 6개로 말아 주셔도 됩니다.

8 10분 정도 후 랩을 풀고 예쁘게
썰어서 접시에 담아내면 근사한 롤
케이크가 완성됩니다.

노랗고 촉촉한 단호박의 유혹
단호박 치즈 케이크

껍질이 여기저기 박혀 있어
더욱 근사해 보이지요?^^

촉촉한 단호박을 듬뿍 넣어
느끼하지 않아요~

쿠키시트가 번거로우면
생략해도 괜찮아요ㅋ

1 단호박은 삶아서 포크로 가볍게 으깨 두세요. 저는 껍질도 함께 넣어 줬어요.

2 까메오는 크림을 제거하고 지퍼 백에 담아 곱게 으깨 주세요. 입자가 굵으면 시트가 부서질 수 있으니 최대한 곱게 부숴 주세요.

3 버터를 완전히 녹인 후 부숴둔 과자가루에 넣고 잘 섞어 주세요.

 재료(10인용)

무스

단호박	400g
크림치즈	200g
황설탕	100g
생크림	100g
계란	2개
박력분	30g

시트

까메오	20쌍
버터	60g

4 밥통 바닥에 붓고 작은 스푼으로 눌러가면서 촘촘하게 깔아 주세요. 옆면의 턱을 올리는 것이 어렵다면 바닥에만 깔아 주셔도 됩니다.

5 실온에서 말랑해진 크림치즈를 부드럽게 푼 후 설탕을 넣고 섞다가 계란을 깨넣고 충분히 섞어 주세요.

6 생크림을 넣고 중속으로 1~2분간 휘핑해 주세요. 생크림이 살짝 부풀면서 반죽이 엉기는 느낌이 들면 돼요.

 팁

1. 치즈 케이크는 냉장고에 넣어두고 차갑게 먹어야 맛있어요.
2. 쿠키시트를 깔지 않고 단호박 반죽만 붓고 구워도 아주 맛있답니다. 이때는 밥통 안에 버터를 펴 발라 주세요.

7 으깨둔 단호박을 넣고 다시 한번 가볍게 섞어 주세요.

8 박력분을 체쳐 넣고 1단으로 가볍게 섞다가 나머지는 고무주걱으로 볼 주변을 훑어서 정리하듯 가볍게 섞어 주세요.

9 밥통 안에 붓고 찜 50분으로 설정해서 구워 주세요. 가운데 부분을 만져봐서 묻어나는 것이 없으면 다 익은 거예요.

10 케이크가 든 내솥을 실온에 꺼내두고 어느 정도 식으면 냉장실에서 차갑게 식힌 후 호일 씌운 냄비 뚜껑을 이용해 조심히 꺼내 주세요.

치 즈 케 이 크 의 모 든 것

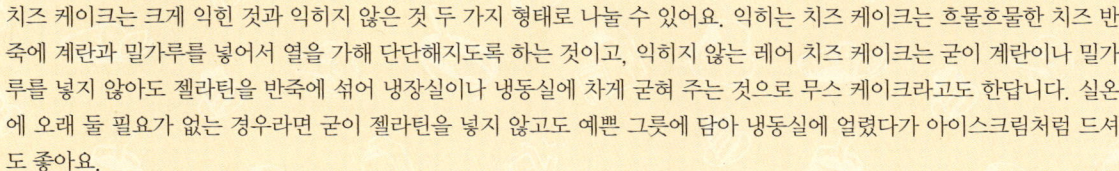

치즈 케이크는 크게 익힌 것과 익히지 않은 것 두 가지 형태로 나눌 수 있어요. 익히는 치즈 케이크는 흐물흐물한 치즈 반죽에 계란과 밀가루를 넣어서 열을 가해 단단해지도록 하는 것이고, 익히지 않는 레어 치즈 케이크는 굳이 계란이나 밀가루를 넣지 않아도 젤라틴을 반죽에 섞어 냉장실이나 냉동실에 차게 굳혀 주는 것으로 무스 케이크라고도 한답니다. 실온에 오래 둘 필요가 없는 경우라면 굳이 젤라틴을 넣지 않고도 예쁜 그릇에 담아 냉동실에 얼렸다가 아이스크림처럼 드셔도 좋아요.
콩지는 각각 3개의 총 6개의 치즈 케이크 레시피를 준비해 봤어요.
굽는 방식과 사용도구도 다양하게 활용해 봤으니 많은 참조 되었으면 좋겠네요.^^

응용 1

클래식 치즈 케이크

재료(10인용)

크림치즈	300g
플레인 요구르트	100g
생크림	100g
계란	3개
설탕	100g
전분(or 박력분)	20g

팁

클래식 치즈 케이크는 머랭을 이용해 스펀지처럼 부드럽게 구워내는 것이 특징이에요. 전분은 끈기가 없기 때문에 케이크가 꺼질 위험이 없어 박력분보다 실패확률이 낮고 훨씬 부드러운 폭신한 치즈 케이크를 만들 수 있답니다.

1 실온에서 말랑해진 크림치즈를 부드럽게 풀어준 후 설탕을 60g만 넣고 섞다가 플레인 요구르트를 넣고 고루 섞어 주세요.

2 생크림을 넣고 부드럽게 섞어 주세요. 생크림은 거품내지 않은 액체 상태를 사용했어요.

3 노른자를 넣고 계속해서 중속으로 휘핑해 줍니다.

4 전분을 체쳐 넣고 1단으로 가볍게 섞어 주세요. 박력분을 넣을 경우 너무 오래 섞으면 끈기가 생기므로 핸드믹서로 가볍게 섞은 후 마무리는 고무주걱으로 해주세요.

5 계란흰자에 남은 설탕 40g을 넣고 단단한 머랭을 만든 후 치즈 반죽에 두 번에 나눠 넣고 주걱으로 가볍게 섞어 주세요. 머랭이 꺼지지 않도록 너무 오래 섞진 마세요.

6 버터를 펴 바른 내솥에 붓고, 찜 50분으로 설정하여 구워 줍니다.

7 50분 후, 다 익은 모습이에요. 취사 2번(찜 40분) 후 뚜껑을 열어서 가운데를 손가락으로 만져봤더니 반죽이 묻어나길래 10분 더 익혀준 것이랍니다.

8 완전히 식힌 후 단단해지면 호일을 씌운 냄비뚜껑을 이용해 조심히 꺼내 주세요. 먹기 좋게 잘라서 한 조각씩 랩에 싼 후 냉장 또는 냉동해 놓고 꺼내 드시면 맛있어요.

블루베리 치즈 케이크

 재료(지름 18cm)

시트
1cm 슬라이스 스펀지 1장

무스

크림치즈	200g
황설탕	100g
생크림	100g
플레인 요구르트	100g
커피물	1t
계란	1개
박력분	20g

토핑

블루베리	1/3캔

 팁

쓰고 남은 블루베리는 냉동실에
보관하시고 다시 쓸 때는 전자레
인지에 살짝 데워 주면 흐물거렸
던 것이 다시 걸쭉한 상태로 원상
복귀된답니다.

1 작은 그릇에 물 1t를 데운 후 커
피 2t를 넣고 찐하게 녹인 후 식혀
두세요.

2 18cm 스텐체 바닥에 호일을 동
그랗게 오려 깔아 주세요.

3 스펀지케이크를 3단으로 슬라이
스한 후, 그 중 한 장을 틀 크기에
맞춰서 칼로 잘라 틀 바닥에 깔아
주세요. 시트는 시판 카스테라를 사
용하셔도 됩니다.
(125쪽 딸기 무스 케이크 참조)

4 실온에서 말랑해진 크림치즈를
부드럽게 풀어준 후 설탕을 넣고 섞
다가 커피물, 생크림, 플레인 요구르
트를 넣고 부드럽게 섞어 주세요.

5 계란을 넣고 중속으로 1분 정도
휘핑해 주세요. 이때쯤 찜통에 불을
켜서 물을 끓여 주세요.

6 박력분을 체쳐 넣고 1단으로 가
볍게 섞다가 덜 섞인 가루는 고무주
걱으로 볼 주변을 정리해가며 마무
리해 주세요.

7 준비해둔 틀에 반죽을 모두 붓고
팔팔 끓는 찜통에 넣어 중불에서 20
분간 익혀 주세요. 이때 뚜껑에서 물
이 떨어지지 않도록 면보를 씌워 주
세요.

8 케이크를 냉장고에서 차게 식힌
후 과일칼로 테두리를 한 바퀴 둘러
준 후 체를 뒤집어서 조심히 꺼내
주세요. 그냥 먹어도 맛있지만 윗면
에 블루베리를 올려 주면 더욱 산뜻
하고 맛있답니다.

상큼한 딸기가 가득

딸기 무스 케이크

딸기 꼭지를 뒤집으면
예쁜 매화꽃이 숨어있어요^^

빙 둘러진 딸기녀석들이
너무 예쁘지요?

커피시럽에 촉촉히 젖은 시트,,,,

1 시트깔기 – 시판 카스테라는 볼록한 갈색 부분은 잘라내고 각각 1cm 두께로 슬라이스 해주세요.

2 접시 위에 무스링을 놓고 저며둔 카스테라를 빈틈없이 메워가며 촘촘하게 깔아 줍니다.

3 커피시럽을 숟가락으로 조금씩 떠서 전체적으로 촉촉하게 뿌려 주세요.

🍅 재료

시트
시판 카스테라 2개
커피시럽
물 60g
설탕 30g
커피 1T
무스
크림치즈 200g
생크림 100g
딸기 200g
설탕 100g
판젤라틴 2장
테두리 장식용 딸기 .... 약 11개
코팅 장식
딸기 200g
설탕 2T
판젤라틴 2장
틀
지름 18cm 무스링

4 무스 만들기 – 실온에서 말랑해진 크림치즈를 부드럽게 풀어준 후 생크림을 넣고 고루 섞어 주세요. 이때 젤라틴을 미리 찬물에 담궈 불린 후 작은 그릇에 건져 두세요.

5 딸기와 설탕을 갈아 넣고 다시 한번 잘 섞어 줍니다.

6 찬물에 불려둔 젤라틴을 전자레인지에 10초 정도 돌려 녹인 후 반죽에 넣고 재빨리 섞어 주세요.

🍊 준비

1. 크림치즈는 미리 냉장고에서 꺼내두어야 딱딱하지 않아요.
2. 커피시럽은 모든 재료를 섞어서 전자레인지에 돌려 잘 녹인 후 식혀 두세요.

7 딸기를 반으로 가른 후 링 높이에 맞게 밑둥을 잘라내고 링 테두리에 나란히 배치해 주세요.

8 무스 반죽을 링의 5mm 정도만 남기고 모두 채운 후 냉동실에 3~4시간 정도 굳혀 주세요. 냉동실에서 무스가 단단하게 굳을 때쯤 코팅 장식을 준비해 주세요.

9 코팅 장식 – 딸기는 갈아 두고 젤라틴 2장을 찬물에 불린 후 물기를 털어내고 전자레인지에 녹여 딸기 간 것에 재빨리 섞어 주세요.

10 냉동실에서 꺼낸 무스 틀에 모두 붓고 굳기 전에 평평하게 정리한 후 냉장실에 보관해 주세요.

레 어 치 즈 케 이 크 의 모 든 것

레어 케이크는 오븐은 물론이고 밥통이나 다른 도구가 전혀 필요 없이 푸딩이나 아이스크림처럼 차갑게 굳혀서 만드는 것으로, 냉장고만 있으면 누구나 쉽게 만들 수 있는 케이크랍니다.

무스 반죽을 가만히 보시면 계란이나 밀가루처럼 익혀야 먹을 수 있는 재료들은 전혀 없고 모두가 그냥 먹을 수 있는 재료들이지요? 그 중 젤라틴은 재료들을 젤처럼 엉기게 해서 케이크가 무너져 내리지 않도록 해준답니다. 푸딩이나 젤과 달리 케이크는 부피가 크기 때문에 처음엔 냉동실에서 굳혀야 시간이 절약되구요, 드실 때는 냉장실에 넣고 필요할 때마다 꺼내 드시면 된답니다. 물론 장기 보관은 한 조각씩 랩에 싸서 냉동보관 해주시구요.

자 어때요, 이제 치즈 케이크가 아주 만만해 보이지 않나요? 다음 쪽의 티라미수도 너무너무 맛있으니 지금부터 하나하나 도전해 보세요. ^^

티라미수

 재료

시트
1cm 슬라이스 스펀지...............2장
시럽
물.............................100g
설탕............................50g
커피.............................1T
무스
크림치즈......................100g
플레인 요구르트..................100g
생크림.........................100g
설탕............................50g
판젤라틴........................1장
틀
지름 18cm 무스링

 팁

3단으로 슬라이스한 스펀지로 티라미수와 블루베리 치즈 케이크를 동시에 만들면 남길 필요 없이 꼭 맞는답니다.

1 스펀지케이크를 3단으로 슬라이스한 후, 그 중 한 장을 링 크기에 맞춰서 칼로 잘라 틀 바닥에 깔아 주세요. 시트는 링으로 찍어내는 것보다 링을 따라 칼로 도려내 주는 것이 깔끔하답니다.

2 시럽은 모든 재료를 컵에 담고 전자레인지에 데워 잘 녹인 후 식혀 두시고 젤라틴은 찬물에 불려 건져 두시고 생크림도 거품내서 준비해 놓습니다.

3 실온에서 말랑해진 크림치즈를 부드럽게 풀고 설탕을 섞어준 후 플레인 요구르트를 넣고 부드럽게 섞어 주세요.

4 불려둔 젤라틴을 전자레인지에 살짝 돌려 녹인 후 반죽에 넣고 재빨리 섞어 주세요.

5 거품낸 생크림을 넣고 주걱으로 가볍게 섞어 주세요.

6 무스링을 큰 접시에 놓고 안쪽에 시트를 깐 후 커피시럽을 촉촉하게 적셔 주세요.

7 무스를 약 1cm 정도 채운 후 시트를 깔고 시럽을 적신 후 다시 무스를 부어 틀 끝까지 채우고 윗면을 평평하게 정리한 후 냉동실에 단단하게 얼려 줍니다. 시트가 두꺼울 때는 바닥에 한 장만 깔고 나머지는 모두 무스로 채워 주셔도 됩니다.^^

8 단단하게 굳은 무스를 꺼내 윗면에 코코아가루를 뿌려준 후 링을 제거한 후 예쁘게 썰어 주세요. 보관은 냉장실에 해두시고 필요할 때 꺼내 드시면 됩니다.

초콜릿 무스 케이크

 재료

시트
까메오.............................10쌍
버터..............................30g

무스
크림치즈..........................200g
플레인 요구르트...................100g
생크림...........................100g
초콜릿...........................100g
호두.............................50g

장식
까메오..............................2쌍

틀
지름 18cm 스텐체

준비

1. 크림치즈는 쓰기 전에 미리 냉장고에서 꺼내 두세요
2. 호두는 프라이팬에 살짝 볶아 두세요.

1 초콜릿을 중탕으로 부드럽게 녹인 후 미지근하게 식혀 두세요.

2 까메오는 크림을 제거한 후 지퍼백에 담아 곱게 부숴서 녹인 버터와 함께 섞고 호일을 감싼 스텐체 바닥에 잘 깔아 주세요.

3 생크림을 단단하게 휘핑해 주세요.

4 미지근하게 식은 초콜릿에 말랑해진 크림치즈를 넣고 부드럽게 섞어 줍니다.

5 플레인 요구르트를 넣고 섞다가 거품낸 생크림을 넣고 골고루 섞어 주세요.

6 볶아서 다져둔 호두를 넣고 다시 한번 가볍게 섞어 주세요.

7 준비해둔 틀에 반죽을 떠 넣고 주걱으로 잘 정리해 주세요.

8 윗면에 과자가루를 뿌린 후 냉장고에서 단단하게 굳힌 다음 은박호일을 잡아 당겨 꺼내 주세요.

쑥향이 너무 좋아요
쑥 파운드케이크

비록 납작하게 눌렸지만
맛은 절대 눌리지 않는다는거!!

도톰해도
속까지 아주 잘 익었어요^^

간간이 씹히는
달콤한 건포도가
느끼한 맛을
잡아 준답니다~

1 은박 파운드 틀에 유산지나 은박 호일을 깔아 두세요.

2 실온에서 말랑해진 버터를 부드 럽게 풀어준 후 설탕을 두세 번에 나눠 넣어가면서 중속으로 1분 정도 휘핑해 주세요.

3 계란을 깨넣고 중속으로 1분 정도 휘핑하여 재료들끼리 잘 섞어 주세요.

 재료

박력분	100g
쑥가루	2t
베이킹파우더	1/2t
버터	100g
설탕	100g
계란	1개
우유	40g
건포도	40g
15×7cm 은박 파운드 틀	2개

 준비

1. 박력분, 쑥가루, 베이킹파우더는 한데 섞어 체쳐 두세요.
2. 버터와 계란은 쓰기 전에 미리 냉장고에서 꺼내 두세요.

4 체쳐둔 박력분, 쑥가루, 베이킹파우더를 한번 더 체쳐 넣고 주걱으로 칼질하듯 섞다가 가루가 반 이상 섞이고 나면 우유와 건포도를 넣고 섞어 줍니다.

5 마른가루가 모두 흡수되고 나면 곧바로 주걱질을 중단하고 볼 테두리를 정리해서 반죽을 한 덩이로 모아 주세요.

6 준비해둔 틀에 나눠 담고 윗면을 대충 정리해 주세요.

7 프라이팬에 두 개 모두 넣고 표시된 약불보다 레버를 더 작게 돌려 불꽃 크기를 반으로 줄여서 30분 정도 구워 주세요.

8 반죽이 부풀고 윗면의 물기가 걷히면 뒤집어서 1~2분 정도 더 구워 줍니다. 뒤집을 때는 두꺼운 면장갑을 두 장 겹쳐 끼고 작은 쟁반에 틀 두 개를 옮겨 담은 후, 프라이팬을 씌워서 휙 뒤집어 주면 쉬워요.

9 윗면의 색이 타지 않을 만큼 갈색이 돌면 꺼내 주세요.

파운드케이크의모든것

파운드 케이크는 맨 처음에 주재료들을 모두 1파운드씩 넣고 만들었다 하여 붙여진 이름이라고 하지요. 하지만 이 공식을 꼭 맞추실 필요는 없구요, 입맛에 맞게 재료 양은 적당히 조절해 주시면 됩니다. 그렇게 구워냈다 하여 이것이 어떻게 파운드 케이크냐 시비 거는 사람은 아무도 없을 테니 말이죠. 이렇게 만들어진 버터 반죽을 길쭉한 사각 틀에 구우면 '파운드 케이크', 구겔호프팬에 구우면 '구겔호프', 작은 머핀컵에 담아 구우면 '머핀' 이 되니 하하, 이거 정말 간단하지요? 이번에는 각각 세 개씩 총 9개의 레시피를 준비했구요, 나름대로 다양한 재료와 방법을 이용하려고 노력했으니 참조 많이 되었으면 좋겠네요. 자, 여기에 응용 레시피까지 들어가니 와우~ 정말이지 대박 레시피가 아닐 수 없네요.

| 응용 레시피 |

- 녹차 파운드 : 박력분 100g + 녹찻가루 2t
- 초코 파운드 : 박력분 90g + 코코아가루 10g
- 모카 파운드 : 우유 40g + 커피 2t

카레 파운드 케이크

 재료

박력분	80g
카레가루	20g
베이킹파우더	1/2t
버터	80g
황설탕	60g
계란	1개
우유	40g
파슬리	1T
15×7cm 우유팩	1개

 준비

우유팩은 사이즈대로 접어서 스테
플러로 고정시킨 후 안과 밖 전체
를 은박호일로 감싸 주세요.

1 실온에서 말랑해진 버터를 부드럽
게 풀어주고 설탕을 두세 번에 나눠
넣으면서 섞다가 계란을 넣고 중속
으로 1분 정도 섞어 주세요.

2 체쳐둔 박력분, 카레가루, 베이킹
파우더를 한번 더 체쳐 넣고 파슬리
도 넣어 주걱으로 칼질하듯 썰어 엎
어가며 섞어 주세요.

3 가루가 거의 다 섞이면 우유를
넣고 다시 칼질하듯 반죽을 잘라서
뒤엎어가며 잘 섞어 주세요.

4 준비해둔 틀에 주걱으로 조금씩
떠서 젓가락으로 훑어가면서 담아
주세요.

5 되직한 상태의 반죽을 주걱으로
살짝 정리해 주세요. 우유팩 대신 같
은 크기의 베이킹 전용 파운드 틀을
사용하셔도 됩니다.

6 프라이팬에 틀을 넣고 표시된 약불보다 레버를 더 작게 돌려 불꽃 크기
를 반으로 줄여서 30분 정도 굽다가 윗면이 살짝 뽀송해지면 뒤집어서
3~5분 정도 구워 주세요. 이때 불꽃 크기를 조금 더 줄여 주면 타지 않고
색이 더 예쁘답니다.

7 윗면이 타지 않을 만큼 갈색이 돌
면 꺼내 주세요.

응용 2
초코 찜 파운드 케이크

 재료

박력분	180g
코코아가루	20g
베이킹파우더	1t
계란	2개
황설탕	120g
소금	1/2t
우유	80g
포도씨유	40g
황도	1캔
15×7cm 은박 파운드 틀	4개

 팁

1. 파운드 틀 대신 동그란 은박 베이킹 컵에 쪄주셔도 됩니다.
2. 복숭아 대신 망고나 파인애플 같은 과일을 넣어주셔도 돼요.

1 황도는 국물은 버리고 작게 썰어 두세요. 통조림은 국산 브랜드가 살도 단단하고 뭉개지지 않는답니다.

2 계란을 가볍게 풀어준 후 포도씨유, 설탕, 소금을 넣고 녹이듯 잘 섞어 주세요.

3 박력분, 코코아가루, 베이킹파우더를 체쳐 넣고 주걱날을 세워서 칼질하듯 뒤엎어가면서 섞어 주세요.

4 우유를 두세 번씩 나눠 넣어가면서 반죽을 반으로 갈라 뒤엎어가며 잘 섞어 줍니다.

5 가루가 거의 다 숨으면 썰어둔 복숭아를 넣고 두세 번만 가볍게 뒤엎어서 섞어 주세요.

6 볼 테두리를 정리해서 가운데로 모아 주세요. 반죽이 완성되었으면 찜통에 불을 지펴 주세요.

7 은박 베이킹 컵에 유산지를 깔고 반죽을 4개로 나눠 담아 주세요.

8 팔팔 끓는 찜통에 두 개씩 넣고 뚜껑에 면보를 씌우고 중불에서 딱 20분씩 쪄주시면 됩니다. 젓가락으로 찔러봐서 물컹한 반죽이 묻어나지 않을 때까지 쪄주시면 됩니다.

버터 대신 달콤한 바나나를 듬뿍~

바나나 구겔호프

땅콩 대신 초록색 피스타치오를
뿌려도 예쁘겠지요?

초콜릿 살짝 뿌려 줬을 뿐인데
이렇게 근사한 데코가~

달콤한 바나나가
듬뿍 들었어요~

1 잘 익은 바나나를 설탕과 함께 포크로 대충 으깨 주세요.

2 포도씨유, 소금, 계란을 넣고 충분히 섞어 줍니다.

3 박력분과 베이킹파우더를 체쳐 넣고 주걱날을 세워 칼질하듯 뒤엎어가면서 조심히 섞어 주세요. 이때 건포도를 넣어 줘도 맛있어요.

 재료

박력분	120g
베이킹파우더	1/2t
바나나	2개
계란	1개
황설탕	100g
소금	1/4t
포도씨유	30g

장식
초콜릿	50
땅콩분태	조금

틀
지름 16cm 구겔팬

4 마른가루가 숨으면 주걱질을 곧바로 중단하고 버터 바른 틀에 부어 줍니다.

5 속이 깊은 궁중팬에 구겔팬을 넣고 표시된 약불에서 30분 정도 구워 줍니다.

6 반죽이 부풀고 윗면이 살짝 뽀송해지면 불꽃 크기를 반으로 줄이고 뒤집어서 1~2분간 구워 주세요.

 준비

1. 바나나는 최대한 잘 익은 것으로 준비해 주세요.
2. 구겔팬 안쪽에 버터를 붓으로 꼼꼼하게 잘 펴 발라 두세요.

7 뒤집을 때는 두꺼운 면장갑을 두 장 겹쳐 끼고 프라이팬을 구겔팬 위에 덮고 획 뒤집어 주시면 됩니다.

8 요렇게 노르스름한 색이 되었는지 확인해 주세요.

9 바구니에 틀을 뒤집어서 꺼낸 후 뜨거울 때 드시면 맛있답니다.

10 초콜릿을 중탕으로 녹여 윗면에 뿌리고 땅콩분태를 뿌려 주면 훨씬 근사해진답니다.

구 겔 호 프 의 모 든 것

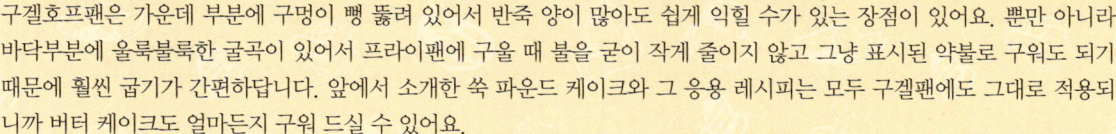

구겔호프팬은 가운데 부분에 구멍이 뻥 뚫려 있어서 반죽 양이 많아도 쉽게 익힐 수가 있는 장점이 있어요. 뿐만 아니라 바닥부분에 울룩불룩한 굴곡이 있어서 프라이팬에 구울 때 불을 굳이 작게 줄이지 않고 그냥 표시된 약불로 구워도 되기 때문에 훨씬 굽기가 간편하답니다. 앞에서 소개한 쑥 파운드 케이크와 그 응용 레시피는 모두 구겔팬에도 그대로 적용되니까 버터 케이크도 얼마든지 구워 드실 수 있어요.
그래서 이번에는 버터 대신 식물성 오일과 촉촉한 천연재료를 듬뿍 넣어 칼로리 부담이 훨씬 적은 레시피를 준비해 봤습니다. 버터 케이크에 비해 촉촉함은 덜하지만 대신 따뜻할 때 먹으면 아주 맛있답니다.

단호박 구겔호프

 재료

박력분......................100g
베이킹파우더..............1/2t
계란..........................2개
황설탕......................100g
소금..........................1/4t
포도씨유....................40g
삶은 단호박...............150g

지름 16cm 구겔팬

 준비

단호박은 삶아서 포크로 껍질째
적당히 으깨 놓으세요.

1 구겔팬에 버터를 꼼꼼하게 펴 바른 후 호박씨를 바닥에 깔아 주고 몇 알은 옆면에 붙여 주세요.

2 볼에 계란, 설탕, 소금, 포도씨유를 모두 넣고 잘 섞어 주세요.

3 박력분과 베이킹파우더를 체쳐 넣고 주걱으로 칼질하듯 뒤엎어가면서 조심히 섞어 주세요.

4 마른가루가 거의 다 사라지면 으깬 단호박을 넣고 골고루 섞어 주세요.

5 구겔팬에 조심히 부어 주세요.

6 속이 깊은 궁중팬에 구겔팬을 넣고 표시된 약불에서 30분 정도 구워 줍니다.

7 반죽이 부풀고 윗면이 살짝 뽀송해지면 불꽃 크기를 반으로 줄이고 뒤집어서 1~2분간 구워 주세요.

8 바구니에 뒤집어서 꺼낸 후 뜨거울 때 맛나게 드세요.^^

134

초코 구겔호프

🍊재료

박력분	100g
코코아가루	20g
베이킹파우더	1/2t
계란	2개
황설탕	80g
소금	1/4t
포도씨유	40g
우유	40g
각종 견과류	약 100g

지름 16cm 구겔팬

1 구겔팬에 버터를 꼼꼼하게 발라 두세요. 그래야 케이크가 퐁 하고 빠져 나오거든요.

2 계란을 풀어 주고 설탕, 소금, 포도씨유를 넣고 잘 섞어 주세요.

3 박력분, 코코아가루, 베이킹파우더를 체쳐 넣고 주걱으로 칼질하듯 뒤엎어가며 섞다가 가루가 반 이상 섞이면 우유를 붓고 마저 섞어 줍니다.

3 준비해둔 견과류를 듬뿍 넣고 두세 번만 뒤엎어서 가볍게 섞어 주세요.

5 준비해둔 틀에 조심히 부어 주세요.

6 속이 깊은 궁중팬에 구겔팬을 넣고 표시된 약불에서 30분 정도 구워 줍니다.

7 반죽이 부풀고 윗면이 살짝 뽀송해지면 불꽃 크기를 반으로 줄이고 뒤집어서 1~2분간 구워 주세요.

8 바구니에 뒤집어 꺼내 완전히 식은 후 슈거파우더를 뿌려 장식해 주세요.

상큼한 사과 조림이 듬뿍~
사과 머핀

요렇게 못생긴
머핀도 있는 법ㅋㅋ

달콤하고 부드러운 사과조림이
듬뿍 들었어요~

당근과 사과는
찰떡궁합^^

1 사과 두 개는 작게 깍둑썰기 해주세요. 썰어 두면 많아 보이지만 조리고 나면 부피가 많이 줄어든답니다.

2 팬에 잘게 썬 사과를 붓고 설탕과 물을 뿌려 버무려준 후 젓지 말고 센불에서 조리다가 국물이 거의 다 줄면 계핏가루를 넣고 고루 섞어 주세요. 이때 당근을 잘게 다져 넣어도 좋답니다.

3 실온에서 말랑해진 버터를 부드럽게 풀어준 후 설탕을 넣고 잘 섞어 주세요.

 재료(약 8개)

박력분	150g
베이킹파우더	1/2t
버터	50g
황설탕	50g
계란	1개

사과조림

사과	2개
물	2T
황설탕	4T
계핏가루	1t

틀

10cm 은박접시	8개

4 계란을 넣고 중속으로 1분 정도 잘 섞어 주세요.

5 박력분과 베이킹파우더를 체쳐 넣고 주걱으로 칼질하듯 뒤엎어가면서 섞어 주세요.

6 가루가 거의 다 흡수되고 나면 식혀둔 사과조림을 넣고 반죽을 잘라서 뒤엎어가며 가볍게 섞어 주세요.

 준비

1. 버터와 계란은 쓰기 전에 미리 냉장고에서 꺼내 두세요.
2. 은박접시에 버터를 발라 주시면 반죽이 묻지 않아 세척해서 재사용하시기 편하답니다.

7 은박컵에 평평한 높이만큼만 담고 윗면을 가볍게 정리해 주세요.

8 팬에 담고 표시된 약불보다 불꽃 크기를 반으로 줄여서 15~20분 정도 구워 주세요.

9 반죽이 부풀고 윗면이 뽀송해지면 뒤집어서 2~3분간 표면이 갈색이 돌도록 가볍게 구워 주세요. 이때 불을 조금 더 줄여 주시면 타지 않고 예쁜 색을 낼 수 있답니다.

 **머 핀 의 모 든 것**

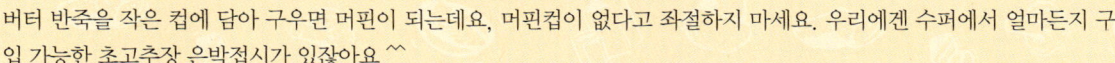

버터 반죽을 작은 컵에 담아 구우면 머핀이 되는데요, 머핀컵이 없다고 좌절하지 마세요. 우리에겐 수퍼에서 얼마든지 구입 가능한 초고추장 은박접시가 있잖아요. ^^
기존 머핀에 비해 모양이 좀 못생기긴 했지만 구워 놓고 보면 나름대로 귀여운 맛도 있답니다.
은박접시는 높이가 낮기 때문에 반죽이 너무 질면 부풀면서 넘칠 수 있으니 살짝 되직하게 하는 것이 포인트예요.
단호박과 크림치즈를 이용한 머핀도 맛있으니 하나씩 만들어 보시길 바래요. ^^

단호박 머핀

 재료

박력분................................100g
베이킹파우더.......................1/2t
버터...................................60g
황설탕................................80g
계란...................................1개
삶은 단호박.........................200g
10cm 은박접시.....................7개

 준비

1. 버터와 계란은 냉장고에서 미리 꺼내 두세요.
2. 단호박은 삶아서 포크로 가볍게 으깬 후 식혀 두세요.

1 실온에서 말랑해진 버터를 부드럽게 풀어준 후 설탕을 두 번에 나눠 넣고 섞은 후 계란을 넣고 중속으로 1분 정도 잘 섞어 주세요.

2 으깬 단호박을 넣고 가볍게 섞어 줍니다.

3 박력분과 베이킹파우더를 체쳐 넣고 주걱으로 칼질하듯 뒤엎어가면서 가볍게 섞어 주세요.

4 은박접시에 소량씩 나눠 담고 호박씨로 예쁘게 장식을 해주세요.

5 팬에 담고 표시된 약불보다 불꽃 크기를 반으로 줄여서 15~20분 정도 구워 주세요.

6 반죽이 부풀고 윗면이 뽀송해지면 뒤집어서 2~3분간 표면에 갈색이 돌도록 가볍게 구워 주세요. 이때 불을 조금 더 줄여 주시면 타지 않고 예쁜 색을 낼 수 있답니다.

7 요런 색이 돌면 꺼내 주세요.

크림치즈 머핀

 재료

박력분	150g
베이킹파우더	1/2t
크림치즈	100g
버터	50g
황설탕	80g
계란	1개
커피물	1t
호두	30g
건포도	30g
10cm 은박접시	7개

 준비

커피물은 물 1t를 전자레인지에 데운 후 커피 알갱이 2t를 넣고 진하게 녹여 두세요.

1 실온에서 말랑해진 크림치즈와 버터를 부드럽게 풀어준 후 설탕을 두 번에 나눠 넣고 잘 섞어 주세요.

2 계란과 커피물을 넣고 중속으로 1분 정도 고루 섞어 주세요.

3 박력분과 베이킹파우더를 체쳐 넣고 주걱으로 칼질하듯 뒤엎어가며 섞다가 가루가 반 이상 섞이고 나면 호두와 건포도를 넣고 가볍게 섞어 주세요.

4 마른가루가 숨자마자 주걱질을 중단하고 볼 주변을 훑어서 반죽을 정리해 줍니다.

5 팬에 담고 표시된 약불보다 불꽃 크기를 반으로 줄여서 15~20분 정도 구워 주세요.

6 반죽이 부풀고 윗면이 뽀송해지면 뒤집어서 2~3분간 표면에 갈색이 돌도록 가볍게 구워 주세요. 이때 불을 조금 더 줄여 주시면 타지 않고 예쁜 색을 낼 수 있답니다.

7 요런 색이 돌면 꺼내서 바구니에 식혀 주세요.

발효빵? 그거 아무것도 아니에요!!
어렵게만 생각했던 고정관념을 버리시고 편안한 마음으로 콩지만 따라오세요~
만만한 빵 만들기가 당신을 기다립니다.

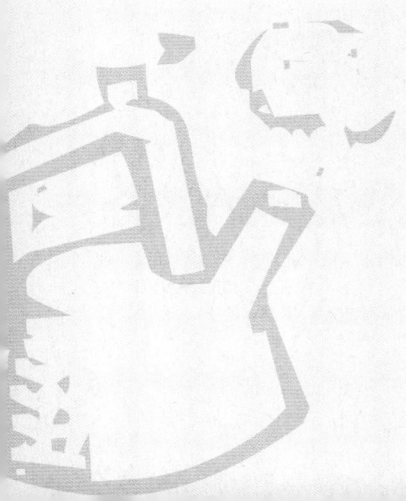

PART 3

빵

Bread

기본빵 반죽하기를 이용하여
호두 롤빵 만들기

발효빵에 대해 반죽을 치대는 작업과 발효 과정을 어렵게 생각해서 만들기를 두려워하시는 분들이 많으신데요, 전혀 그러실 필요 없어요. 부담 없이 편하게 만들어 먹을 수 있는 빵도 얼마든지 많거든요.
식빵처럼 속살의 식감이 맛을 좌우하는 빵들은 글루텐 형성이 생명이기 때문에 치대는 작업에 올인해야 되는데 이런 빵은 그냥 제과점에서 사먹는 게 편하구요, 집에서 만들 때는 반죽에 다양한 속재료를 넣어서 구워 주는 게 좋습니다. 빵결보다는 속재료가 빵맛을 좌우하기 때문에 굳이 힘들게 반죽을 오래 치대지 않고도 충분히 맛있는 빵을 만들 수가 있거든요.
자, 이제 두려움은 내던져 버리시고 자신감을 갖고 다양한 발효빵의 세계로 고고씽~~!!

 재료(8개 분량)

강력분 150g, 설탕 1T, 소금 1/2t, 인스턴트 드라이 이스트 1t, 물 80g, 포도씨유 20g,
호두분태 50g, 건포도 50g
＊본문에 사용된 '이스트'라 함은 모두 '인스턴트 드라이 이스트'를 말합니다.

만들기

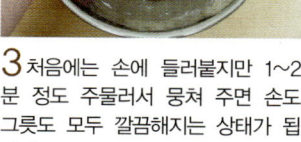

1 재료섞기 – 체친 강력분에 소금과 설탕을 먼저 넣고 섞어준 후 마지막에 이스트를 넣고 휘휘 저어 섞어 주세요. 소금, 설탕은 발효를 돕기도 하지만 이스트와 직접 닿으면 오히려 발효를 방해한다고 하니 반드시 순서를 지켜 주세요.

2 포도씨유와 따뜻하게 데운 물을 붓고 손으로 뭉치듯 잘 섞어 줍니다. 저울 없이 종이컵으로 계량한 경우 물을 한꺼번에 붓지 말고 조금 남겨 두었다가 치대는 작업을 하면서 질기를 조절해 주시는 게 좋습니다. 이스트는 따뜻한 환경에서 발효가 잘되므로 찬물보다는 따뜻한 물을 넣어 주는 것이 좋아요. 하지만 너무 뜨거우면 이스트가 죽게 되므로 손을 넣어 봐서 살짝 따뜻한 정도로만 데워서 사용해 주세요.

3 처음에는 손에 들러붙지만 1~2분 정도 주물러서 뭉쳐 주면 손도 그릇도 모두 깔끔해지는 상태가 됩니다.

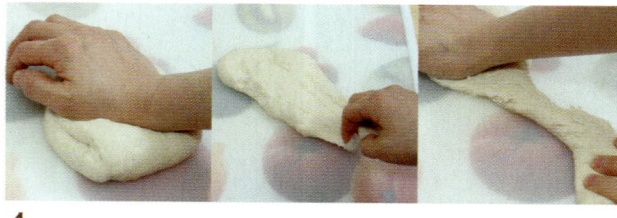

4 치대기 – 깨끗한 도마에 반죽을 놓고 본격적으로 치대 줍니다. 반죽을 반으로 접어 힘껏 눌러가면서 빨래하듯 비틀어 찢어주고 바닥에 내리치는 동작을 약 8~10분간 반복해서 반죽 표면이 매끄러워지면 한 덩이로 뭉쳐 줍니다.

5 되기 조절 – 정확하지 않은 계량으로 반죽이 너무 될 때는 반죽을 납작하게 펴놓고 손끝에 물을 묻혀서 콕콕 찍어 바른 후 반죽을 접어가면서 치대기를 반복해 주시고 반대로 너무 질 때는 강력분을 조금씩 체쳐 넣어가면서 조절해 주시면 됩니다.

6 1차 발효 – 반죽을 볼에 담고 랩을 씌워 따뜻한 물이 담긴 냄비에 넣고 40~50분간 반죽을 부풀려 주세요. 중간에 물에 손을 담궈 봐서 물이 식었으면 가스불을 1분 정도 지핀 후 불을 끄고 온도를 따뜻하게 유지시켜 주세요. 이때 물이 너무 뜨거우면 이스트가 죽어 버리기 때문에 수시로 물 온도를 체크해 주시는 게 중요합니다.

7 반죽이 두 배 이상 부풀어 오르면 손가락에 밀가루를 바르고 쿡 찔렀다 빼봤을 때 구멍이 오므라들지 않고 그대로 있으면 1차 발효 완료입니다.

8 손바닥으로 눌러 가스를 빼줍니다. 이 과정까지는 모든 빵에 공통으로 적용되니 잘 익혀 둡시다.

  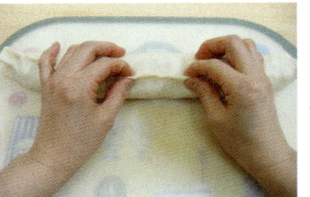 

9 성형하기 – 도마 위에 밀가루를 살짝 뿌리고 반죽을 얇게 밀어 주세요. 윗면에 비닐을 깔고 밀어 주면 깔끔하답니다.

10 호두와 건포도를 골고루 깔아준 후 아래부터 돌돌 말아 주세요.

11 끝부분을 몸통에 대고 엄지, 검지가 맞닿도록 꼭꼭 집어가면서 잘 봉해 줍니다.

12 양끝을 살짝 잘라내고 8등분 해 주세요.

13 2차 발효 – 프라이팬에 간격을 두고 배치한 후 뚜껑을 닫고 뜨거운 물이 담긴 냄비 위에 올려 30~40분가량 반죽을 부풀려 줍니다. 이때는 프라이팬이 물에 직접 닿지 않기 때문에 냄비 속 물을 뜨겁게 데운 후 팬을 올려 팬 엉덩이를 자주 만져봐서 차갑지도 뜨겁지도 않도록 따뜻하게 유지시켜 주세요.

14 2차 발효가 끝나고 반죽이 2배 가까이 부풀어 오른 모습입니다.

15 굽기 – 2차 발효가 끝나면 중탕냄비를 제거하고 프라이팬을 그대로 가스레인지 위에 올려 '약불'에서 10~12분간 굽다가 불꽃 크기를 반으로 줄이고 뒤집은 후 뚜껑을 덮고 3~5분간 구워 주세요. 빵은 덜 익으면 시큼한 냄새가 나고 또 너무 오래 구우면 수분이 지나치게 빠져 나가 식은 후 뻣뻣해지므로 너무 오래 굽지 말고 시큼한 냄새가 사라지면 곧바로 꺼내 주세요.

16 윗면에 요렇게 먹음직스런 갈색이 돌면 꺼내서 식혀 주세요.

응용 1
치즈 롤빵

 재료(8개)

빵반죽

강력분	150g
설탕	1t
소금	1/2t
이스트	1t
물	80g
포도씨유	20g

속재료

롤치즈	100g

 준비

1차 발효까지는 기본빵 반죽하기를 참조해 주세요.

1 1차 발효가 끝난 반죽을 도마 위에 넓게 밀어 편 후 롤치즈를 골고루 깔고 돌돌 말아 주세요.

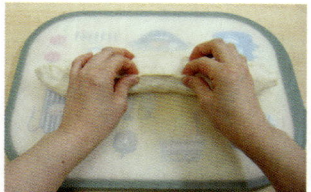

2 부풀면서 풀어지지 않도록 끝부분을 꼭꼭 집어가면서 봉해 줍니다.

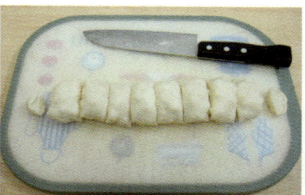

3 칼로 눌러 8등분 해주세요.

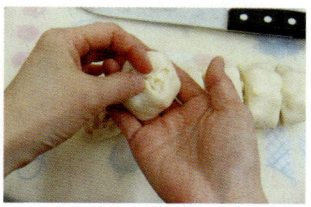

4 치즈가 지나치게 타는 것을 막기 위해 한쪽 단면은 반죽을 당겨 오므려 치즈를 숨겨 주세요.

5 프라이팬에 놓고 손바닥으로 살짝 눌러 줍니다.

6 팬 뚜껑을 닫고 뜨거운 물이 담긴 냄비 위에 올려 2차 발효를 시켜 주세요(약 40분간).

7 반죽이 두 배로 부풀면 중탕냄비는 제거하고 '약불'에서 10~12분간 굽다가 불꽃 크기를 반으로 줄이고 뒤집은 후 뚜껑을 덮고 3~5분간 구워 주세요.

8 윗면이 요런 색이 되면 꺼내서 식혀 주세요.

144

응용 2
시나몬 롤빵

 재료(8개)

빵반죽

강력분	150g
설탕	1t
소금	1/2t
이스트	1t
물	80g
포도씨유	20g

속재료

흑설탕	30g
계핏가루	1t
슬라이스아몬드	40g
건포도	약간

장식

슈거파우더	30g
물	5g

1 슬라이스아몬드는 팬에 한번 볶아 두고 흑설탕과 계핏가루는 한데 섞어 두고 건포도와 함께 속재료를 준비합니다.

2 1차 발효가 끝난 반죽을 도마 위에 넓게 밀어서 속재료를 올린 후 돌돌 말아 주세요.

3 끝이 풀리지 않도록 꼭꼭 집어 봉해 주세요.

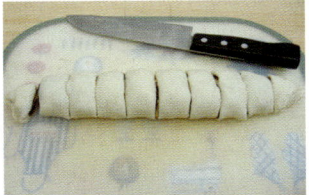

4 칼로 눌러 8등분 해줍니다.

5 은박호일을 작게 잘라 반죽 밑에 깔고 프라이팬에 놓아 주세요

6 팬 뚜껑을 닫고 뜨거운 물이 담긴 냄비 위에 올려 2차 발효를 시켜 주세요(약 40분).

7 반죽이 두 배로 부풀면 중탕냄비는 제거하고 '약불'에서 10~12분간 굽다가 불꽃 크기를 반으로 줄이고 뒤집은 후 뚜껑을 덮고 3~5분간 구워 주세요.

8 소량의 물에 슈거파우더를 조금씩 섞어가며 되직한 혼당을 만든 후 빵 위에 뿌려 주세요.

향긋한 카레와 촉촉한 야채를 듬뿍 품은
카레 야채 롤빵

빵이
장미 모양을 하고 있어요^^

카레와 야채의
환상의 조화

속살이
놀랍도록 촉촉해요~

 **재료**(18cm 원형팬)

빵반죽

강력분	150g
설탕	1T
소금	1/2t
이스트	1t
물	80g
포도씨유	20g

속재료

양파	1T
피망	2T
통조림 콘	2T
스팸	1T
카레가루	1T

1 반죽이 1차 발효가 되는 동안 속재료를 준비하세요. 모든 재료를 잘게 썰어서 카레가루에 버무려 주시면 됩니다.

2 반죽이 2배로 부풀었으면 도마 위에 놓고 납작하게 밀어준 후 준비한 속재료를 골고루 깔아 주세요.

3 아랫부분을 살짝 접어서 위로 돌돌 말아 줍니다. 이때 양 끝부분을 속재료가 새어 나오지 않도록 꼭꼭 눌러 봉해가면서 말아 주셔야 깔끔하답니다.

 준비

기본빵 반죽하기를 참조하여 1차 발효까지 시켜 주세요.

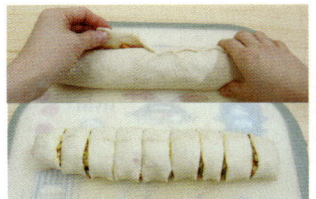

4 맨 윗부분은 몸통에 잘 집어서 봉해준 후 칼로 눌러 9등분 해줍니다. 자르기 전에 미리 등분선을 내주면 일정한 간격으로 자를 수 있겠지요?

5 준비한 원형팬에 예쁘게 담아 주세요.

6 반죽이 담긴 원형팬을 프라이팬에 넣고 뜨거운 물이 담긴 냄비 위에 올려 2차 발효를 시켜 줍니다(약 40분).

7 반죽이 부풀어서 원형팬에 꽉 차면 중탕냄비를 제거하고 프라이팬을 그대로 불에 올려 '1/2약불'로 15~20분간 구워 주세요.

8 요렇게 부풀어 오르면 뒤집어서 2~3분간 윗면이 노르스름하게 구워 주시면 됩니다. 뒤집을 때는 팬이 뜨거우니 두꺼운 면장갑을 두 장 겹쳐 끼고 원형팬을 손바닥에 놓고 프라이팬을 씌운 후 휙 뒤집어 주세요.^^

9 윗면에 요런 색이 돌면 꺼내서 식혀 주세요. 뒤집기 전에 붓으로 계란 물을 살짝 펴 발라 주면 색이 훨씬 예쁘답니다.

 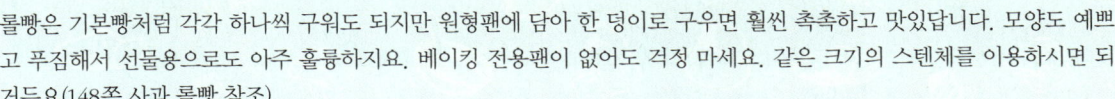

롤빵은 기본빵처럼 각각 하나씩 구워도 되지만 원형팬에 담아 한 덩이로 구우면 훨씬 촉촉하고 맛있답니다. 모양도 예쁘고 푸짐해서 선물용으로도 아주 훌륭하지요. 베이킹 전용팬이 없어도 걱정 마세요. 같은 크기의 스텐체를 이용하시면 되거든요(148쪽 사과 롤빵 참조).

속재료는 호두, 롤치즈, 야채, 사과조림 모두 서로 교환이 가능하니까 좋아하는 재료, 편리한 방법을 선택해서 만들어 보세요.

그리고 크림치즈처럼 흘러내릴 수 있는 재료를 넣을 경우엔 구겔호프팬을 이용해 보세요.

제과점에서 파는 빵과 모양은 조금 다르지만 그 맛은 최고랍니다.^^

응용 1
사과 롤빵

 재료(18cm 스텐체)

빵반죽

강력분	150g
흑설탕	1T
소금	1/2t
이스트	1t
물	80g
포도씨유	20g

속재료

사과	1개
물	1T
흑설탕	2T
전분	1T
계핏가루	1/2t

 팁

반죽에 흑설탕 대신 백설탕을 쓰
시면 빵색이 더 깔끔해요.

1 작게 썬 사과에 물과 설탕을 넣고
섞어준 후 젓지 말고 센불에서 졸이
다가 국물이 거의 사라지면 전분과
계핏가루를 넣고 뒤적이며 1분 정도
만 더 졸인 후 식혀 두세요.

2 스텐체 안쪽에 호일을 감싼 후
가위로 테두리를 잘라서 정리해 줍
니다.

3 1차 발효가 끝난 반죽을 도마 위
에 얇게 밀어 편 후, 사과조림을 고
루 깔아 주고 돌돌 말아 주세요.

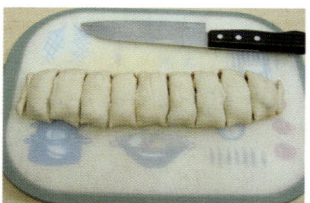

4 칼로 눌러 9등분 합니다.

5 반죽을 준비된 틀에 담고 프라이
팬과 중탕냄비를 이용해 2차 발효를
시켜 줍니다.

6 반죽이 두 배로 부풀면 중탕냄비는 제거하고 '1/2약불'로 15~20분간
구운 후 뒤집어서 2~3분간 구워 주세요. 뒤집기 전에 계란물을 살짝 발라
주면 색이 더 예뻐져요.

7 요런 색이 돌면 꺼내서 식혀 주
세요.

크림치즈 롤빵

 재료(16cm 구겔팬)

빵반죽

강력분	150g
설탕	1T
소금	1/2t
이스트	1t
물	80g
포도씨유	20g

속재료

크림치즈	100g
설탕	2T
호두	30g

 준비

1. 크림치즈는 냉장고에서 미리 꺼내두어 말랑하게 준비해 주세요.
2. 호두는 마른 팬에 살짝 볶아 두세요.

1 실온에서 부드러워진 크림치즈를 덩어리 없게 풀어준 후 설탕을 넣고 잘 섞어 주세요.

2 1차 발효가 끝난 반죽을 얇게 밀어준 후 크림치즈를 고루 펴 바르고 볶은 호두도 올려서 양끝을 봉해가면서 돌돌 말아 주세요.

3 반죽 끝을 마주대고 경계선을 집어가면서 링 모양을 만들어 줍니다.

4 반죽을 구겔팬에 꼭꼭 눌러 담고 따뜻한 물이 담긴 궁중팬에 넣어서 뚜껑을 닫고 2차 발효를 시켜 주세요.

5 반죽이 틀에 꽉 차면 냄비 속의 물은 모두 버리고 표시된 '약불'로 20분간 굽다가 불꽃 크기를 반으로 줄인 후 뒤집어서 2~3분간 구워 주세요. 팬이 뜨거우니 반드시 두꺼운 면장갑을 두 장 겹쳐 끼고 작업해 주셔야 해요.

6 바닥에 요런 색이 돌면 꺼내서 바구니에 식혀 주세요.

크림치즈빵뿐만 아니라 다른 롤빵들도 모두 구겔팬에 가능하니까 다양하게 응용해 보세요.^^

뭐지? 이 향긋한 내음은!

야채 모닝빵

보이진 않지만
달콤한 향의 정체는 바로 양파~

따뜻한 커피와 함께하면
금상첨화^^

촉촉하고
부드러운 이 속살^^

1 강력분에 설탕과 소금을 섞은 후 마지막에 이스트를 넣어 섞은 다음 포도씨유와 미지근한 물을 붓고 손으로 뭉쳐 주세요.

양파의 양에 따라 반죽질기가 달라질 수 있으니 물을 한꺼번에 붓지 말고 조금 남겨 뒀다가 질기를 봐가면서 추가해 주세요.

2 도마 위에 놓고 5분 정도 치대다가 양파, 당근, 파슬리를 넣고 조물락거리면서 반죽에 흡수시킨 후 손에 묻어나지 않을 때까지 치대 줍니다.

3 반죽을 동그랗게 뭉친 후 볼에 담고 랩을 씌워 따뜻한 물에 담궈 1차 발효를 시켜 주세요(약 50분).

재료(8개 분량)

빵반죽

강력분	150g
설탕	1T
소금	1/2t
이스트	1t
물	70g
포도씨유	20g

속재료

양파	2T
당근	1T
파슬리	1T

준비

1. 자세한 방법은 기본빵 반죽하기를 참조해 주세요.
2. 당근와 양파는 잘게 다져 두세요.

4 반죽이 2배로 부풀면 손바닥으로 눌러 가스를 빼주세요.

5 도마 위에 놓고 칼로 눌러 8등분 해주세요.

6 뾰족한 부분을 접어 넣고 표면반죽을 당겨가면서 동그랗게 만든 후 만두 주둥이 오므리듯 집어 둥글려 주세요.

7 반죽을 프라이팬에 놓고 뜨거운 물이 담긴 냄비 위에 올려 2차 발효를 시켜 줍니다(약 40분).

8 반죽이 두 배 가까이 부풀어 오르면 중탕냄비를 제거하고 '약불'에서 10~12분간 구워 주세요. 뚜껑에 맺힌 물기는 뒤집기 직전에 한 번만 닦아내 주시면 됩니다.

9 바닥에 짙은 갈색이 돌면 불꽃 크기를 반으로 줄여서 뒤집은 후 뚜껑을 덮고 3~5분간 타지 않게 구워 주세요.

10 하나를 쪼개봐서 다 익었으면 꺼내서 식혀 주세요. 만약 시큼한 냄새가 나면 불꽃 크기를 줄여서 1~2분간 더 구운 후 꺼내 주세요.

모닝빵의모든것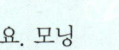

모닝빵은 간단한 재료를 혼합하여 특별한 기교 없이 동그랗게 구워내어 따뜻한 음료와 함께 즐기면 좋은 빵이지요. 모닝빵은 부재료 맛보다는 빵 자체의 맛과 식감이 중요하므로 굽는 시간을 잘 조절해 주셔야 해요.

너무 오래 구우면 수분이 지나치게 날아가서 식은 후 뻣뻣해지기 때문에 빵을 쪼개서 다 익었으면 곧바로 꺼내 주세요. 덜 익은 빵에서는 시큼한 냄새가 나기 때문에 요 냄새만 사라지면 바로 꺼내 주시면 됩니다. 그리고 우유보다는 물반죽이 훨씬 촉촉하답니다.

레시피대로 지켜만 주신다면 부드럽고 촉촉한 모닝빵을 즐기실 수 있구요, 만일 식은 후 빵이 뻣뻣해졌다면 드시기 직전에 가스레인지에 살짝 데워 드시거나 잼을 발라 드셔도 맛있답니다. 뒤쪽의 향긋한 모카빵과 고소한 호밀빵도 맛있으니 한가하실 때 모두 만들어 보세요.^^

모카 모닝빵

 재료(8개 분량)

강력분	150g
설탕	1T
소금	1/2t
이스트	1t
물	80g
커피	2t
포도씨유	20g
건포도	40g

 준비

물을 전자레인지에 데운 후 커피 알갱이를 녹이고 미지근하게 식혀 두세요.

1 기본빵 반죽하기를 참조하여 재료를 혼합하여 손으로 한 덩이로 뭉쳐 도마 위에 치대 주세요.

2 반죽이 매끄러워지면 건포도를 넣고 반죽을 접어 눌러가면서 고루 섞이도록 1~2분간 더 치대 줍니다.

3 반죽을 볼에 담고 따뜻한 물에 담그고 1차 발효를 시켜 주세요(약 50분).

4 반죽이 2배로 부풀어 오르면 손바닥으로 눌러 가스를 빼주세요.

5 칼로 눌러 6등분 한 후 각각을 동그랗게 만들어 프라이팬에 간격을 두고 놓아 주세요.

6 따뜻한 물이 담긴 냄비 위에 프라이팬을 올리고 2차 발효를 시켜 주세요(약 40분).

7 반죽이 2배 가까이 부풀면 중탕 냄비는 제거하고 불을 켜서 '약불'에서 10~12분간 구워 주세요.

8 바닥에 짙은 갈색이 돌면 불꽃 크기를 반으로 줄여서 뒤집은 후 뚜껑을 덮고 3~5분간 타지 않게 구워 주세요.

호밀 모닝빵

 재료(8개 분량)

강력분	120g
호밀가루	30g
설탕	1T
소금	1/2t
이스트	1t
물	80g
포도씨유	20g
호두분태	40g

 팁

호밀가루 대신 통밀가루를 넣으면 통밀 모닝빵이 된답니다.^^

1 기본빵 반죽하기를 참조하여 재료를 혼합하여 손으로 한 덩이로 뭉쳐 도마 위에 치대 주세요.

2 반죽이 매끄러워지면 호두를 넣고 반죽을 접어 눌러가면서 고루 섞이도록 치대 줍니다.

3 반죽을 볼에 담고 따뜻한 물에 담그고 1차 발효를 시켜 주세요(약 50분).

4 반죽이 2배로 부풀어 오르면 손바닥으로 눌러 가스를 빼주세요.

5 칼로 눌러 6등분 한 후 각각을 동그랗게 만들어 프라이팬에 간격을 두고 놓아 주세요.

6 따뜻한 물이 담긴 냄비 위에 프라이팬을 올리고 2차 발효를 시켜 주세요(약 40분).

7 반죽이 2배 가까이 부풀면 중탕 냄비는 제거하고 불을 켜서 '약불'에서 10~12분간 구워 주세요.

8 바닥에 짙은 갈색이 돌면 불꽃 크기를 반으로 줄여서 뒤집은 후 뚜껑을 덮고 3~5분간 타지 않게 구워 주세요.

앙금빵의 지존!!

팥앙금빵

언뜻 보면
수퍼에서 막 사온 것 같아요^^

앙금류하면 역시
단팥앙금이 최고^^b

요 멋스러운 칼집이 포인트!!

1 1차 발효가 끝난 반죽을 도마 위에 놓고 비닐을 덮어 넓게 밀어 펴 주세요. 반죽이 질 때는 도마 위에 밀가루를 살짝 뿌려 주세요.

2 팥앙금을 손이나 숟가락으로 골고루 깔아 주세요.

3 반죽을 칼로 2등분 해준 후 양쪽을 접어 서로 겹쳐 줍니다.

 재료(8개 분량)

강력분	150g
설탕	1T
소금	1t
이스트	1t
포도씨유	20g
물	80g
팥앙금	200g

 팁

콩지는 간편하게 시판 앙금을 사용했는데요, 직접 만든 앙금을 사용하시면 더 건강하겠지요?

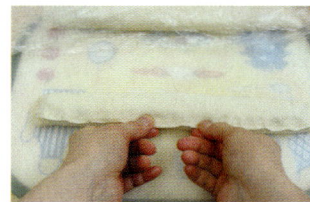

4 앙금이 새 나오지 않도록 경계 부분을 꼭꼭 집어서 잘 봉해 주세요.

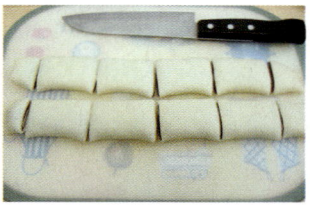

5 반죽 두 개를 나란히 놓고 손바닥으로 눌러 살짝 납작하게 만들어준 후 칼로 4등분씩 되게 눌러 줍니다. 외관상 끝부분은 살짝 잘라냈어요.

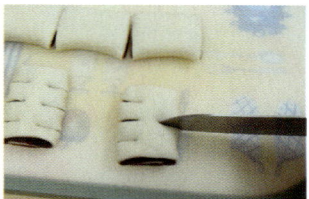

6 토막 낸 반죽 옆구리에 각각 3줄씩 칼집을 내줍니다.

7 반죽을 팬에 담고 따뜻한 물이 담긴 냄비 위에 올려 2차 발효를 시켜 줍니다(약 40분).

8 2차 발효가 끝나면 중탕냄비를 제거하고 프라이팬을 그대로 가스레인지 위에 올려 '약불'에서 10~12분간 굽다가 불꽃 크기를 반으로 줄이고 뚜껑을 덮은 후 뒤집어서 3~5분간 구워 주세요. 팬 뚜껑에 맺힌 물은 바닥에 흘러들기 직전에 딱 한 번만 닦아내 주시고 반죽을 뒤집을 때는 숟가락 두 개로 휙 뒤집어 주시면 됩니다.

9 노르스름하게 잘 구워진 빵을 꺼내서 식혀 주시면 완성입니다.

  **콩 지 의 에 피 소 드**

팥앙금빵을 어떻게 만들까 고민하던 도중 수퍼에 갔다가 우연히 재미있는 모양의 시판 팥빵을 발견하고는 당장 사들고 온 콩지….

물론 맛과 모양을 살피기 위함도 있지만 개수가 딱 8개인 것이 케이스가 왠지 맘에 들더군요. 예상대로 완성된 빵이 자로 잰 듯 꼭 들어 맞아줘서 어찌나 기쁘던지.^^

케이스에 담아놓고 보니까 수퍼에서 막 사왔다고 해도 믿을 만큼 모양이 그럴싸한 거 있죠. 쓰고 남은 앙금이 있다면 무엇이든 가능하니 다양한 종류의 앙금빵을 만들어 보세요!

고구마 앙금빵

 재료(6개 분량)

빵반죽

강력분	150g
설탕	1T
소금	1/2t
이스트	1t
물	80g
포도씨유	20g
호두분태	40g

앙금

삶은 고구마	200g
설탕	4T
생크림	2T

1 기본빵 반죽하기를 참조하여 재료를 혼합하여 손으로 한 덩이로 뭉쳐 도마 위에 치대다가 반죽이 매끄러워지면 호두를 넣고 반으로 접어 눌러가며 1~2분간 더 치대 줍니다.

2 반죽을 동그랗게 뭉쳐 볼에 담고 랩을 씌워 따뜻한 물에 담궈 1차 발효를 시켜 주세요(약 50분).

3 1차 발효가 되는 동안 삶은 고구마에 설탕과 생크림을 넣고 고루 섞어서 앙금을 준비해 주세요. 생크림이 없으면 우유를 넣어 주세요.

4 1차 발효가 끝난 반죽은 6등분하여 각각을 둥글린 후 표면이 마르지 않도록 비닐을 덮어 실온에 10분 정도 가만히 둡니다.

5 눌렸던 반죽이 살짝 부풀어 오르면 납작하게 밀어준 후 고구마 앙금을 한 숟가락씩 넣고 입구를 잘 오므려 주세요. 고구마는 새어 나오지 않기 때문에 부담 갖지 마시고 가볍게 봉해 주세요.

6 반죽을 프라이팬에 담고 뜨거운 물이 담긴 냄비 위에 올려 2차 발효를 시켜 줍니다(약 40분).

7 반죽이 두 배 가까이 부풀어 오르면 중탕냄비는 제거하고 '약불'에서 10~12분간 구워 줍니다.

8 바닥에 짙은 갈색이 돌면 불꽃 크기를 반으로 줄여서 뒤집은 후 뚜껑을 덮고 3~5분간 타지 않게 구워 주세요.

단호박 앙금빵

 재료(6개 분량)

빵반죽

강력분	150g
설탕	1T
소금	1/2t
이스트	1t
물	50g
카놀라유	20g
단호박	60g

앙금

삶은 단호박	300g
설탕	3T

 팁

단호박은 수분함량에 따라 무게가 달라질 수 있으니 반죽질기를 봐가면서 물의 양을 조절해 주세요.

1 기본빵 반죽하기를 참조하여 재료를 혼합하여 한 덩이로 뭉쳐 도마 위에 치대 주세요.

2 반죽을 동그랗게 뭉쳐 볼에 담고 랩을 씌워 따뜻한 물에 담궈 1차 발효를 시켜 주세요(약 50분).

3 1차 발효가 되는 동안 단호박에 설탕을 넣고 으깨서 호박앙금을 만들어 주세요. 호박이 너무 묽을 때는 냄비에 넣고 약불에서 조리면서 수분을 제거해 주세요.

4 반죽이 두 배로 부풀어 오르면 칼로 눌러 6등분 한 후, 동그랗게 둥글려서 비닐을 덮어 실온에 10분간 방치합니다.

5 눌렸던 반죽이 살짝 부풀어 오르면 납작하게 밀어준 후 앙금을 한 숟가락씩 넣고 입구를 잘 오므려 주세요.

6 반죽을 프라이팬에 담고 뜨거운 물이 담긴 냄비 위에 올려 2차 발효를 시켜 줍니다(약 40분).

7 반죽이 두 배 가까이 부풀어 오르면 중탕냄비는 제거하고 '약불'에서 10~12분간 구워 줍니다.

8 바닥에 짙은 갈색이 돌면 불꽃 크기를 반으로 줄여서 뒤집은 후 뚜껑을 덮고 3~5분간 타지 않게 구워 주세요.

제과점 빵보다 더 맛있는

고구마 크림빵

고구마 크림이 너무 잘 어울리는
부드러운 카스테라가루^^

달콤한 고구마 크림이 듬뿍~

1 1차 발효가 끝난 반죽을 도마 위에 놓고 손바닥으로 눌러 가스를 빼준 후 4등분 해주세요.

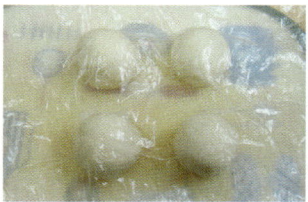

2 각각을 동그랗게 만든 후 비닐을 덮어 실온에 10분 정도 가만히 둡니다.

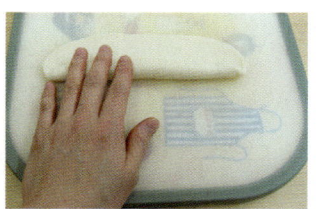

3 눌렸던 반죽이 부풀어 오르면 밀대로 타원형 모양으로 밀고 돌돌 말아 끝부분을 꼭꼭 집어서 풀리지 않도록 잘 봉해 주세요.

재료(4개 분량)

빵반죽

강력분	150g
설탕	1T
소금	1/2t
이스트	1t
포도씨유	20g
물	80g

고구마 크림

삶은 고구마	100g
설탕	2T
생크림	100g

장식

생크림	50g
시판 카스테라	1개

4 반죽을 프라이팬에 나란히 담고 뜨거운 물이 담긴 냄비 위에 올려 2차 발효를 시켜 줍니다(약 40분).

5 반죽이 두 배 가까이 부풀어 오르면 중탕냄비는 제거하고 '약불'에서 10~12분간 구워 줍니다.

6 바닥에 짙은 갈색이 돌면 불꽃 크기를 반으로 줄여서 뒤집은 후 뚜껑을 덮고 3~5분간 타지 않게 구워 주세요.

준비

1. 기본빵 반죽하기를 참조하여 1차 발효까지 시켜 주세요.
2. 생크림은 150g을 한꺼번에 거품낸 후 고구마 크림과 장식에 나눠 쓰세요.

7 고구마에 설탕을 넣고 부드럽게 으깬 후 거품낸 생크림을 넣고 가볍게 섞어 고구마 크림을 만들어 주세요.

8 빵이 식으면 반으로 갈라 고구마 크림을 듬뿍 채워 주세요. 빵은 완전히 두 동강 내지 마시고 끝부분은 살짝 붙어 있게만 잘라 주세요.

9 거품낸 생크림을 빵 표면에 살짝 발라 주세요.

10 시판 카스테라를 체에 내려 빵 위에 뿌려 주면 맛있는 고구마 크림빵 완성입니다.^^ 옆부분은 바닥에 떨어진 카스테라를 과일칼로 쓸어 올려 묻혀 주시면 돼요.

콩지의에피소드

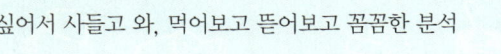

고구마 크림빵은 유명 제과점에 갔다가 왠지 집에서도 만들 수 있겠다 싶어서 사들고 와, 먹어보고 뜯어보고 꼼꼼한 분석을 마친 후 콩지 나름대로 비슷하게 만들어본 것이랍니다.
그런데 만들어서 먹어보니 어머낫!! 청출어람이라더니 거짓말 안 보태고 정말 제과점 빵보다 훨씬 맛있는 거 있죠!! 투명한 포장봉투에 담아 예쁜 스티커 한 장 붙여서 친구에게 선물했더니 직접 만들었다는 걸 도무지 믿질 않더군요.
요렇게 약간의 정성이 필요한 빵들은 혼자 먹기 위해 만드는 건 좀 귀찮고 역시 선물용으로 딱인 것 같아요.
고구마를 삶고 장식하는 것이 귀찮을 땐 그냥 딸기잼 쓱쓱 발라서 먹어도 맛있답니다.^^

슈크림빵

🫛 재료(6개 분량)

빵반죽

강력분	150g
설탕	1T
소금	1/2t
이스트	1t
물	80g
포도씨유	20g

커스터드크림

노른자	2개
설탕	4T
박력분	2T
우유	200g

🫛 준비

커스터드크림은 미리 만들어서 냉장고에 차게 식혀 두세요.(44쪽 참조)

1 1차 발효가 끝난 반죽을 도마 위에 놓고 손바닥으로 눌러 가스를 빼준 후 6등분 해주세요.

2 각각을 동그랗게 만든 후 비닐을 덮어 실온에 10분 정도 가만히 둡니다.

3 반죽을 납작하게 밀고 커스터드크림을 한 숟가락 올리고 반으로 접어 손끝으로 바닥까지 닿도록 꾹꾹 눌러서 봉해 주세요.

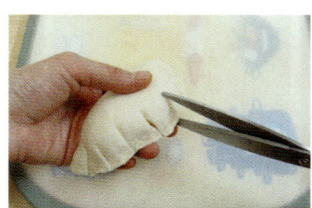

4 가위로 8군데를 살짝 잘라 모양을 내줍니다. 커스터드크림은 흘러 나오지 않기 때문에 가위집은 과감하게 내주셔도 됩니다.

5 프라이팬에 가지런히 배치하고 뜨거운 물이 담긴 냄비 위에 올려 2차 발효를 시켜 줍니다(약 40분).

6 반죽이 두 배 가까이 부풀어 오르면 중탕냄비는 제거하고 '약불'에서 10~12분간 구워 줍니다.

7 바닥에 짙은 갈색이 돌면 불꽃 크기를 반으로 줄여서 뒤집은 후 뚜껑을 덮고 3~5분간 타지 않게 구워주세요.

크림치즈빵

 재료(6개 분량)

빵반죽

강력분	120g
호밀가루	30g
설탕	1T
소금	1/2t
이스트	1t
물	80g
포도씨유	20g
호두분태	30g

크림

크림치즈	150g
설탕	2T

 준비

크림치즈에 설탕을 넣고 잘 섞은 후 냉장고에 넣어 두세요.

1 기본빵 반죽하기를 참조하여 재료를 혼합하여 손으로 한 덩이로 뭉쳐 도마 위에 치대 주세요.

2 반죽이 매끄러워지면 호두를 넣고 반죽을 접어 눌러가면서 고루 섞이도록 치대 줍니다.

3 반죽을 볼에 담고 따뜻한 물에 담그고 1차 발효를 시켜 주세요(약 50분).

4 반죽이 두 배로 부풀어 오르면 칼로 눌러 6등분 한 후 동그랗게 만들어서 비닐을 덮어 실온에 10분 정도 가만히 둡니다.

5 눌렸던 반죽이 부풀어 오르면 납작하게 밀어서 크림치즈를 넣고 반죽을 당겨 집어가면서 빈틈없이 꼼꼼하게 잘 봉해 주세요.

6 프라이팬에 담고 뜨거운 물이 담긴 냄비 위에 올려 2차 발효를 시켜 줍니다(약 40분).

7 반죽이 두 배 가까이 부풀어 오르면 중탕냄비는 제거하고 '약불'에서 10~12분간 구워 줍니다.

8 바닥에 짙은 갈색이 돌면 불꽃 크기를 반으로 줄여서 뒤집은 후 뚜껑을 덮고 3~5분간 타지 않게 구워 주세요.

녹차향에 반한다
녹차스콘

녹차향이 너무 좋아요~~

달콤한 스콘엔 역시
달콤한 건포도가 딱!!

가루가 고루 섞이지 않아
속살이 살짝 얼룩졌네요 헤헤^^

재료(약 8개)

박력분	300g
녹찻가루	1T
베이킹파우더	1t
버터	60g
설탕	30g
소금	1/3t
계란	1개
우유	90g
건포도	50g

1 실온에서 말랑해진 버터를 부드럽게 풀고 설탕, 소금을 두 번에 나눠 넣으면서 섞다가 계란을 넣고 중속으로 1분간 고루 섞어 주세요.

2 박력분, 녹찻가루, 베이킹파우더를 체쳐 넣고 주걱으로 칼질하듯 섞다가 우유를 조금씩 부어가면서 계속해서 칼질해 주세요.

3 마른가루가 거의 다 흡수되고 나면 건포도를 넣고 한곳에 뭉치는 곳이 없도록 고루 섞어 주세요.

4 반죽을 위생비닐에 넣고 손으로 가볍게 감싸주듯 뭉쳐 주세요.

5 반죽을 둘로 나눠 비닐에 담고 1.5~2cm 두께가 되도록 손바닥으로 가볍게 눌러준 후 냉장고에 30분 이상 넣어 둡니다.

6 냉장고에서 숙성된 반죽을 칼로 4등분씩 되게 눌러 주세요.

7 프라이팬에 담고 표시된 약불보다 불꽃 크기를 반으로 줄여서 약 15분간 구워 주세요.

8 바닥에 갈색이 돌면 뒤집어서 3~5분간 타지 않게 구워 주세요.
뒤집기 전에 윗면에 버터나 계란물을 발라 주면 색이 더 예쁘답니다.

9 윗면에 요런 색이 돌면 쪼개서 익었는지 확인하고 꺼내서 식혀 주세요.

스콘의 모든 것

스콘은 빵이라 하기엔 너무 안 쫄깃하고 쿠키라 하기엔 안 바삭하고 버터 케이크라 하기엔 너무 건조한, 그야말로 이 모든 것의 중간쯤 되는 녀석으로 맛이 담백하고 입 안에 들러붙는 퍽퍽한 맛이 매력적이지요. 설탕이 많이 들어가지 않아 자칫 밋밋할 수 있는 맛이 건포도나 대추처럼 달콤한 맛이 나는 재료들을 함께 넣어 주면 아주 맛이 좋아진답니다.

바쁜 아침에 스콘 한 조각에 따뜻한 우유 한 잔이면 든든한 한 끼 식사가 되지요. 콩지도 개인적으로 스콘을 아주 좋아한답니다. 반죽을 넉넉히 해서 냉장고에 넣어 뒀다가 2~3일 안에 꺼내서 언제든 시간 날 때 구우셔도 되고 한꺼번에 많이 구워서 랩에 잘 싼 후 냉동보관 해두시면 배고플 때 좋은 간식거리가 된답니다. 만들기도 쉬우니 부담 없이 한번 만들어 보세요. ^^

모카스콘

재료(약 8개)

박력분	300g
베이킹파우더	1t
버터	60g
설탕	30g
소금	1/3t
계란	1개
우유	80g
커피	1T
건포도	80g

준비

우유를 따뜻하게 데운 후 커피를 잘 녹이고 건포도도 촉촉하도록 함께 담궈 두세요.

1 실온에서 말랑해진 버터를 부드럽게 풀고 설탕, 소금을 두 번에 나눠 넣으면서 섞다가 계란을 넣고 중속으로 1분간 고루 섞어 주세요.

2 박력분, 베이킹파우더를 체쳐 넣고 주걱으로 칼질하듯 섞다가 우유와 건포도를 조금씩 넣어가면서 계속해서 칼질해 주세요.

3 마른가루가 모두 흡수되고 나면 주걱질을 멈추고 반죽을 한 덩이로 모아 줍니다.

4 반죽을 위생비닐에 넣고 손으로 가볍게 감싸주듯 뭉친 후 약 1.5cm 두께로 납작하게 눌러 편 후 냉장고에 20~30분간 넣어 두세요.

5 냉장고에서 단단해진 반죽을 칼로 8등분씩 되게 눌러 주세요.

6 프라이팬에 4개씩 담고 '1/2약불'에서 15~20분간 구워 주세요.

7 바닥에 갈색이 돌면 뒤집어서 3~5분간 타지 않게 구워 주세요. 뒤집기 전에 윗면에 버터나 계란물을 발라 주면 색이 더 예쁘답니다.

8 윗면에 요런 색이 돌면 쪼개서 익었는지 확인하고 꺼내서 식혀 주세요.

대추스콘

 재료(약 8개)

박력분	300g
계핏가루	1t
베이킹파우더	1t
버터	60g
설탕	30g
소금	1/3t
계란	1개
우유	90g
대추	20개

1 대추는 깨끗이 씻어서 씨를 제거하고 잘게 썰어 두세요.

2 실온에서 말랑해진 버터를 부드럽게 풀고 설탕, 소금을 두 번에 나눠 넣으면서 섞다가 계란을 넣고 중속으로 1분간 고루 섞어 주세요.

3 박력분, 계핏가루, 베이킹파우더를 체쳐 넣고 주걱으로 칼질하듯 섞다가 우유를 조금씩 부어가면서 계속해서 칼질해 주세요.

4 마른가루가 거의 다 흡수되고 나면 잘게 썬 대추를 넣고서 한데 뭉치지 않도록 고루 섞어 주세요.

5 반죽을 둘로 나눠 비닐에 담고 1.5~2cm 두께가 되도록 손바닥으로 가볍게 눌러준 후 냉장고에 30분 이상 넣어 둡니다.

6 냉장고에서 숙성된 반죽을 칼로 4등분씩 되게 눌러 주세요.

7 프라이팬에 담고 표시된 약불보다 불꽃 크기를 반으로 줄여서 약 15분간 구워 주세요.

8 바닥에 갈색이 돌면 뒤집어서 3~5분간 타지 않게 구워 주세요. 뒤집기 전에 윗면에 계란물을 발라주면 색이 더 예쁘답니다.

추운 겨울 호호 불어 먹는
단팥 호빵

어머~
빵빵하기도 하지 ㅋ

호빵 하면 역시
단팥앙금이 최고^^b

헉
이것은 혹시 만두?!

재료(12개 분량)

박력분	300g
설탕	2T
소금	1t
이스트	2t
물	140g
카놀라유(식용유)	20g
속재료	
팥앙금	180g
김치만두	6개

1 박력분에 소금과 설탕을 넣고 섞다가 이스트를 넣고 고루 섞은 다음 카놀라유와 미지근한 물을 붓고 손으로 뭉친 후 도마 위에 놓고 가볍게 치대 주세요.

2 따뜻한 물이 담긴 찜통에 반죽을 담은 볼을 넣고 1차 발효를 시켜 주세요.(약 40분).

3 1차 발효가 되는 동안 속재료를 준비해 주세요. 팥앙금은 약 30g 정도씩 뭉쳐 6개를 준비해 주시고 김치만두는 냉동실에서 미리 꺼내두거나 전자레인지에 돌려 가볍게 해동해 두세요.

4 두 배로 부푼 반죽을 도마 위에 놓고 손바닥으로 토닥여서 가스를 빼준 후 칼로 눌러 12등분 해줍니다.

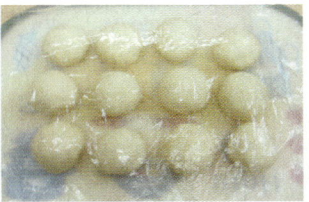

5 각각을 동그랗게 만들어서 도마 위에 놓고 비닐을 덮어 10분 정도 가만히 두세요.

6 나머지 반죽은 그대로 비닐로 덮어둔 채 하나씩만 꺼내서 손바닥으로 납작하게 누른 후 팥앙금이나 만두를 올리고 만두 주둥이 오므리듯 꼭꼭 집어가면서 잘 봉해 주세요. 이때 반죽 테두리를 가운데보다 얇게 만든 후 앙금을 감쌀 때 쭉쭉 당기면서 겹쳐 집어 주면 앙금이 한쪽으로 치우치지 않아 모양이 예쁘답니다.

7 완성된 반죽을 은박컵에 담고 찜통 틀에 놓아 주세요. 은박컵을 이용하면 찜통 바닥에 면보를 깔 필요가 없어 훨씬 깔끔하고 간편하답니다.

8 따뜻한 물이 담긴 찜통에 넣고 2차 발효를 약 30분간 시켜 주세요. 나머지 6개는 프라이팬 안에 넣고 뜨거운 물이 담긴 냄비 위에 올려 두시거나 따뜻한 이불 속에 넣어 두세요.

9 반죽이 살짝 부풀어 올랐으면 틀과 함께 반죽을 잠시 꺼내두고 물을 팔팔 끓인 다음 다시 찜통에 넣어서 중불로 딱 10분간 쪄주시면 됩니다. 이때 빵에 물이 떨어지지 않도록 뚜껑에 면보를 씌워 주세요.

호빵의 모든 것

호빵은 앙금, 야채, 김치, 고기 등등 여러 가지 속재료를 넣어서 다양한 맛을 즐길 수가 있어 매력인 것 같아요. 속재료는 야채처럼 흩어지는 재료보다 팥이나 고구마처럼 잘 뭉쳐지는 것이 만들기도 쉽고 빵빵하게 잘 부푼답니다.
팥앙금은 직접 만들어 사용하면 좋지만 번거로울 때는 시판 앙금을 사용하면 편리해요.
그리고 속재료 준비하는 것이 귀찮을 땐 냉동실에 굴러다니는 만두를 이용해 보세요.
만들 때 손에 묻어나는 것도 없이 다양한 맛의 찐빵을 손쉽게 만들 수가 있답니다.^^

응용 1

단호박 호빵

재료(6개 분량)

박력분	150g
쑥가루	1t
설탕	1T
소금	1/2t
이스트	1t
물	70g
카놀라유(식용유)	10g

앙금

삶은 단호박	200g
황설탕	4T

1 박력분, 쑥가루, 설탕, 소금을 넣고 섞다가 이스트를 넣고 고루 섞은 후 카놀라유와 미지근한 물을 붓고 손으로 뭉쳐서 가볍게 치대 주세요.

2 볼에 랩을 씌워 따뜻한 찜통에 넣고 약 40분간 1차 발효를 시켜 주세요.

3 1차 발효가 되는 동안 단호박을 삶아서 설탕으로 당도를 맞춰 6개로 뭉쳐 두세요. 호박이 묽을 때는 냄비에 넣고 타지 않게 저어가면서 수분을 제거해 주세요.

4 반죽이 2배로 부풀면 도마 위에 꺼내서 칼로 눌러 6등분 합니다.

5 각각을 동그랗게 둥글려서 표면이 마르지 않도록 비닐을 덮고 실온에 10분간 가만히 둡니다.

6 반죽을 하나씩 꺼내서 납작하게 누른 후 앙금을 넣고 잘 오므려 주세요.

7 완성된 반죽을 은박컵에 담고 따뜻한 찜통에 2차 발효를 시켜 줍니다(약 30분).

8 반죽이 부풀어 오르면 찜통 틀과 함께 반죽을 잠시 밖에 꺼내놓고 물을 팔팔 끓인 후 다시 찜통에 넣고 중불로 딱 10분간 쪄주시면 됩니다.

피자맛 호빵

 **재료**(6개 분량)

박력분	150g
베이킹파우더	1t
이스트	1t
설탕	1T
소금	1/2t
파프리카즙	70g
카놀라유(식용유)	10g

속재료

양파	1/4개
청·홍 피망	1/4개
프랑크햄	1개
통조림콘	2T
케첩, 소금, 후추	조금
통 피자치즈	60g

 준비

치즈는 200g짜리 한 덩이로 된 것을 3등분 한 후, 그 중 한 토막을 6등분 해서 준비해 두세요.

1 붉은색 파프리카 하나에 물을 조금 붓고 믹서에 간 후, 체에 내려 70g만 계량해서 전자레인지에 돌려 따뜻하게 준비해 두세요.

2 박력분과 베이킹파우더를 체쳐 넣고 소금, 설탕을 섞어준 후 이스트를 마지막에 넣고 섞다가 카놀라유와 파프리카즙을 넣고 손으로 뭉쳐 가볍게 치대 주세요.

3 반죽을 볼에 담고 랩을 씌운 후 따뜻한 물이 담긴 찜통에 넣고 1차 발효를 시켜 주세요.(약 40분).

4 1차 발효가 되는 동안 속재료를 준비합시다. 양파와 햄을 잘게 썰어서 팬에 살짝 볶은 후 치즈를 제외한 모든 재료를 함께 섞어 주세요.

5 반죽이 2배로 부풀었으면 도마 위에 올려놓고 6등분 한 후 각각을 둥글려서 비닐을 덮어 실온에 10분 정도 가만히 두세요.

6 반죽을 납작하게 밀어서 속재료를 한 숟가락 올린 후 피자치즈를 맨 위에 놓고 터지는 곳이 없도록 꼼꼼하게 잘 봉해 주세요.

7 반죽을 은박컵에 담고 따뜻한 찜통 안에서 2차 발효를 시켜 줍니다.

8 반죽이 살짝 부풀어 오르면 반죽 담은 찜통 틀을 잠시 밖에 꺼내두고 물을 팔팔 끓인 후 다시 찜통 안에 넣고 중불로 딱 10분간 쪄주세요.

169

초간단

크림치즈 호두빵

크림치즈빵을 이렇게
간단하게 만들 수도 있구나!!

아작아작 씹히는
고소한 호두와 달콤한 건포도

오홋~
이 군침 도는 색상^^

1 실온에 두어 말랑해진 크림치즈를 부드럽게 풀고 설탕과 소금을 섞어 준 후 포도씨유와 미지근하게 데운 우유를 넣고 고루 섞어 주세요.

2 박력분과 베이킹파우더를 체쳐 넣고 주걱날을 세워 칼질하듯 섞어 주세요.

3 마른가루가 거의 다 흡수되고 나면 건포도와 호두를 넣고서 한데 뭉치지 않도록 고루 섞어 주세요.

 재료(약 6개)

박력분	200g
베이킹파우더	1t
크림치즈	100g
우유	50g
설탕	40g
소금	1/4t
포도씨유	40g
건포도	80g
호두	50g

 준비

크림치즈는 미리 냉장고에서 꺼내두어 단단함을 없애 주세요.

4 반죽을 위생비닐에 넣고 손으로 가볍게 감싸주듯 뭉쳐 주세요.

5 칼로 눌러 6등분 해줍니다.

6 각각을 손바닥에 놓고 가볍게 뭉치듯 눌러 주며 동그랗게 뭉쳐 주세요.

7 프라이팬에 담고 반죽 윗면을 손바닥으로 살짝 눌러준 후 표시된 약불보다 불꽃 크기를 반으로 줄여서 약 15분간 구워 주세요.

8 바닥에 갈색이 돌면 뒤집어서 3~5분간 타지 않게 구워 주세요. 뒤집기 전에 윗면에 계란물을 발라주면 색이 더 예쁘답니다.

9 팬에 찬물을 담아 식힌 후 나머지 3개도 마저 구워 주면 완성.

  **콩지의에피소드**

콩지는 개인적으로 크림치즈빵을 매우 좋아한답니다.
빵은 당장 먹고 싶은데 제과점 가기는 귀찮고 그렇다고 발효빵을 만들자니 시간도 오래 걸리는 데다가 과정도 번거롭고,
바로 이럴 때 뭔가 간단하게 만들어 먹을 수 있는 빵이 없을까 생각하다가 머리를 요리조리 굴린 끝에 드디어 콩지표 초간단 크림치즈빵을 탄생시켰답니다. ^^
만들기 굉장히 쉽기 때문에 누구든지 따라할 수 있어요. 초간단 시리즈로 요구르트를 이용한 쑥빵과 초코빵도 준비해 놓았으니 콩지처럼 성격 급하고 귀찮은 거 싫어하시는 분들께서는 적극 활용해 보시기 바랍니다.

초간단
요구르트 쑥빵

 재료(약 6개)

중력분	160g
쑥가루	2t
베이킹파우더	1t
플레인 요구르트	100g
우유	100g
설탕	2T
소금	1/4t
포도씨유	20g
건포도	40g

팁

발효빵처럼 시간이 많이 걸리는 빵이 지겨울 때 가끔 요렇게 팬에 기름을 두르고 간단하고 빠르게 부담 없이 구워 먹어 보자구요.^^

1 우유를 따뜻하게 데운 후 플레인 요구르트, 설탕, 소금을 넣고 녹인 후 포도씨유를 섞어 주세요.

2 중력분, 쑥가루, 베이킹파우더를 체쳐 넣고 잘 섞어 줍니다.

3 건포도를 넣고 주걱으로 힘껏 치대면서 섞어 주세요.

4 바삭한 쿠키나 폭신한 케이크가 아닌 쫄깃한 빵이 될 것이므로 조심히 섞을 필요 없어요. 그냥 가벼운 마음으로 부담 없이 마구마구 치대 주세요.^^

5 반죽에 끈기가 생겨 서로 엉기면 주걱으로 동그랗게 반죽을 떼어 내서 프라이팬에 놓아 주세요.

6 콩지는 세 개씩 두 번에 나눠 구워 줬어요.

7 프라이팬에 기름을 살짝 두르고 센불로 팬을 달군 후 기름이 끓으면 중불로 줄여서 구워 주세요. 이때 숟가락 엉덩이에 팬 바닥의 기름을 묻혀가면서 반죽을 납작하게 눌러 주세요.

8 바닥에 갈색이 돌면 뒤집어서 앞뒤 모두 노르스름하게 굽다가 쪼개 봐서 속이 다 익었으면 꺼내 주세요.

초간단
요구르트 초코빵

 재료(약 9개)

중력분	180g
코코아가루	20g
베이킹파우더	2t
버터	60g
황설탕	50g
소금	1/8t
계란	1개
플레인 요구르트	100g
초코칩	50g

 준비

버터, 계란, 플레인 요구르트는 쓰기 전에 미리 냉장고에서 꺼내두어 냉기를 없애 두세요.

1 실온에서 말랑해진 버터를 부드럽게 풀고 설탕과 소금을 두 번에 나눠 넣어가면서 섞다가 계란을 넣고 중속으로 1분간 고루 섞어 주세요.

2 플레인 요구르트를 넣고 고루 섞어 주세요.

3 중력분, 코코아가루, 베이킹파우더를 체쳐 넣고 주걱으로 잘 섞어 주세요.

4 마른가루가 모두 흡수되고 나면 초코칩을 넣고 다시 한번 골고루 섞어 줍니다.

5 반죽을 위생비닐에 담고 손으로 살짝 치대듯 주물러서 한 덩이로 만들어 주세요. 반죽을 비닐에 싸서 냉장고에 넣어 두었다가 다음날 구우셔도 됩니다.

6 칼로 눌러 9등분 한 후 동그랗게 굴려 주세요. 반죽이 질 때는 손에 밀가루를 묻혀가면서 작업해 주세요.

7 기름을 두르지 않은 팬에 반죽을 놓고 표시된 약불보다 더 작게 불을 줄여서 10~15분 정도 구워 주세요.

8 윗면의 물기가 거의 사라질 때쯤 뒤집어서 2~3분간 타지 않게 구워 주세요.

부시맨빵

부시맨빵은 역시
허니 버터크림과 함께

따뜻하고 부드러운
까무잡잡한 이 속살 ㅋ

콘 그리츠 장식은
부시맨빵의 마스코트~

재료(4개 분량)

강력분	110g
호밀가루	40g
코코아가루	1T
설탕	2T
소금	1/2t
이스트	1t
물	90g
버터	20g
장식	
콘 그리츠	적당량

1 가루 재료와 설탕, 소금을 섞고 이스트를 마지막에 섞은 후 따뜻한 물을 붓고 손으로 뭉쳐 주세요. 호밀가루 대신 통밀가루를 넣어도 됩니다.

2 반죽을 도마 위에 놓고 2~3분간 치대다가 버터를 넣고 주물러서 밀가루에 흡수시킨 후 손에 들러붙지 않을 때까지 5분 정도 더 치대 줍니다.

3 반죽을 동그랗게 뭉쳐 볼에 담고 랩을 씌워 따뜻한 물속에 담궈 1차 발효를 시켜 주세요.(약 50분).

4 반죽이 두 배로 부풀면 도마 위에 꺼내놓고 손바닥으로 토닥여 가스를 빼준 후 칼로 눌러 4등분 해줍니다.

5 각각을 동그랗게 만든 후 표면이 마르지 않도록 비닐을 덮어 실온에 10~15분간 가만히 둡니다.

6 눌렀던 죽이 살짝 부풀어 오르면 밀대로 가볍게 밀어 타원형으로 만들어 줍니다.

7 모양이 대칭이 되도록 위아래에서 돌돌 말아 맞닿게 한 후 엄지, 검지로 꼭꼭 집어 경계선을 봉해 주세요.

8 윗면에 물을 살짝 펴 바른 후, 콘 그리츠 위에 굴려 줍니다.

9 반죽을 팬에 나란히 담고 뜨거운 물이 담긴 냄비 위에 올려 2차 발효를 시켜 줍니다(약 40분).

10 반죽이 부풀어 오르면 중탕냄비는 제거하고 '약불'에서 12~15분간 타지 않게 구워 주세요.

11 바닥에 짙은 갈색이 돌면 불꽃 크기를 반으로 줄여서 뒤집은 후 뚜껑을 덮고 3~5분간 타지 않게 구워 주세요.

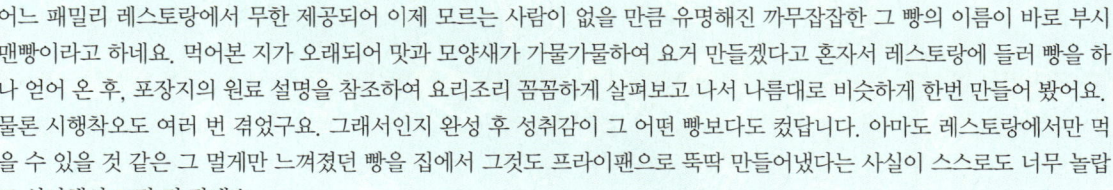

콩지의에피소드

어느 패밀리 레스토랑에서 무한 제공되어 이제 모르는 사람이 없을 만큼 유명해진 까무잡잡한 그 빵의 이름이 바로 부시맨빵이라고 하네요. 먹어본 지가 오래되어 맛과 모양새가 가물가물하여 요기 만들겠다고 혼자서 레스토랑에 들러 빵을 하나 얻어 온 후, 포장지의 원료 설명을 참조하여 요리조리 꼼꼼하게 살펴보고 나서 나름대로 비슷하게 한번 만들어 봤어요. 물론 시행착오도 여러 번 겪었구요. 그래서인지 완성 후 성취감이 그 어떤 빵보다도 컸답니다. 아마도 레스토랑에서만 먹을 수 있을 것 같은 그 멀게만 느껴졌던 빵을 집에서 그것도 프라이팬으로 뚝딱 만들어냈다는 사실이 스스로도 너무 놀랍고 신기해서 그런 것 같네요.

그냥 먹어도 맛있지만 전자레인지에 살짝 데워 먹으면 더 맛있어요. 물론 달콤한 허니 버터크림을 살짝 발라 먹으면 더욱더 맛이 있지요.

요구르트를 넣어 만든 상큼한 콩지표 허니 버터크림 만드는 방법은 45쪽에 나와 있답니다. ^^

175

프라이팬에 구운 것 치고
모양이 제법이죠?^^

톡톡 터지는
옥수수 알맹이

마요네즈를 뿌려 주면
더욱 고소해요

쫀득한 옥수수알이 톡톡~
콘치즈빵

1 1차 발효가 끝난 반죽을 도마 위에 놓고 손바닥으로 눌러 가스를 빼준 후 칼로 눌러 4등분 합니다. 옥수수가루가 없으면 기본빵 반죽을 이용해 주세요.

2 동그랗게 만든 후 표면이 마르지 않도록 비닐로 덮어 그대로 10분 정도 가만히 두세요.

3 눌렸던 반죽이 부풀어 오르면 밀대로 타원형으로 밀어 펴주세요.

🍆 재료(4개 분량)

빵반죽
강력분 110g
옥수수가루 40g
설탕 1T
소금 1/2t
이스트 1t
물 90g
포도씨유 20g
속재료
옥수수 80g
피자치즈 80g

4 옥수수와 피자치즈를 약 20g씩 올리고 양옆을 터지지 않게 눌러가면서 위로 말아 주세요.

5 끝부분을 몸통에 꼭꼭 집어가면서 봉해 줍니다.

6 반죽을 프라이팬에 담고 맨 윗반죽만 잘리도록 칼집을 살짝 넣어 주세요.

🍆 준비

1. 1차 발효까지의 과정은 기본 빵 반죽하기를 참조하세요.
2. 통조림 옥수수는 바구니에 받쳐 물기를 제거해 두세요.

7 프라이팬을 뜨거운 물이 담긴 냄비 위에 올려 2차 발효를 시켜 줍니다(약 40분).

8 반죽이 부풀어 오르면 중탕냄비는 제거하고 '약불'에서 10~12분간 굽다가 바닥에 갈색이 돌면 뒤집어서 1~2분간 구워 주세요. 뒤집고 난 후엔 치즈가 흘러나오기 때문에 너무 오래 구우면 탈 수 있으니 슬쩍 들춰가며 색을 확인해 주세요.

9 치즈가 노르스름하게 구워졌으면 꺼내서 식힌 후 마요네즈와 파슬리를 살짝 뿌려 주세요.

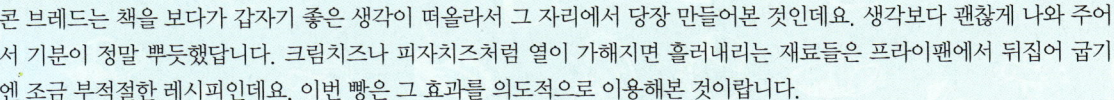
콩지의에피소드

콘 브레드는 책을 보다가 갑자기 좋은 생각이 떠올라서 그 자리에서 당장 만들어본 것인데요. 생각보다 괜찮게 나와 주어서 기분이 정말 뿌듯했답니다. 크림치즈나 피자치즈처럼 열이 가해지면 흘러내리는 재료들은 프라이팬에서 뒤집어 굽기엔 조금 부적절한 레시피인데요, 이번 빵은 그 효과를 의도적으로 이용해본 것이랍니다.

예전에 빵에서 치즈가 팬 바닥으로 터져 나와 낭패를 본 적이 있었는데 맛을 보니 오히려 바닥에서 지글지글 그을려진 치즈가 훨씬 더 쫄깃하고 고소하면서 맛있더라구요.

그래서 이번에 그 기억을 떠올려 아예 칼집을 넣어 치즈를 흘러나오게 해서 살짝 구워 줬더니 오호~ 예상 적중!! 꼬들꼬들 쫄깃쫄깃한 게 맛도 모양도 정말 근사한 거 있죠.^^ 여기에 쫀득한 옥수수 알갱이와 토핑으로 뿌려준 고소한 마요네즈가 함께 어우러져 더욱 맛이 좋았답니다.

맛도 모양도 훌륭한
소시지빵

이것이 정말
프라이팬 작품?

케첩과 마요네즈는
찰떡 궁합^^

탱글탱글 살아 있는
산뜻한 토핑들~

1 1차 발효가 끝난 반죽을 도마 위에 놓고 6등분 한 후, 동그랗게 둥글려서 비닐을 덮어 실온에 10분간 가만히 두세요.

2 눌렸던 반죽이 부풀어 오르면 소시지 길이만큼 밀어준 후 반죽으로 감싸고 경계선을 꼭꼭 집어가면서 잘 봉해 주세요.

3 가위나 칼로 8~9토막 내주세요. 이때 햄은 완전히 잘리고 바닥의 반죽은 살짝 남도록 잘라 주셔야 해요.

 재료(6개 분량)

빵반죽

강력분	150g
설탕	1T
소금	1/2t
이스트	1/2t
물	80g
포도씨유	20g
소시지	6개

토핑

청피망	1/2개
홍피망	1/2개
옥수수	50g
케첩, 마요네즈	적당량

4 각 조각들을 좌우로 교대로 눕혀가면서 모양을 잡아 주세요.

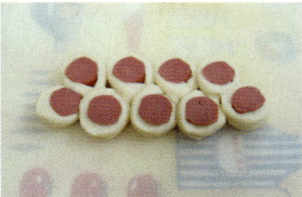

5 서로 겹치는 곳이 없도록 반죽을 잘 정리한 후 프라이팬에 나란히 담아 주세요.

6 반죽을 넣은 프라이팬을 뜨거운 물이 담긴 냄비 위에 약 30분간 올려 2차 발효를 시켜 주세요. 팬이 작으면 두 개로 나눠 담아 주세요.

 준비

1. 1차 발효까지의 과정은 기본 빵 반죽하기를 참조하세요.
2. 소시지는 키친타올로 감싸 표면에 묻은 기름기를 제거해 주세요.

7 반죽이 살짝 부풀어 오르면 중탕냄비는 제거하고 '약불'에서 10~12분간 굽다가 불꽃 크기를 반으로 줄이고 뚜껑을 덮은 후 뒤집어서 3~5분간 구워 주세요.

8 케첩과 마요네즈는 위생비닐 모퉁이에 담아 주시고 피망은 잘게 썰어 물기 뺀 옥수수와 함께 준비해 주세요.

9 빵이 식으면 야채를 고루 올리고 케첩과 마요네즈를 교차로 짜주면 완성입니다.

콩지의에피소드

소시지빵은 원래 빵 위에 토핑을 모두 올린 후 오븐에 굽는다는 사실은 다 아실 거예요.
그런데 중간에 빵을 뒤집어야만 하는 프라이팬 베이킹의 특성상 불가능할 것이라고만 생각되었던 소시지빵을 보란 듯이 만들어 성공하고야 말았답니다. 완성하고 나니까 오븐빵과 달리 오히려 토핑 재료들이 싱싱하게 살아 있어 맛도 모양도 훨씬 예쁜 거 있죠.
퍽퍽한 빵과 소시지에 상큼한 야채 토핑을 함께 먹으니 너무 맛있구요, 특히나 마요네즈와 케첩의 절묘한 조화가 더욱더 맛을 좋게 한답니다.
보관은 토핑이 흘러내리지 않도록 하나씩 랩에 싸서 하루 정도는 실온에 두셨다가 드시면 되구요, 그 이상은 냉장고에 보관하세요.

179

푸짐하고 든든한 간식을 쉽고 빠르게!!
파이틀 하나만 있으면 근사한 파이와 타르트를
누구나 쉽게 만들 수 있답니다.

PART 4

파이 & 타르트

Pie&torte

타르트 반죽하기

 **재료**

(21cm 타르트팬 2개 분량)
박력분......................................250g
버터..120g
설탕..30g
계란..1개

 준비

버터와 계란은 냉장고에서 미리 꺼내두어 냉기를 없애 주세요.

 팁

반죽을 넉넉히 해서 냉동실에 넣어 두고 필요할 때마다 한 덩이씩 꺼낸 후 속재료만 채워서 구워 주면 푸짐한 타르트를 쉽게 만들어 먹을 수 있답니다.

1 반죽하기 - 실온에서 말랑해진 버터를 부드럽게 풀어 주고 설탕을 넣고 섞어준 다음 계란을 넣고 중속으로 1분 정도 휘핑해 주세요.

2 박력분을 체쳐 넣고 주걱날을 세워 칼질하듯 썰어가며 마른가루가 모두 흡수될 때까지 섞어 주세요.

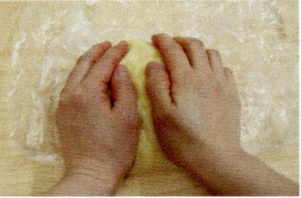

3 반죽을 비닐에 담고 손으로 감싸듯 가볍게 뭉친 후 두 개로 나눠 담고 냉장실에 30분 정도 넣어 반죽을 쉬게 해주세요. 장기 보관시엔 냉동실에 보관해 주세요.

4 시트깔기 - 타르트팬은 바닥이 분리되기 때문에 굽고 나서 내용물을 꺼내기가 편리하답니다.

5 반죽을 비닐에 싼 채 밀대로 밀어서 타르트팬보다 살짝 더 크게 만들어 주세요.

6 위 비닐을 걷어내고 타르트팬을 덮은 후, 거꾸로 휙 뒤집어 주세요.

7 바닥의 꺾인 부분을 꼼꼼하게 눌러가며 바닥에 밀착시켜 주세요.

8 테두리 부분의 남아도는 반죽은 엄지로 눌러서 잘라내고 비닐을 당겨서 깔끔하게 제거해 주세요. 비닐을 덮은 채 작업을 하면 손에 묻어나는 것 없이 깔끔하게 작업을 할 수 있답니다.

9 테두리 부분을 손으로 가볍게 만져서 두께가 일정하게 정리해 줍니다.

10 구우면서 바닥이 부풀어 오르지 않도록 포크로 구멍을 촘촘하게 뚫어 주세요. 이제 원하는 재료를 채워서 다양한 타르트를 만들어 보세요.^^

복숭아 타르트

 재료

시트
기본반죽 1/2분량

속재료

아몬드가루	50g
박력분	20g
버터	50g
설탕	50g
계란	1개

토핑
커스터드크림(노른자 1개 분량)
황도 1캔

 준비

커스터드크림은 미리 만들어서 냉장고에 넣어 두세요.(44쪽 참조)

1 실온에서 말랑해진 버터를 부드럽게 풀고 설탕을 섞어준 후 계란을 넣고 고루 섞어 주세요.

2 아몬드가루를 넣고 1단으로 섞은 후 박력분을 체쳐 넣고 주걱으로 가볍게 섞어 주세요.

3 가루들이 모두 흡수되면 볼 주변을 정리해 줍니다.

4 시트를 미리 깔아둔 타르트팬에 속재료를 담고 주걱으로 평평하게 정리해 주세요.

5 프라이팬에 넣고 표시된 약불에서 20~25분간 굽다가 윗면의 물기가 거의 다 사라지면 불을 반으로 줄이고 뒤집어서 2~3분 정도 구워 주세요. 뒤집는 방법은 186쪽 양파햄 타르트를 참조하세요.

6 윗면에 요런 색이 돌면 꺼내서 식혀 주세요.

6 황도는 바구니에 받쳐 수분을 제거한 후 얇게 저며 두세요.

7 타르트가 완전히 식으면 커스터드크림을 펴 바르고 저며둔 복숭아를 예쁘게 올려 주세요.

애플파이

 재료

시트
기본반죽 전체 분량
사과조림

사과	2개
흑설탕	4T
물	2T
계핏가루	1/2t
전분	1T

 팁

사과조림은 입맛에 맞게 설탕을 더 넣어 주셔도 됩니다.

1 냄비에 잘게 썬 사과와 물, 흑설탕을 넣고 버무려준 후 중불에서 젓지 말고 조리다가 국물이 거의 줄면 계핏가루와 전분을 넣고 섞어준 후 1분 정도 조리다가 불을 끕니다. 식으면 타르트팬에 꼭꼭 눌러 담아 주세요.

2 타르트 반죽의 절반은 팬에 깔아 두고 나머지 반은 밀대로 밀어서 약 2cm 폭으로 14등분 해주세요.

3 사과조림을 듬뿍 담은 타르트팬 위에 세로로 7개를 나란히 놓아 주세요.

4 반죽 하나를 먼저 중앙으로 가로질러 엮어준 후 나머지 반죽도 하나씩 교차해가며 바구니 엮듯 예쁘게 모양을 잡아 주세요.

5 뚜껑이 완성되었으면 위생비닐을 덮고 엄지로 누르며 테두리를 예쁘게 정리해 주세요.

6 프라이팬에 넣고 표시된 약불에서 20~25분간 굽다가 윗면의 물기가 거의 다 사라지면 불을 반으로 줄이고 뒤집어서 2~3분 정도 구워 주세요.

7 뒤집을 때는 반드시 양손에 두꺼운 면장갑을 두 장씩 겹쳐 끼고 작업해 주세요. 뒤집기 전에 윗면에 계란물을 살짝 펴 발라 주면 색이 더욱 예쁘답니다.

8 윗면을 팬에 뒤집어서 구워도 되지만 생선 굽는 그릴에 넣고 노르스름한 색이 나도록 약불로 살짝 구워주면 더욱 예쁘답니다.^^

184

미니 호두파이

 재료

시트

박력분	100g
통밀가루	150g
버터	120g
설탕	30g
계란	1개

속재료

계란	3개
흑설탕	80g
올리고당	80g
계핏가루	1/2t
호두분태	200g

틀

10cm 은박접시	10개

1 기본반죽하기를 참조하여 통밀반죽을 완성한 후 둘로 나눠 준비해 주세요.

2 계란을 풀고 흑설탕, 올리고당, 계핏가루를 모두 넣고 설탕이 녹도록 충분히 섞어서 소스를 만들어 주세요.

3 반죽을 각각 5등분 한 후 동그랗게 뭉쳐 주세요.

4 은박접시 크기에 맞춰서 밀대로 밀어 줍니다.

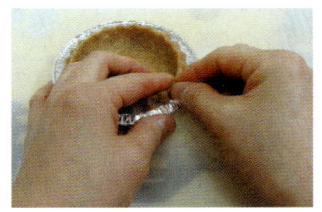

5 반죽을 은박접시에 꼼꼼하게 눌러 앉힌 후 턱을 올려 모양을 잡아 주세요. 이때 턱을 되도록 높이 올려 주셔야 소스가 흘러넘치지 않아요.

6 바닥이 부풀지 않도록 포크로 구멍을 촘촘하게 뚫어 줍니다.

7 호두분태를 약 20g씩 담고 소스를 조금씩 채워 주세요. 소스는 턱의 2/3 높이까지만 채워 주세요.

8 프라이팬에 5개씩 넣고 약불에서 10분간 굽다가 불을 반으로 줄여서 10분 정도 구운 후 소스가 흐르지 않을 정도로 굳으면 뒤집어서 3~5분 정도 구워 주세요.

185

양파햄 타르트

재료

시트
기본반죽 1/2분량

속재료
양파....................................1개
햄......................................80g
버터...................................10g
소금, 후춧가루....................약간씩

소스
계란....................................2개
플레인 요구르트.....................1개
박력분................................1/2T
소금...................................1/4t
파슬리................................약간

1 팬에 올리브유를 살짝 두르고 작게 썬 양파와 햄을 넣고 양파가 투명해지도록 살짝 볶은 후 소금과 후춧가루로 간을 해서 속재료를 준비해 주세요.

2 시트를 깔아둔 타르트팬에 가득 채워 주세요.

3 계란를 풀고 플레인 요구르트, 소금, 체친 박력분을 넣어 부드럽게 섞어서 소스를 만들어 주세요.

4 속재료를 담은 타르트팬을 프라이팬에 놓고 소스를 부어 주세요. 소스가 바닥으로 스며들도록 속재료들을 살짝씩 들춰 주세요.

5 소스를 가득 부었으면 파슬리를 살짝 뿌려 줍니다. 파슬리 대신 바질가루를 뿌려 주면 맛과 향이 훨씬 좋아져요.

6 프라이팬에 넣고 표시된 약불에서 20~25분간 굽다가 흥건했던 소스가 엉기면 뒤집어서 3~5분 정도 구워 주세요. 뒤집을 때는 양손에 두꺼운 면장갑을 두 장씩 겹쳐 끼고 엄지와 새끼손가락을 최대한 벌려 팬 테두리 부분을 받치고 프라이팬을 씌워서 조심히 뒤집어 주세요.

7 윗면에 노르스름한 갈색이 돌면 꺼내서 식혀 주세요.

단호박 타르트

 재료

시트
다이제 1통.............................150g
버터......................................50g
속재료
삶은 단호박..........................200g
커스터드크림.......................200g

 준비

단호박은 껍질째 삶아서 장식용으
로 조금 남기고 나머지 중 200g
은 포크로 굵게 으깨 두세요.

 팁

완성된 타르트는 냉동실에 넣어
두었다가 먹을 때 실온에 잠시 두
어 호박크림이 살짝 녹은 후 드시
면 아이스크림처럼 사각사각 시원
하고 맛있답니다.

1 다이제는 넓은 지퍼백에 넣고 밀
대로 밀어 부숴 주세요. 곱게 부술수
록 시트가 부서지지 않는답니다.

2 버터를 전자레인지에 녹인 후 과
자가루에 넣고 고루 섞어 주세요.

3 타르트팬에 쏟아붓고 작은 스푼으로 꼭꼭 눌러가며 단단하게 시트를 깔
아 주세요. 주름 부분과 바닥의 꺾인 부분을 꼼꼼하게 눌러 줘야 나중에
썰 때 모양도 예쁘고 부서짐도 덜하답니다.

 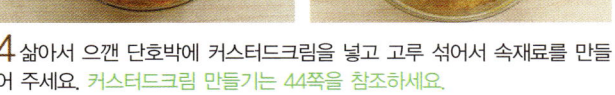  

4 삶아서 으깬 단호박에 커스터드크림을 넣고 고루 섞어서 속재료를 만들
어 주세요. 커스터드크림 만들기는 44쪽을 참조하세요.

5 시트를 깔아둔 타르트팬에 속재
료를 듬뿍 채워 주세요.

6 길게 슬라이스한 단호박을 빙 둘
러 박아 주면 너무나 근사한 단호박
타르트가 완성됩니다.

NO 오븐! NO 버터! NO 화학 팽창제!
Low 밀가루! Low 설탕!
우리 가족 온종일 간식거리를 위해 조금 더 착한 녀석들이 모였다!!

PART 5

조금 덜 나쁜 베이킹

우와~
정말 바삭하구나^^

설탕 없이 과연 맛있을까?

향긋한 쑥과
고소한 검은깨가 그 해답!!

무설탕
쑥 크래커

1 물, 포도씨유, 소금을 몽땅 넣고 소금이 녹을 만큼만 대충 섞어 주세요.

2 체쳐둔 박력분, 쑥가루를 한번 더 체쳐 넣고 검은깨도 함께 넣어 고무 주걱으로 칼질하듯 썰어가며 섞어 주세요.
가루들이 잘 섞이지 않는다고 주걱을 눕혀서 짓이기게 되면 밀가루에 끈기가 생겨 과자가 지나치게 딱딱해지니 가루들이 숨고 나면 곧바로 주걱질을 중단해 주세요.

3 가루들이 거의 다 숨을 때쯤 되면 주걱을 짧게 잡고 바닥에 깔린 가루에 반죽을 쿡쿡 찍어가면서 마른가루가 모두 흡수되도록 잘 섞어 주세요.

재료(약 50개)

박력분	220g
쑥가루	2t
물	80g
포도씨유	30g
소금	1/4t
검은깨	2T

팁

담백한 크래커는 시원한 아이스크림에 찍어 드셔도 아주 맛있답니다.

4 반죽을 위생비닐(25×35cm)에 담고 가볍게 뭉친 후 다시 두 개의 비닐에 나눠 담아 주세요. 지금 당장 구울 것이 아니라면 냉장고에 넣어뒀다가 다음날 구우셔도 됩니다.

5 비닐 속에 든 반죽을 밀대로 얇게 밀어 펴주세요.

6 위 비닐을 걷어내고 부엌칼로 눌러 적당한 크기로 자른 후, 구울 때 가운데가 부풀어 오르지 않도록 포크로 찔러 구멍을 뚫어 주세요.
크래커는 반죽이 얇을수록 바삭하고 고소하답니다. 하지만 너무 얇으면 팬으로 옮겨 담기가 까다로울 수 있으니 요령껏 작업해 주세요.

7 비닐 밑에 손을 넣고 하나씩 조심히 떼어낸 후 프라이팬에 가지런히 잘 놓아 주세요.

8 팬 뚜껑을 닫고 약불에서 10분간 굽다가 뒤집어서 5분간 구워 주세요. 반죽에 설탕이 들어가지 않았기 때문에 색이 진하게 나지 않을 거예요. 그만큼 태울 염려가 없다는 뜻이지요. 크래커는 반죽이 워낙 얇다보니 뒤집은 후에 모양이 살짝 뒤틀릴 수 있는데요, 이럴 땐 넓적한 부침개 뒤집개로 윗면을 가볍게 눌러가면서 구워 주면 맛도 모양도 훨씬 좋아진답니다.

9 과자가 다 익으면 바구니에 담아 식혀 주세요. 과자는 완전히 식어야 제대로 바삭해진답니다.

크 래 커 의 모 든 것

크래커는 정말이지 칭찬할 내용이 한두 가지가 아닌데요, 우선 화학 팽창제가 들어가지 않아 안전하고 반죽에 버터가 들어가지 않기 때문에 칼로리 부담이 낮은 아주 착한 녀석이랍니다. 그리고 반죽이 워낙 얇기 때문에 구울 때 불꽃 크기를 굳이 작게 줄일 필요 없이 표시된 약불로 구워 주면 되기 때문에 누구나 쉽게 만들 수가 있어요.
이번에 콩지가 소개할 크래커는 총 세 가지인데요, 간단하게 설명하자면 이렇습니다.

1. 쑥 크래커···설탕이 전혀 들어가지 않아 굉장히 담백하기 때문에 다이어트, 아토피에도 걱정 없는 레시피
2. 김 크래커···설탕을 조금 넣어 적당히 달콤해서 언제든지 즐길 수 있는 레시피
3. 검은깨 크래커···설탕과 계란이 들어가서 맛과 모양이 훨씬 좋은 레시피

원하는 레시피를 골라 나만의 다양한 크래커를 만들어 보세요.^^

응용 1

김 크래커

재료(약 50개)

박력분.....................................200g
물...60g
포도씨유..................................30g
황설탕......................................40g
소금.......................................1/4t
김가루...................................약 5g

팁

쉽게 구할 수 있는 김을 넣어 만든 김 크래커는 그 맛 또한 심상치가 않은 덕에 블로그의 수많은 이웃들께 엄청난 찬사를 받은 인기 레시피랍니다. 주저 마시고 한번 만들어 보세요.^^

1 물, 포도씨유, 황설탕, 소금을 한꺼번에 넣고 설탕이 어느 정도 녹을 때까지 잘 섞어 주세요.

2 체친 박력분과 김가루를 넣고 주걱날을 세워 금을 그어가며 콕콕 찍어가며 흰가루가 안 보일 때까지 잘 섞어 주세요.

3 반죽을 가볍게 뭉쳐서 두 개의 위생비닐에 나눠 담고 하나씩 작업에 들어갑니다.

4 반죽을 얇게 밀어준 후 칼로 눌러 사각으로 잘라준 후 포크로 구멍을 콕콕 뚫어 주세요.

5 얇은 반죽이 늘어지지 않도록 비닐 밑에 손을 넣고 한 장씩 조심히 떼어내어 프라이팬에 놓아 주세요.

6 팬 뚜껑을 닫고 약불에서 10분 정도 굽다가 바닥에 갈색이 돌면 뒤집어서 앞뒤에 골고루 갈색이 돌도록 3~5분 정도 구워 주세요. 뒤집은 후에 불을 조금 더 줄여 주시면 훨씬 고르고 예쁜 색이 된답니다.

7 잘 구워진 녀석들부터 하나씩 꺼내서 바구니에 식혀 주세요.

검은깨 크래커

 재료(약 35개)

박력분	170g
계란	1개
포도씨유	30g
황설탕	40g
소금	1/4t
검은깨	2T

 팁

쑥 크래커나 김 크래커에 비해 조금 더 달콤하고 고소한 맛이 나는 검은깨 크래커는 맛도 좋고 모양도 예뻐서 선물용으로도 아주 좋답니다.^^

1 볼에 계란, 포도씨유, 황설탕, 소금을 모두 넣고 설탕이 녹을 때까지 잘 섞어 주세요.

2 체친 박력분과 검은깨를 넣고 칼질하듯 썰어가며 흰가루가 보이지 않을 때까지만 섞어 줍니다.

3 반죽을 둘로 나눠 위생비닐에 담아 주세요.

4 반죽을 최대한 얇게 민 후 원하는 쿠키커터로 모양을 찍어서 곧바로 프라이팬에 놓아 주세요.

5 포크나 이쑤시개로 구멍을 내준 후 설탕을 솔솔 뿌려 줍니다. 윗면에 설탕을 뿌려 주면 맛과 모양이 훨씬 근사해져요. 물론 단것을 싫어하시는 분들은 생략해 주셔도 됩니다.

6 팬 뚜껑을 닫고 약불로 10분간 굽다가 바닥에 짙은 갈색이 돌면 뒤집어서 약 3~5분 정도만 구워 주세요. 반죽에 계란과 설탕이 들어가서 쑥 크래커보다 색이 더 진하게 나오므로 타지 않도록 잘 살펴 주세요.

12가지 곡물이 통째로
미숫가루 케이크

밀가루 한 톨 섞이지 않은
건강한 이 속살~

따뜻한 대추차나
꿀차에 먹으면 금상첨화!!

1 미숫가루를 따로 체쳐 놓고 나머지 모든 재료를 계량해서 한곳에 모아 두세요.

2 계란흰자를 2~3분간 거품을 낸 후 설탕을 두세 번에 나눠 넣으면서 고속으로 휘핑하여 단단한 머랭을 만들어 주세요.

3 볼을 뒤집어도 거품이 움직이지 않으면 노른자를 하나씩 빠뜨려가면서 1~2분간 휘핑을 계속합니다.

🌱 **재료**(10인용)

미숫가루	100g
계란	4개
설탕	100g
포도씨유	50g
우유	50g

4 포도씨유를 흘려 넣으면서 1단으로 가볍게 섞어 주세요.

5 미숫가루를 체쳐 넣고 바닥까지 쓸어 엎어가면서 섞다가 우유를 조금씩 흘려주면서 조심히 뒤엎어가며 섞어 주세요.

6 마른가루가 모두 흡수되고 나면 주걱질을 곧바로 중단하고 볼 테두리를 정리하여 반죽을 모아 주세요.

🌱 **준비**

1. 계란은 물기 없는 깨끗한 볼에 흰자와 노른자를 분리해 두세요.
2. 미숫가루는 체쳐 두세요.
3. 밥통 내솥에 버터를 붓으로 높이 펴 발라 두세요.

7 버터 바른 밥통 내솥에 반죽을 붓고 윗면을 주걱으로 가볍게 긁어 평평하게 정리해 주세요.

8 취사 2번(찜 40)을 해주면 완성. 가운데를 손가락으로 눌러봐서 묻어나거나 부스럭거리는 느낌이 남아 있으면 10분 더 익혀 주세요.

9 냄비뚜껑으로 조심히 꺼내서 식힌 후 예쁘게 썰어 주세요.

미숫가루케이크의모든것

미숫가루는 밀가루가 아닌 몸에 좋은 각종 곡류를 갈아서 혼합한 그야말로 웰빙 먹거리의 결정체라 할 수 있겠습니다.
그래서 요건 할머니께 간식으로 자주 해드리는 효자 케이크 중 하나인데요,
따뜻한 꿀물과 함께 드리면 너무 좋아하신답니다.^^
밀가루가 한 톨도 들어가지 않은 100% 곡물가루로만 이루어져 있기 때문에
주걱으로 섞을 때 끈기 생길 걱정 안 하셔도 되고
머랭만 최대한 꺼지지 않게 조심해 주시면 의외로 다른 케이크보다 만들기가 훨씬 쉽답니다.
자, 이제 냉동실 어느 한구석에서 고이 잠자고 있을 미숫가루를 꺼내
맛있고 건강한 케이크를 만들어 부모님께 선물해 보세요.^^
뒤쪽의 통밀 케이크와 백년초 케이크도 아주아주 맛있답니다.

응용 1

통밀 케이크

 재료(10인용)

통밀가루......................................120g
계란..4개
설탕..100g
포도씨유......................................50g
우유..50g
호두..50g

 준비

1. 계란은 물기 없는 깨끗한 볼에 흰자와 노른자를 분리해 두세요.
2. 통밀가루는 체쳐 두세요.
3. 밥통 내솥에 버터를 붓으로 높이 펴 발라 두세요.

1 통밀가루를 따로 체쳐 놓고 나머지 모든 재료를 계량해서 한곳에 모아 두세요.

2 계란흰자를 2~3분간 거품을 낸 후 설탕을 두세 번에 나눠 넣으면서 고속으로 휘핑하여 단단한 머랭을 만들어 주세요.

3 볼을 뒤집어도 거품이 움직이지 않으면 노른자를 하나씩 빠뜨려가면서 1~2분간 휘핑을 계속합니다.

4 포도씨유를 흘려 넣으면서 1단으로 가볍게 섞어 주세요.

5 체쳐둔 통밀가루를 한번 더 체쳐 넣고 볼 바닥을 쓸어 엎어가면서 조심히 섞어 주세요.

6 가루가 반 이상 섞이면 호두를 넣고 우유를 두세 번에 나눠 넣어가면서 다시 한번 가볍게 뒤엎어가며 섞어 줍니다.

7 버터 바른 내솥에 반죽을 붓고 반죽 위에 주걱을 대고 내솥을 돌려가면서 가볍게 정리해 주세요.

8 취사 2번(찜 40)을 해주면 완성. 가운데를 손가락으로 눌러봐서 묻어나거나 부스럭거리는 느낌이 남아 있으면 10분 더 익혀 주세요.

 응용 2
백년초 케이크

 재료(10인용)

박력분	100g
계란	4개
설탕	100g
호두	50g
백년초가루	2T
물	4T

준비

1. 백년초가루는 물을 미지근하게 데워서 잘 풀어 주세요.
2. 계란은 물기 없는 깨끗한 볼에 흰자와 노른자를 분리해 두세요.
3. 박력분은 체쳐 두세요.
4. 밥통 내솥에 버터를 붓으로 높이 펴 발라 두세요.

1 박력분은 따로 체쳐 놓고 나머지 모든 재료를 계량해서 한곳에 모아 두세요.

2 계란흰자에 설탕을 두세 번에 나눠 넣으면서 단단한 머랭을 만든 후 노른자를 하나씩 빠뜨려가면서 1~2분간 더 휘핑해 주세요.

3 물에 괴어둔 백년초가루를 숟가락으로 여기저기 흘려 넣고 1단으로 가볍게 섞어 주세요.

4 체쳐둔 박력분을 한번 더 체쳐 넣고 호두와 함께 볼 바닥을 쓸어 엎어가면서 섞어 주세요.

5 바닥에 가루가 뭉치는 곳이 없도록 최대한 주걱을 크게 움직여가며 조심히 섞다가 마른가루가 모두 흡수되고 나면 곧바로 중단해 주세요.

6 버터 바른 내솥에 반죽을 붓고 윗면을 가볍게 정리해 주세요.

7 취사 2번(찜 40)을 해주면 완성. 가운데를 손가락으로 눌러봐서 묻어 나거나 부스럭거리는 느낌이 남아 있으면 10분 더 익혀 주세요.

8 냄비뚜껑으로 조심히 꺼내서 식혀 주세요.

팬에 굽기 귀찮을 때
찜통에 간편하고 푸짐하게~

탱글탱글
야무지게도 생겼네요 ^

달콤한 대추와
고소한 호두가 듬뿍!

콩치가 좋아하는 대추가 듬뿍
시나몬 대추찐빵

1 건포도는 가위로 두 동강 내고 대추는 씨를 빼고 잘게 잘라서 호두분태와 함께 준비해 주세요.

2 강력분, 계핏가루, 황설탕, 소금을 고루 섞어준 후 이스트를 넣고 섞다가 계란, 물, 포도씨유를 넣고 손으로 주물러 뭉쳐 주세요.

3 손과 그릇에 묻어나는 반죽이 한 덩이로 뭉쳐지면 도마 위에 놓고 가볍게 치대 줍니다.

 재료(12개)

강력분	200g
계핏가루	1t
황설탕	2T
소금	1/2t
이스트	1t
계란	1개
물	60g
포도씨유	30g
대추	20개
호두	50g
건포도	50g

4 얼룩진 곳이 없이 재료가 매끄럽게 섞이면 준비해둔 속재료를 넣고 한곳에 뭉치는 곳이 없도록 반죽을 반으로 접어 눌러가면서 고루 섞어 주세요.

5 반죽을 동그랗게 뭉친 후 볼에 담아 랩을 씌우고 따뜻한 물이 담긴 냄비에 넣어 1차 발효를 시켜 줍니다(약 40분).

6 반죽이 두 배 정도 부풀어 오르면 손바닥으로 눌러 가스를 빼주세요. 반죽이 살짝 되직한 편이므로 그리 많이 부풀지는 않을 거예요.

7 도마 위에 놓고 칼로 눌러 12등분 해주세요.

8 각각을 동그랗게 뭉친 후 은박컵에 하나씩 놓아 주세요.

9 반죽을 따뜻한 물이 담긴 냄비 위에 놓고 2차 발효를 시켜 줍니다(약 30분).

10 찜통에 물을 팔팔 끓인 후 반죽을 넣고 중불로 15분 정도 쪄주세요.
이때 물이 떨어지지 않도록 찜통뚜껑에 면보를 씌워 주세요.

대 추 찐 빵 의 모 든 것

발효 시간과 굽는 시간을 엄수하면서 만들어 먹는 빵이 어렵고 부담스러울 때 요렇게 간단하게 찜통에 쪄 드시면 좋답니다. 찜통에 찔 때는 무엇보다 일반 발효빵보다 반죽을 되직하게 해야 찌그러지지 않아요. 대신 식감이 조금 뻣뻣할 수 있으니 각종 견과류나 건과일을 듬뿍 넣어서 고소하고 달콤한 맛을 더해 주면 아주 훌륭한 건강빵이 되지요.
콩지는 계피향뿐만 아니라 대추를 워낙 좋아해서 무려 20개나 넣어 줬답니다. 초보분들도 쉽게 만들 수 있으니 부담 없이 도전해 보세요.^^

통밀 참깨빵

 재료(8개)

통밀가루	150g
설탕	1T
소금	1/2t
이스트	1t
물	90g
포도씨유	20g
참깨	적당량

 팁

100% 통밀로 만들어 맛이 투박하기는 하지만 은근히 손이 가고 참깨를 듬뿍 묻혀 더욱 고소한 건강한 빵이랍니다.

1 1차 반죽이 끝난 반죽을 손바닥으로 가스를 빼준 후 8등분 해주세요.

2 각각을 동그랗게 굴린 후 표면이 마르지 않도록 비닐을 덮어 실온에 10분간 가만히 둡니다.

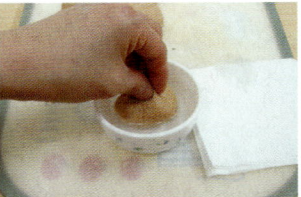

3 눌렸던 반죽이 부풀어 오르면 반죽 뒷면을 잡고 물속에 2/3가량 담근 후 키친타올에 콕 찍어 흐르는 물기를 살짝쿵 제거해 줍니다.

4 참깨 위에 놓고 살짝 눌러준 후 깨가 떨어지지 않도록 손바닥으로 가볍게 감싸 고정시켜 주세요.

5 프라이팬에 간격을 두고 배치해 줍니다.

6 뜨거운 물이 담긴 냄비 위에 프라이팬을 올려놓고 2차 발효를 시켜 줍니다(약 40분).

7 반죽이 두 배 정도 부풀어 오르면 중탕냄비를 제거하고 약불에서 12~15분간 타지 않게 구워 줍니다.

8 바닥이 타지 않을 만큼 짙은 갈색이 돌면 불을 조금 더 줄인 후 뒤집어서 5분 정도 구워 줍니다.

흑미빵

  재료(8개)

흑미가루	150g
설탕	1T
소금	1/2t
이스트	1t
물	100g
포도씨유	20g

  팁

쌀빵은 밀빵에 비해 발효 시간이
절반밖에 안 걸리기 때문에 쉽고
빠르게 빵을 만들 수가 있답니다.

1 흑미가루, 설탕, 소금을 고루 섞은
후 맨 마지막에 이스트를 넣고 휘휘
저어 섞어 줍니다.

2 포도씨유와 따뜻한 물을 붓고 손
으로 뭉쳐 줍니다.

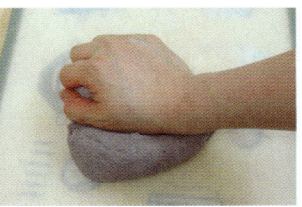

3 반죽이 한 덩이로 뭉치면 도마
위에 놓고 5~10분간 치대 줍니다.

4 반죽을 동그랗게 만든 후 도마 위
에 놓고 칼로 눌러 6등분 해주세요.

5 프라이팬에 간격을 두고 배치해
줍니다.

6 뜨거운 물이 담긴 냄비 위에 프
라이팬을 올려 발효를 시켜 줍니다
(약 50분).

7 반죽이 두 배로 부풀어 오르면 중
탕냄비는 제거하고 약불에서 12~15
분간 타지 않게 구워 줍니다.

8 바닥에 짙은 갈색이 돌면 불을
반으로 줄이고 뒤집어서 약 5분간
구워 줍니다.

추억의 맛을 따라
건포도 술빵

뭐~~~
이 정도면 훌륭하다~ㅋ

쫀득하게 뜯어먹는 속살~

효모의 왕성한 활동을 보여주는
거친 기포들^^

 재료

박력분	160g
막걸리	100g
계란	2개
황설탕	80g
소금	1/2t
건포도	조금

19×15cm 스텐체

 팁

콩지는 효모가 살아 있는 서울
장수 막걸리를 사용했어요.

1 계란에 설탕과 소금을 넣고 거품기로 저으면서 녹여 주세요.

2 따뜻하게 데운 막걸리를 붓고 고루 섞어 주세요.

3 박력분을 체쳐 넣고 거품기로 저으면서 섞어 줍니다.

4 덩어리들이 부드럽게 풀리면 멈춰 주세요.

5 볼에 랩을 씌우고 따뜻한 물이 담긴 찜통에 넣고 2~3시간 정도 발효를 시켜 줍니다. 중간에 볼 엉덩이를 만져보며 따뜻하게 온도를 유지시켜 주세요.

6 발효가 끝날 무렵 찜통에 불을 켜두고 스텐체에 유산지를 깔아 주세요. 바구니에 물을 살짝 묻혀 주면 유산지가 착 들러붙어서 반죽을 붓기 편리하답니다.

7 발효가 끝난 반죽을 틀에 붓고 바닥에 두세 번 가볍게 쳐서 거친 기포들을 제거해 주세요.

8 찜통에 물이 끓으면 건포도를 뿌려 주세요.

9 팔팔 끓는 찜통에 넣고 중불에서 10분간 쪄주면 완성됩니다. 뚜껑을 열고 젓가락으로 찔러봐서 바닥까지 단단하게 들어가면 꺼내 주시고 물컹한 느낌이 나면 조금 더 쪄주세요.

술빵의 모든 것

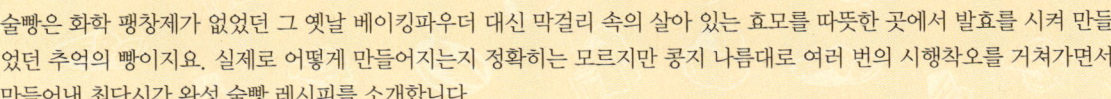

술빵은 화학 팽창제가 없었던 그 옛날 베이킹파우더 대신 막걸리 속의 살아 있는 효모를 따뜻한 곳에서 발효를 시켜 만들었던 추억의 빵이지요. 실제로 어떻게 만들어지는지 정확히는 모르지만 콩지 나름대로 여러 번의 시행착오를 거쳐가면서 만들어낸 최단시간 완성 술빵 레시피를 소개합니다.

베이킹파우더 없이 막걸리만으로 빵이 부푸는 것을 보니 정말 신기하더군요. 이때 가장 중요한 것은 반드시 효모가 살아 있는 막걸리를 고르셔야 한다는 것!!

살균처리된 막걸리는 말 그대로 효모까지 모두 살균되었기 때문에 절대 부풀지 않아요.

설명서를 읽어보시고 유통기한이 짧고 효모가 살아 있다는 문구를 확인하신 후 구입해 주세요.^^

쑥 술빵

🍊 **재료**(약 10개)

박력분	300g
쑥가루	2t
막걸리	200g
물	120g
설탕	160
소금	1t

5.5cm 베이킹컵

1 막걸리를 따뜻하게 데운 후 물, 설탕, 소금을 넣고 거품기로 저어 잘 녹여 주세요.

2 박력분과 쑥가루를 체쳐 넣고 덩어리가 없게 잘 섞어 주세요.

3 반죽이 부드럽게 섞였으면 볼에 랩을 씌워 주세요.

4 볼을 따뜻한 물이 담긴 찜통에 넣고 2~3시간 정도 발효를 시켜 줍니다. 중간에 볼 엉덩이를 만져봐서 따뜻한지 체크해 주세요.

5 2시간 정도 지나면 요렇게 거품이 뽀글뽀글 올라와 있을 거예요.

6 찜통에 불을 켜고 베이킹컵에 유산지컵을 끼운 후 반죽을 2/3만큼씩 채우고 검은깨를 살짝 뿌려 주세요.

7 찜통의 물이 팔팔 끓으면 반죽을 넣고 중불에서 10분간 쪄주세요. 찔러봐서 날반죽이 묻어나지 않으면 꺼내 주세요.

8 습기가 차지 않도록 1~2분 정도만 살짝 식힌 후 베이킹컵에서 빵을 바로 꺼내 식혀 주세요.

옥수수 술빵

 재료(약 10개)

박력분	120g
옥수수가루	30g
막걸리	100g
계란	3개
황설탕	80g
소금	1/2t
통조림 콘	60g
5.5cm 베이킹컵	

 팁

통조림 콘은 찬물을 끼얹어서 살짝 헹궈 주면 찝찔한 맛이 제거되어 맛이 훨씬 깔끔하답니다.

1 막걸리를 따뜻하게 데운 후 계란, 설탕, 소금을 모두 섞고 거품기로 저어 잘 섞어 주세요.

2 박력분과 옥수수가루를 체쳐 넣고 거품기로 1단으로 부드럽게 섞어 줍니다.

3 물에 살짝 헹군 옥수수를 넣고 가볍게 섞어 주세요.

4 볼에 랩을 씌우고 따뜻한 물이 담긴 찜통에 넣고 2~3시간 정도 발효를 시켜 줍니다. 중간에 볼 엉덩이를 만져보며 따뜻하게 온도를 유지시켜 주세요.

5 3시간 정도 지나면 요렇게 거품이 뽀글뽀글 올라온답니다.

6 찜통에 불을 켜고 베이킹컵에 유산지컵을 끼운 후 반죽을 2/3만큼씩 채우고 옥수수 알갱이를 살짝 뿌려 주세요.

7 찜통의 물이 팔팔 끓으면 반죽을 넣고 중불에서 10분간 쪄주세요. 젓가락으로 찔러봐서 날반죽이 묻어나지 않으면 꺼내 주세요.

8 습기가 차지 않도록 1~2분 정도만 살짝 식힌 후 베이킹컵에서 빵을 바로 꺼내 식혀 주세요.

205

촉촉함과 부드러움의 극치
요구르트 케이크

크핫~
치즈 케이크 안 부럽군!!

상큼하고 부드러운
요구르트 속살~

사르륵~~~
스펀지 녹는 소리가 들리시나요?

1 박력분은 따로 체쳐 놓고 나머지 재료들도 계량해서 한곳에 모아 두세요.

2 계란흰자를 2~3분간 거품을 낸 후 설탕을 두세 번에 나눠 넣으면서 고속으로 휘핑하여 단단한 머랭을 만들어 주세요.

3 볼을 뒤집어도 거품이 움직이지 않으면 노른자를 한 개씩 빠뜨려가면서 1~2분간 휘핑을 계속합니다.

4 플레인 요구르트를 숟가락으로 떠서 여기저기 흘려 넣어 주세요.

5 그 위에 곧바로 박력분을 체쳐 넣고 고무주걱으로 가볍게 뒤엎어가면서 섞어 주세요.

6 볼 바닥까지 훑어가면서 크게 움직여가며 섞다가 마른가루가 안 보이면 곧바로 중단해 주세요.

7 버터 바른 내솥에 반죽을 붓고 윗면을 가볍게 정리해 줍니다.

8 취사 2번(찜 40)이면 완성. 가운데 부분을 손가락으로 눌러봐서 묻어나거나 부스럭거리는 느낌이 남아 있으면 10분 더 구워 주세요.

9 과하게 부풀었던 거품이 가라앉고 형태가 안정되면 냉장고에 차게 식힌 후 호일과 랩을 씌운 냄비뚜껑으로 조심히 꺼내 주세요.

 재료(10인용)

박력분 40g
계란 4개
설탕 100g
플레인 요구르트 200g

 준비

1. 계란은 물기 없는 깨끗한 볼에 흰자와 노른자를 분리해 두세요.
2. 박력분은 체쳐 두세요.
3. 밥통 내솥에 버터를 붓으로 높이 펴 발라 두세요.

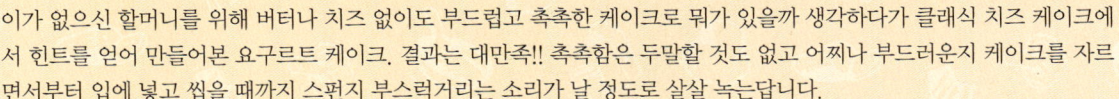

요구르트케이크의모든것

이가 없으신 할머니를 위해 버터나 치즈 없이도 부드럽고 촉촉한 케이크로 뭐가 있을까 생각하다가 클래식 치즈 케이크에서 힌트를 얻어 만들어본 요구르트 케이크. 결과는 대만족!! 촉촉함은 두말할 것도 없고 어찌나 부드러운지 케이크를 자르면서부터 입에 넣고 씹을 때까지 스펀지 부스럭거리는 소리가 날 정도로 살살 녹는답니다.
할머니께서도 너무 좋아하셔서 한 조각씩 랩에 싸서 냉동실에 넣어 뒀다가 출출해하실 때 한 조각씩 꺼내 드리지요.^^
크림치즈 가격이 부담되시거나 치즈의 느끼함이 싫으신 분들께도 아주 좋은 레시피가 될 것 같네요. 다만 밀가루 양이 적고 워낙 반죽 상태가 여리기 때문에 약간의 난이도가 요구되는 레시피이니 어느 정도 스펀지케이크에 자신이 생기셨을 때 도전해 보시길 권합니다.^^

오홋~
진짜 매생이네~

고급스런
마블 무늬까지!!

케이크에서
바다향이 느껴져요.

보기만 해도 건강해지는
매생이 케이크

1 매생이에 물을 조금 섞어 약간 되
직한 느낌이 들도록 풀어준 후 가위
로 몇 번 잘라 주세요.

2 나머지 재료들도 모두 계량하여
한곳에 모아 둡니다.

3 흰자에 설탕을 두세 번에 나눠
넣어가면서 단단한 머랭을 만든 후
볼을 뒤집어도 거품이 움직이지 않
으면 노른자를 한 개씩 빠뜨려가면
서 1~2분간 더 휘핑해 주세요.

재료(10인용)

박력분	120g
계란	4개
설탕	120g
포도씨유	50g
매생이	50g
물	50g

준비

1. 계란은 물기 없는 깨끗한 볼
   에 흰자와 노른자를 분리해
   두세요.
2. 박력분은 체쳐 두세요.
3. 밥통 내솥에 버터를 붓으로
   높이 펴 발라 두세요.

4 포도씨유를 흘려 넣으면서 1단으
로 가볍게 섞어 주세요.

5 체쳐둔 박력분을 한번 더 체쳐
넣고 주걱으로 볼 바닥을 쓸어 엎어
가면서 크게 움직여가며 조심히 섞
어 주세요.

6 물에 걸쭉하게 풀어둔 매생이를
여기저기 뿌려 넣어 주세요.

7 매생이가 한곳에 뭉치지 않도록
가볍게 두세 번만 뒤엎어 주세요.

8 버터 바른 내솥에 반죽을 붓고
주걱으로 윗면을 가볍게 정리해 주
세요.

9 취사 2번(찜 40)이면 완성. 가운
데 부분을 손가락으로 눌러봐서 묻
어나거나 부스럭거리는 느낌이 남아
있으면 10분 더 구워 주세요.

9 호일과 랩을 씌운 냄비뚜껑으로
조심히 꺼낸 후 식혀 주세요.

매생이의 모든 것

매생이로 국을 끓이면 아무리 뜨거워도 김이 나지 않기 때문에 모르고 먹다가는 입 안이 홀라당 까인다고 하죠. 그래서 미
운 사위가 오면 이 매생이국을 끓여 준다는 남도의 속담이 있다고 하네요. 깨끗한 물에서만 자라는 매생이는 칼슘, 철분,
요드, 비타민 A, C 등이 풍부하여 어린이 성장발육에는 물론 칼로리가 낮아 다이어트에도 좋다고 하네요. 그밖에도 소화
기능을 돕고 숙취해소에도 뛰어난 효능이 있다고 하니 아주 착한 녀석이 아닐 수 없군요.
콩지는 이렇게 몸에 좋은 매생이를 베이킹에도 한번 적용해 봤어요. 매생이의 마블 무늬와 초록 색상이 어찌나 예쁜지 한
참을 들여다보게 되고 감탄이 절로 나온답니다.^^
한 줌씩 랩에 싸서 냉동실에 보관했다가 필요할 때 꺼내서 굴과 함께 국을 끓이시거나 요렇게 케이크를 만들어 드시면 좋
아요. 어른들을 위한 뭔가 특별하고 의미 있는 생신 케이크가 필요할 때 요 매생이 케이크를 선물해 보세요. 아마 칭찬과
귀여움을 독차지하지 않을까요.

향긋한 녹차를 듬뿍

다이어트 녹차 케이크

심심할 때 뜯어먹으면 굿^^b

오우~
이 진한 녹차의 초록빛깔!!

속살도 아주 푹신푹신해요~

Her

1 재료가 초간단이지요? 가루는 체 쳐 두고 계란과 설탕을 준비해 주세요.

2 계란을 부드럽게 풀고 설탕을 두 세 번에 나눠 넣어가면서 고속으로 휘핑해 주세요.

3 거품이 점점 되직해지면 위에서 흘려봤을 때 후루룩 흐르지 않고 걸쭉하게 잠시 쌓이는 듯한 느낌으로 흘러내릴 때까지 휘핑합니다.

 **재료**(10인용)

박력분	120g
녹찻가루	1T
계란	4개
설탕	100g

 준비

1. 박력분과 녹찻가루는 한데 섞어 체쳐 두세요.
2. 밥통 내솥에 버터를 붓으로 높이 펴 발라 두세요.

4 고속으로 휘핑하는 동안 생긴 거친 기포들을 1단으로 가볍게 돌려서 터뜨려 주세요.

5 박력분과 녹찻가루를 한번 더 체쳐 넣고 주걱으로 볼 바닥을 쓸어 엎어가면서 크게 움직여가며 조심히 섞어 주세요.

6 마른가루들이 모두 흡수되고 나면 곧바로 주걱질을 중단해 주세요.

7 버터 바른 밥통 내솥에 반죽을 붓고 윗면을 가볍게 정리해 줍니다.

8 취사 2번(찜 40)이면 완성. 가운데 부분을 손가락으로 눌러봐서 묻어나거나 부스럭거리는 느낌이 남아 있으면 10분 더 구워 주세요.

9 호일과 랩을 씌운 냄비뚜껑으로 조심히 꺼낸 후 식혀 주세요.

녹 차 케 이 크 의 모 든 것

요번 레시피는 포도씨유도 우유도 전혀 들어가지 않은 그야말로 소수정예 재료로 만든 날씬한 케이크가 되겠습니다. 가끔씩 케이크는 먹고 싶은데 계란 흰자와 노른자를 구분하는 것도 귀찮고 이것저것 재료 준비하는 것도 싫을 때 아주 쉽고 부담 없이 만들어 먹을 수 있는 케이크가 없을까… 이런 생각 드실 때가 있지요? 바로 이럴 때 적극 추천하는 초간단 다이어트 녹차 케이크!!
별립법으로 했을 때보다 속살은 조금 덜 촘촘하지만 맛은 충분히 부드럽고 맛있답니다. 여러 가지 재료들이 안 들어가기 때문에 불필요하게 주걱질을 해댈 필요가 없어 여느 케이크보다 잘 부풀기 때문에 초보자들도 쉽게 따라할 수 있으니 지금 당장 도전해 보세요. ^^

흑미의 향긋함에 반한다

흑미 카스테라

흑미향이 여기까지
느껴지는 것 같아요~

입에서 살살 녹을 것 같은
검은 속살~

오븐이 부럽지 않은
먹음직스런 갈색 껍질^^

1 계란흰자를 부드럽게 풀고 설탕을 두세 번에 나눠 넣어가면서 고속으로 휘핑해 주세요.

2 어느 정도 거품이 단단해지면 꿀을 흘려 넣고 계속해서 고속으로 휘핑해 줍니다.

3 볼을 뒤집어도 거품이 움직이지 않으면 노른자를 두어 개씩 빠뜨려가면서 1~2분간 휘핑을 계속합니다.

 재료(10인용)

박력분	60g
흑미가루	60g
흰자	4개
노른자	8개
설탕	100g
꿀	30g
포도씨유	50g
우유	50g

4 포도씨유를 흘려 넣으면서 1단으로 가볍게 섞어 주세요.

5 체쳐둔 박력분과 흑미가루를 한 번 더 체쳐 넣습니다.

6 주걱으로 볼 바닥을 쓸어서 퍼 올리듯 큰 원을 그리며 뒤엎어가면서 섞다가 우유를 두세 번에 나눠 넣어가면서 조심히 섞어 주세요.

 준비

1. 계란은 물기 없는 깨끗한 볼에 흰자와 노른자를 분리해 두세요.
2. 박력분과 흑미가루는 한데 섞어 체쳐 두세요.
3. 밥통 내솥에 버터를 붓으로 높이 펴 발라 두세요.

7 버터 바른 내솥에 반죽을 붓고 윗면을 가볍게 정리해 줍니다.

8 취사 2번(찜 40)이면 완성. 가운데 부분을 손가락으로 눌러봐서 묻어나거나 부스럭거리는 느낌이 남아 있으면 10분 더 구워 주세요.

9 호일과 랩을 씌운 냄비뚜껑으로 조심히 꺼낸 후 식혀 주세요.

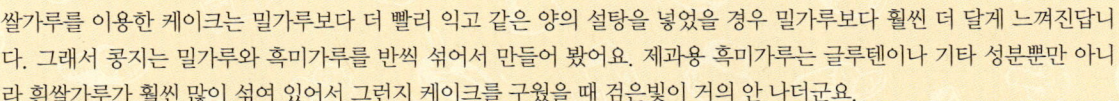 흑 미 카 스 테 라 의 모 든 것

쌀가루를 이용한 케이크는 밀가루보다 더 빨리 익고 같은 양의 설탕을 넣었을 경우 밀가루보다 훨씬 더 달게 느껴진답니다. 그래서 콩지는 밀가루와 흑미가루를 반씩 섞어서 만들어 봤어요. 제과용 흑미가루는 글루텐이나 기타 성분뿐만 아니라 흰쌀가루가 훨씬 많이 섞여 있어서 그런지 케이크를 구웠을 때 검은빛이 거의 안 나더군요.

그래서 100% 흑미가루를 밀가루에 적당량 혼합해 넣고 다시 만들었더니 흑미 특유의 향과 함께 은은한 검은빛이 돌아 그제야 비로소 흑미 카스테라라는 이름표를 붙일 수 있겠더군요.

요건 평소에 늘 싱싱한 채소만을 취급해 주신 콩지의 단골 채소가게 아저씨께 선물로 드렸답니다.

비록 가운데 토막으로 아주 조금이긴 했지만요, 어르신들께 선물용으로 특히 괜찮은 흑미 카스테라, 여러분도 꼭 한번 만들어 보세요.

누가 만들어도 맛있는
고구마 케이크

1 고구마는 뜨거울 때 으깬 후 설탕, 생크림, 커스터드크림을 넣고 부드럽게 섞어 주세요.

2 시판 카스테라는 1cm 폭으로 저미고 둥근 갈색 부분은 따로 모아 두세요.

3 무스링을 접시에 놓고 카스테라를 바닥에 깔아 주세요. 빈 틈은 칼로 대충 자른 조각을 꼼꼼하게 채워 넣어 주세요.

 재료(18cm)

고구마 크림
삶은 고구마......................400g
커스터드크림......................250g
생크림......................100g
설탕......................2T
시트
시판 카스테라......................2개
시럽
물......................60g
황설탕......................30g
장식
생크림......................100g
카스테라가루..................적당량

4 시럽을 골고루 뿌려 주세요.

5 고구마 크림을 빈 곳이 없도록 채우고 윗면을 평평하게 정리한 후 냉동실에 2~3시간 정도 넣어 두세요.

6 케이크가 굳으면 꺼내서 얇은 과도로 테두리를 돌려준 후 링을 제거해 주세요.

준비

1. 커스터드크림은 노른자 2개 분량입니다.(44쪽 참조)
2. 시럽은 물과 설탕을 전자레인지에 뜨겁게 녹인 후 식혀 두세요.

7 생크림을 단단하게 거품내서 펴 발라 주세요.

8 윗면과 옆면을 깔끔하게 정리해 줍니다.

9 시트에 쓰고 남은 카스테라 조각을 굵은 체에 내리면서 윗면에 골고루 뿌려 주세요.

10 바닥에 떨어진 가루를 과일칼로 긁어서 옆면에 붙여 줍니다.

11 바닥이 깔끔하게 모두 정리되었네요.

12 윗면을 칼등으로 눌러 등분선을 살짝 표시해준 후 생크림과 호박씨로 장식해주면 완성.ᴍ

추억의 과자를 내 손으로
모듬 전병

어머!!
요런 모양은 어케 만들었을까요?ㅋ

검은깨를 넣으면
깨전병

김가루를 뿌리면
파래전병

믿을 수 없을 만큼
바삭해요~

재료(약 20개)

박력분	60g
계란	2개
설탕	80g
포도씨유	40g
검은깨	1T
김가루	조금

1 계란과 포도씨유에 설탕을 넣고 녹을 때까지 잘 섞어준 후 박력분과 검은깨를 넣고 거품기로 저어가면서 섞어 주세요.

2 밀가루 덩어리들이 없도록 거품기로 으깨듯 볼에 대고 저어 주며 부드럽게 섞어 줍니다.

3 프라이팬에 버터를 얇게 펴 바른 후 반죽을 숟가락으로 조금씩 떠 넣고 넓게 펼쳐 동그랗게 모양을 잡아 주세요.

4 표시된 약불로 8~10분간 굽다가 뒤집어서 납작하게 눌러가면서 타지 않게 전체적으로 고른 색이 돌도록 구워 주세요. 이때 뚜껑은 닫을 필요 없어요.

5 얼룩진 곳 없이 노르스름히 잘 구워진 과자를 한꺼번에 겹친 후 키친타올을 올린 손바닥 위에 꺼내놓고 호일롤로 누르면서 살포시 감싸주어 오목하게 모양을 휘어 줍니다. 이 작업은 과자가 식기 전에 잽싸게 해주셔야 해요.

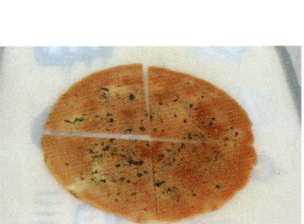

6 부채꼴 모양의 경우 팬에 반죽을 크게 펼쳐서 앞뒤로 눌러가며 노르스름하게 구워 주세요. 이때 김가루를 뿌려 주면 파래전병이 된답니다.

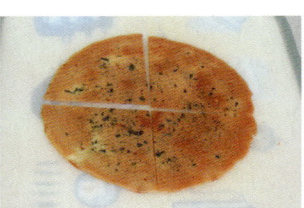

7 잘 구워진 과자를 도마 위에 꺼내 놓고 식기 전에 재빨리 칼로 눌러 4등분 해주세요.

8 자른 과자를 다시 뜨거운 열기가 남은 팬에 잠시 놓고 하나씩 손바닥에 올린 후 호일롤로 눌러 모양을 살짝 휘어 주세요.

전 병 의 모 든 것

전병은 레시피 짜느라고 정말 많은 테스트를 거쳐서 완성시킨 기억이 나네요. 서양식으로 따지면 기와처럼 등이 굽은 튈 과자와도 모양이 비슷한데 레시피들을 보면 모두가 약속이나 한 것처럼 계란흰자만을 사용했더군요. 아마도 더 바삭한 맛을 살리기 위해서 그런 것 같은데 굳이 노른자를 제거해야만 하나 싶어 콩지는 이번에도 실험정신을 발휘하여 수없이 많은 변수를 적용해가며 전란을 사용한 최적의 레시피를 찾아내고야 만 것입니다. ^^v

맛도 모양도 맘에 쏙 들어서 고생한 보람이 매우 크네요. 모양잡기가 어려울 땐 꼭 휘지 않고 그냥 납작하게 만들어 먹어도 맛있답니다. 주의사항이 있다면 반죽은 되도록 얇게 펼쳐 주시고 프라이팬 바닥에 기름은 최대한 얇게 펴 발라 주세요. 버터 대신 식용유를 바르실 경우 휴지로 살짝 닦아내 주셔야 해요. 그렇지 않으면 지글지글 부침개가 되어버리거든요.

217

전자레인지로 만드는
단호박 밀떡

껍질까지
넣어야 폼나요^^

부드러우면서
쫀득한 속살~

1 단호박은 깨끗이 씻어 껍질과 함께 무르도록 푹 쪄주세요.

2 호박이 뜨거울 때 포크로 대충 으깨 둡니다.

3 계란을 풀고 설탕, 소금을 넣고 설탕이 녹을 때까지 섞어 주세요.

 재료

박력분	100g
계란	2개
황설탕	60g
소금	1/4t
삶은 단호박	200g

4 으깨둔 단호박을 넣고 섞어 주세요.

5 박력분을 체쳐 넣고 덩어리가 없도록 곱게 풀어 줍니다.

6 최종반죽이 완성되었어요.

7 내열그릇에 버터를 펴 발라 줍니다.

8 반죽을 그릇의 절반만큼만 채우고 랩을 씌운 후 포크로 구멍을 뿅뿅 뚫어 줍니다. 그래야 가열되면서 습기가 차지 않고 랩이 아래로 처지지 않아요.

9 전자레인지에 한 개씩 넣고 약한 세기로 3~4분간 돌려 가운데가 뽀송해지면 꺼내 주세요.

 콩지의 에피소드

베이킹을 처음 시작할 때 누구나 겪는 실수 중에 하나가 케이크가 부풀지 않고 떡처럼 뭉치는 현상일 거예요. 콩지도 초창기에 많이 겪었던 일 중 하나인데요. 이상한 것은 모양은 망가졌어도 막상 맛을 보면 오히려 떡진 케이크가 맛이 더 좋을 때가 있더군요.

그때의 기억을 되살려 이번에는 아예 밀가루로 떡을 만들어 보자 해서 탄생한 것이 바로 단호박 밀떡이랍니다. 단호박을 듬뿍 넣어서인지 제법 먹을 만하더라구요. 거실에 놔뒀더니 동생이 오며 가며 다 집어 먹었더군요. 먹고 나서 하는 말이 '맛있네? 근데 이거 정체가 뭐야?'

뭔지도 모르면서 그걸 다 먹다니… 떡은 뜨거울 때보다 차갑게 식은 후 먹어야 쫀득하고 맛있답니다.

베이킹에 쓰고 남은 단호박으로 전자레인지에 간단하게 돌려 단호박 밀떡 한번 만들어 보세요. ^^

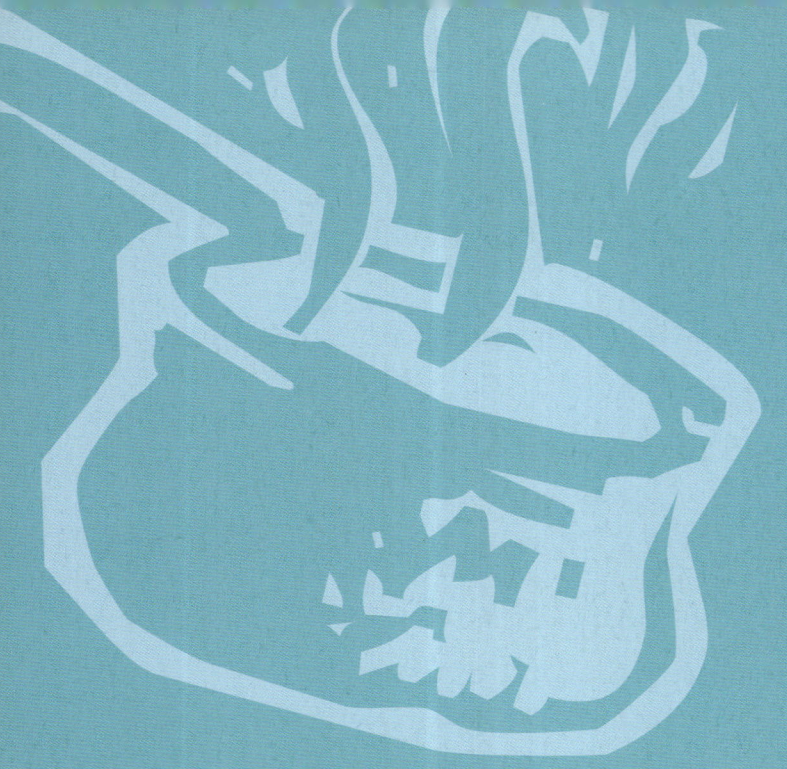

보기 좋은 빵이 맛도 좋다!!
눈과 입이 동시에 즐거워지는 콩지의 맛있는 작품 세계로
여러분을 초대합니다~

PART 6
조금 특별한 베이킹

for 발렌타인 데이
고구마 쉘

1 준비해둔 견과류는 팬에 볶아 잘게 부숴 두세요.

2 고구마는 삶아서 뜨거울 때 설탕과 생크림을 넣고 부드럽게 으깨 주세요. 설탕은 입맛에 맞게 가감해 주시고 생크림은 질기를 봐서 적당히 조절해 주세요.

3 고구마를 둘로 나누고 한쪽에는 황치즈가루를 넣고 섞어 둡니다. 황치즈가루를 너무 많이 넣으면 반죽이 질어져서 만지기 불편하니 조금만 넣어 주세요.

 재료(약 50개)

고구마	500g
생크림	50g
설탕	3T
황치즈가루	2T
코팅 초콜릿	150g

땅콩분태
슬라이스아몬드
호박씨

 팁

요즘은 발렌타인 데이 하면 연인들끼리뿐만 아니라 주변의 친한 사람들끼리도 가볍게 초콜릿을 주고받곤 하지요. 어르신들이나 아이들에게 너무 달콤한 초콜릿을 선물하기 부담스러울 때 달지 않고 칼로리 걱정도 없는 부드러운 고구마 초콜릿을 선물해 보세요.^^

4 적당한 크기로 떼어내어 동그랗게 굴려 주세요.

5 견과류에 굴려서 떨어지지 않도록 꼭꼭 눌러 주세요. 견과류는 고구마 반죽에 처음부터 섞어 주셔도 됩니다.

6 하트 모양을 찍을 때는 반죽에 비닐을 덮고 하트 모양 커터로 눌러 주세요.

7 위 비닐을 걷어내고 아래 비닐 밑으로 손을 넣어 손가락으로 살짝 밀어서 떼어내 주세요.

8 다양한 방법으로 모양을 잡아 비닐을 깐 도마 위에 진열해 주세요.

9 코팅용 초콜릿을 중탕으로 녹인 후 고구마에 포크를 꽂고 숟가락으로 부어서 코팅해 주세요.

10 초콜릿이 굳기 전에 각종 견과류를 뿌려 줍니다.

11 비닐 위에 조심히 빼서 굳혀 주세요.

12 초콜릿이 굳고 나면 남은 초콜릿을 짤주머니에 담고 여러 가지 모양으로 짜주세요.

for 어버이날

단호박 케이크

1 스펀지케이크는 3단으로 슬라이스 해주세요.

2 단호박은 무르게 삶아서 설탕을 입맛에 맞게 넣고 으깨 주세요.

3 생크림을 단단하게 휘핑해 주세요. 무가당일 경우 설탕을 1~2T 정도 넣고 휘핑해 주세요.

 **재료**

녹차 스펀지케이크	1개
삶은 단호박	400g
설탕	4T
생크림	200g
시럽	
물	100g
설탕	50g

 준비

1. 기본 스펀지케이크 만들기를 참조하여 녹차 스펀지케이크를 미리 만들어 두세요.
2. 시럽은 물과 설탕을 전자레인지에 뜨겁게 돌려 녹인 후 식혀 두세요.

4 단호박과 생크림을 가볍게 뒤적여 섞어 주세요.

5 시트 한 장을 접시에 놓고 시럽을 골고루 뿌려 줍니다.

6 단호박크림을 고루 펴 발라 주세요.

7 두 번째 시트를 포갠 후 시럽과 단호박크림을 발라 주고 세 번째 시트를 올리고 또다시 시럽을 바른 후 케이크 전체에 단호박크림을 도포해 줍니다.

8 단호박과 껍질을 이용해 예쁜 장식을 해주고 초코팬으로 넝쿨을 그려 주면 완성입니다.

9 단호박이 듬뿍 들어 굉장히 묵직하면서 많이 달지 않고 촉촉하답니다.

 콩 지 의 팁

어버이날 레시피로 어르신들께서 좋아하시는 고구마와 단호박을 이용해서 케이크를 만들어 봤어요. 많이 달지도 않고 부드럽고 촉촉해서 부모님 생신 케이크로도 아주 좋을 것 같네요.
요거 만들어 놓고 할머니랑 콩지랑 그 자리에서 절반을 해치웠어요. 남은 건 마침 그날 아는 분이 방문하셨기에 맛을 보여 줬더니 너무 맛있다며 탄성을 지르더니 나머지는 여자친구 준다고 싸가지고 가더군요.
단호박 케이크의 장식이 어려우실 때는 고구마 케이크(214쪽)처럼 카스테라가루로 장식하셔도 괜찮아요. 쉽고 맛있는 케이크로 부모님의 사랑을 독차지하세요.^^

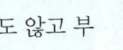

앙금 꽃바구니

1 백앙금, 옥수수가루, 황치즈가루를 주걱으로 잘 섞어 주세요. 반죽질기는 살짝 끈적이면서 주걱으로 들어올려 봤을 때 뾰족한 뿔이 생기는 정도가 적당해요.

2 장미깍지를 끼운 짤주머니를 긴 통에 씌우고 반죽을 담아 주세요.

3 은박접시의 턱을 손가락으로 눌러 낮춘 후 앙금을 살짝 채워 주세요.

🍆 **재료**(약 15송이)

꽃

백앙금	300g
옥수수가루	1T
황치즈가루	2T
(or 백년초가루	2t)

잎

백앙금	50g
옥수수가루	1t
쑥가루	1t

도구

장미깍지
나뭇잎깍지
와인잔
10cm 은박접시 2개

4 와인잔을 뒤집어서 앙금을 조금 짜준 후 손에 밀가루를 묻혀가면서 뾰족하게 모양을 잡아 주세요.

5 와인잔 손잡이를 돌려가며 예쁘게 꽃잎을 짜주세요. 처음 서너 겹은 깍지가 짧은 쪽이 위로 오도록 거꾸로 잡고 짜다가 나머지 부분은 긴 쪽이 위로 오도록 바르게 잡고 경계선이 겹치도록 짜주면 예쁜 꽃 모양이 된답니다.

🍆 **팁**

앙금 꽃은 반죽의 질기가 가장 중요하답니다. 꽃잎을 짜면서 너무 질다 싶으면 짤주머니를 뒤집어서 반죽을 볼에 담은 후 옥수수가루를 더 넣어 주시고 너무 될 때는 물을 조금씩 넣어가며 되기를 조절해 주세요.

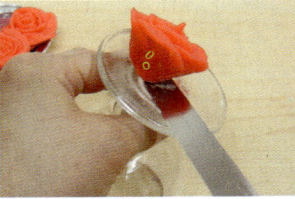

6 꽃이 너무 납작해지지 않도록 꽃잎을 짜는 중간에 손가락에 밀가루를 묻혀가면서 옆구리 부분을 세워 주면 탐스러운 꽃잎을 짤 수 있답니다.

7 꽃이 완성되었으면 얇은 과도를 이용하여 와인잔에서 떼어낸 후 준비해 둔 은박접시에 놓고 젓가락을 위에 대고 과도를 가볍게 빼내서 빈틈없이 예쁘게 배치해 주세요.

8 분량의 재료를 섞어 나뭇잎깍지를 끼운 짤주머니에 담고 잎을 짜줍니다. 끝부분은 손가락으로 가볍게 만져서 뾰족한 모양을 잡아 주세요.

9 황치즈가루 대신 백년초가루를 넣어 주면 예쁜 연보라색 장미꽃을 만들 수 있답니다. 색상은 원하는 대로 조절 가능합니다.

10 색소를 살짝 섞어 주면 파란색 장미꽃도 만들 수 있어요. 반죽 상태가 사진처럼 뾰족한지 꼭 확인해 주세요.

11 다양한 색상의 꽃바구니가 완성되었네요. 달콤한 앙금 꽃바구니는 그냥 드셔도 됩니다.^^

for 빼빼로 데이

빼빼로

1 실온에서 말랑해진 버터를 부드럽게 푼 후 설탕을 두세 번에 나눠 넣으면서 섞다가 계란을 넣고 중속으로 1분 정도 고루 휘핑해 주세요.

2 박력분을 체쳐 넣고 주걱으로 칼질하듯 볼 바닥을 썰어가며 섞어 줍니다.

3 마른가루가 모두 흡수되고 나면 위생비닐에 넣고 가볍게 뭉친 후 밀대로 약 0.5cm 두께로 밀어준 후 냉장고에 잠시 넣어 두세요.

 재료(약 40개)

반죽

박력분	250g
버터	100g
설탕	80g
계란	1개

장식

코팅 초콜릿	150g
각종 견과류	적당량

 준비

버터와 계란은 쓰기 전에 미리 냉장고에서 꺼내 두세요.

4 반죽이 단단해지면 꺼내서 칼로 눌러 약 15cm 길이로 썰어 줍니다.

5 팬 뚜껑을 덮고 '약불'에서 8~10분간 굽다가 불꽃 크기를 반으로 줄인 후 뒤집어서 다시 8~10분간 타지 않게 구워 주세요.

6 노르스름하게 구워진 스틱을 바구니에 담아 식혀 주세요.

7 각종 견과류를 팬에 볶아서 잘게 부숴 주세요.

8 코팅용 초콜릿을 중탕으로 녹인 후 스틱에 코팅해 주세요.

9 초콜릿이 굳기 전에 준비해둔 견과류를 뿌려 줍니다.

10 견과류를 뿌리지 않아도 깔끔하고 예쁘답니다. 비닐 위에 놓고 굳혀 주면 깔끔하게 떨어진답니다.

 MEMO

삼색 찹쌀떡

1 팥앙금은 직접 만든 것을 사용하시거나 간편하게 시판 앙금을 사용하셔도 됩니다.

2 동그랗게 뭉쳐 총 12개를 준비합니다.

3 내열그릇에 찹쌀가루를 50g씩 담고 각각에 천연색소가루를 섞어줍니다.

 재료(4개 분량)

찹쌀가루	50g
쑥가루	1/2t
(or 백년초가루	1/2t
(or 황치즈가루	1/2t
설탕	1T
소금	1/8t
물	60g
팥앙금	적당량
덧가루용 전분	약간

4 물을 60g씩 넣고 덩어리 없게 골고루 풀어 주세요.

5 그릇에 랩을 씌우고 전자레인지에 돌려 테두리 부분부터 익기 시작하면 꺼내서 덜 익은 가운데 부분과 고루 섞어준 후 다시 전자레인지에 넣고 익힌 후 꺼내서 고루 섞으며 치대 주세요.

6 반죽을 숟가락으로 동그랗게 떼어낸 후 손가락에 전분을 묻혀가면서 떼어내 줍니다.

 팁

1. 색소가루를 안 넣고 만들면 기본 찹쌀떡이 된답니다.
2. 반죽을 전자레인지에 돌릴 때는 세 가지를 모두 한꺼번에 돌리지 마시고 하나씩만 돌려서 완성한 후 나머지 반죽을 차례로 익혀서 만들어 주세요.

7 떼어낸 찰떡을 손바닥에 놓고 양손으로 재빨리 비벼주면 전분가루가 전체적으로 얇게 되어 손에 들러붙지 않는답니다.

8 반죽을 납작하게 눌러준 후 앙금을 넣고 손에 전분을 묻혀가면서 예쁘게 감싸 주세요.

9 찰떡이 완성되면 지저분하게 묻은 전분을 털어내 줍니다.

10 녹차찰떡이 완성되었으면 백년초와 황치즈도 순서대로 전자레인지에 익힌 후 찰떡을 만들어 주세요.

11 찹쌀떡은 냉장고에 차갑게 두었다가 먹어야 더 쫀득하고 맛있답니다.

12 투명 쿠키봉투에 담아 예쁘게 포장해 주세요.

for 크리스마스 1

아이싱 쿠키

1 기본 쿠키 반죽하기를 참조하여 쿠키 반죽을 만든 후 밀대로 밀고서 냉장고에 넣어 단단해지면 꺼내서 다양한 모양으로 찍어 주세요.

2 프라이팬에 담고 '1/2약불'에서 15분 정도 굽다가 뒤집어서 3~5분 간 구워 주세요.

3 초코 반죽도 함께 구워 다양한 모양으로 쿠키를 구워 줍니다.

 재료

쿠키

박력분	250g
버터	100g
설탕	80g
계란	1개

아이싱

흰자 1개	40g
슈거파우더	160g
식용색소	소량

4 계란흰자에 슈거파우더를 넣고 되직하게 흐를 때까지 중속으로 휘핑해 주세요.

5 네 개의 그릇에 나눠 담고 식용 색소를 소량씩 섞어 줍니다.

6 각각을 짤주머니에 담아 주세요.

 팁

식용색소를 이용해 만든 예쁘고 화려한 모양의 아이싱 쿠키는 크리스마스 하면 빠질 수 없는 아이템 중 하나인 것 같아요. 그런데 아이싱 쿠키 하면 대부분 흰반죽을 많이 이용하시는데요. 초코 반죽이 훨씬 더 예쁘고 맛도 더 좋답니다. 특히 색소가 없을 때 초코쿠키에 하얀색 아이싱으로 여러 가지 모양을 그려 주면 굉장히 화려하고 예쁜 쿠키가 된답니다.^^

7 입구를 아주 작게 잘라내고 쿠키에 테두리를 먼저 그려준 후 굳기 전에 속을 채워가며 짜주세요.

8 바탕 아이싱이 완전히 굳고 나면 다양한 색상의 아이싱을 추가로 짜 주어 예쁘게 장식해 주세요.

9 눈사람과 양말도 예쁘게 그려 줍니다.

10 색소가 없을 때는 초코쿠키에 흰색 아이싱으로만 그려 줘도 근사한 모양의 쿠키가 된답니다.

11 선물상자도 예쁘지요?

12 완성된 쿠키를 실온에 굳힌 후 밀폐통에 담아 두세요. 아이싱이 완전히 마르고 나면 묻어나지 않으니 걱정 마시구요. 장기 보관시엔 냉동실에 보관하세요. 해동 후에도 녹지 않아요.^^

1 기본 스펀지케이크 만들기를 참조하여 초코 스펀지케이크를 준비한 후 3단으로 슬라이스 해주세요.

2 세 장을 각각 사진처럼 5개의 원형 시트로 오려내 주세요.

3 제일 작은 것부터 오려내서 겹쳐두고 과일칼로 살짝 더 크게 도려내 주시면 됩니다.

 재료

시트
초코 스펀지케이크(98쪽)
시럽
물 60g
설탕 30g
장식
생크림 300g
식용색소
황도 1캔

4 생크림 300g을 단단하게 휘핑해 주세요. 무가당일 경우 설탕을 2숟가락 정도 넣고 휘핑해 주세요.

5 3분의 1 정도를 덜어내서 색소를 섞어 초록색을 만들어 주세요.

6 황도는 시럽에서 건져 작게 썰어 두세요. 딸기를 사용해도 괜찮아요.

 준비

1. 초코 스펀지케이크는 미리 구워 식혀 두세요.
2. 시럽은 물과 설탕을 섞어 전자레인지를 돌려 뜨겁게 녹인 후 식혀 두세요.

 팁

색소가 없을 때는 하얀 생크림으로 나뭇잎을 짜서 화이트 크리스마스트리 케이크를 만들어 보세요.^^

7 가장 큰 시트를 접시 위에 놓고 시럽을 고루 뿌려 줍니다.

8 생크림을 바른 후 과일조각을 콕콕 박은 후 윗면을 평평하게 정리해 주세요.

9 시트를 순서대로 쌓아가면서 시럽과 생크림을 발라 트리 모양을 잡아 줍니다.

10 남은 생크림을 옆면에 고루 발라 줍니다.

11 초록색 생크림을 나뭇잎 모양지를 이용해 아랫단부터 차곡차곡 짜주세요.

12 크리스마스 로고와 각종 장식물을 꽂아 주면 완성. 저는 쿠키를 이용해 봤는데요, 수퍼에서 파는 작고 동그란 알록달록한 초콜릿볼을 이용해 주셔도 예쁘답니다.

기념일마다 찾아드는 행복한 선물 고민…
이제 정성이 듬뿍 담긴 맛있는 베이킹으로
사랑하는 이의 마음을 사로잡자구요.

PART 7

자연을 닮은 베이킹

눈부터 즐거워지는
오렌지 모양 쿠키

1 실온에서 말랑해진 버터를 부드럽게 풀고 설탕을 두세 번에 나눠 넣으면서 섞은 후 계란을 넣고 중속으로 1분간 휘핑해 주세요.

2 반죽을 저울에 계량하여 둘로 나눠 담고 각각 a와 b를 체쳐 넣고 주걱으로 칼질하듯 섞어 주세요.

3 마른가루가 숨고 나면 비닐에 담아 주세요.

 재료(약 20개 분량)

a. 박력분 140g
b. 박력분 140g+황치즈분말 10g
버터....................................100g
설탕....................................100g
소금....................................1/4t
계란....................................1개

 준비

버터와 계란은 쓰기 전에 미리 냉장고에서 꺼내 두세요.

4 흰반죽을 길게 밀어 펴주고 황치즈 반죽은 둘로 나눠 긴 막대 모양으로 만들어준 후 흰반죽 위에 올려 주세요.

5 흰반죽으로 황치즈 반죽을 감싼 후 각각 3등분 해줍니다.

6 한쪽 면을 엄지, 검지로 눌러 뾰족하게 만든 후, 세 개를 사진처럼 붙여 줍니다. 이때 경계면에 물을 살짝 발라 주어야 굽고 나서 분리되지 않아요.

7 반죽이 맞닿은 부분을 손가락으로 눌러가며 빈틈이 생기지 않도록 평평하게 다듬어 주세요.

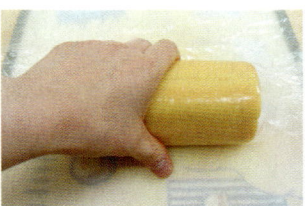

8 6개 모두를 하나로 모아서 비닐로 감싸며 비닐을 당겨 주세요. 이때 반죽을 눌러가며 살짝 굴려 주어 둥근 모양을 잡아 줍니다.

9 반죽을 세로로 세워서 단면 부분을 눌러 주면서 비닐을 팽팽하게 당겨 반죽에 주름이 생기지 않도록 해주고 냉동실에 세로로 세워 넣고 굳혀 주세요.

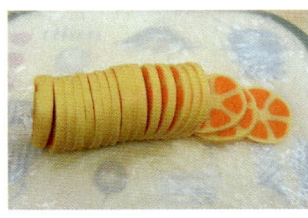

10 냉동실에서 단단해진 반죽을 꺼내 칼로 눌러 잘라 주세요.

11 프라이팬에 담고 '1/2약불'로 약 20분간 바닥면을 충분히 구워 줍니다.

12 윗면을 구울 때는 불을 조금 더 줄이고 뒤집은 후 갈색을 띠지 않도록 약 2~3분 동안만 살짝 구워 주세요.

키위가 고소해요~
키위 모양 쿠키

재료(약 30개 분량)

a. 박력분 100g
b. 박력분 180g+쑥가루 2t
버터 100g
설탕 100g
소금 1/4t
계란 1개
커피물 1t
장식용 검은깨 조금

1 실온에서 말랑해진 버터를 부드럽게 푼 후 설탕, 소금을 두세 번에 나눠 넣으면서 섞다가 계란을 넣고 중속으로 1분 정도 고루 휘핑해 주세요.

2 반죽을 저울에 계량하여 3분의 1만큼을 다른 볼에 덜어내 줍니다.

3 덜어낸 반죽에 커피물을 넣고 고루 섞어 주세요.

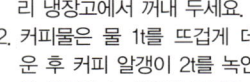

준비

1. 버터와 계란은 쓰기 전에 미리 냉장고에서 꺼내 두세요.
2. 커피물은 물 1t를 뜨겁게 데운 후 커피 알갱이 2t를 녹인 후 국물만 1t 사용해 주세요.

4 커피물을 섞은 볼에 a를 섞지 않은 볼에 b를 각각 체쳐 넣고 주걱으로 칼질하듯 섞어 줍니다.

5 마른가루가 모두 숨으면 곧바로 주걱질을 중단합니다.

6 반죽을 위생비닐에 담아 가볍게 뭉쳐 주세요.

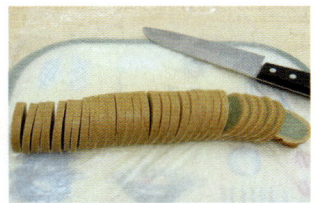

7 쑥 반죽을 원기둥 모양으로 늘려주고 모카 반죽을 길이에 맞게 밀어 펴줍니다.

8 모카 반죽으로 쑥 반죽을 감싸서 경계선을 짚어준 후 비닐로 단단하게 말아서 원통에 담아 냉동실에 2~3시간 넣어 둡니다.

9 반죽이 단단해졌으면 꺼내서 약 0.5cm 두께로 썰어 주세요.

10 반죽을 팬에 넣고 가운데에 물을 살짝 바른 후 검은깨를 올려 키위의 씨앗 모양을 표현해 주세요.

11 팬 뚜껑을 덮고 '1/2약불'로 약 20분간 충분히 구워준 후 불을 조금 더 줄이고 뒤집어서 2~3분간 가볍게 구워 줍니다.

12 키위 빛깔이 얼룩지지 않도록 바닥을 충분히 익힌 후 뒤집고 나서는 색이 돌지 않도록 살짝만 구워주시는 게 포인트입니다.

산에서 방금 주워 온 듯한

밤 모양 만쥬

1 계란을 풀고 설탕, 올리고당, 카놀라유를 넣고 설탕이 녹도록 잘 섞어 주세요.

2 박력분, 코코아가루, 베이킹파우더를 체쳐 넣고 주걱으로 칼질하듯 볼 바닥을 썰어가며 섞어 주세요.

3 마른가루가 모두 흡수되고 나면 위생비닐에 둘로 나눠 담고 냉장고에 30분 이상 넣어 둡니다.

재료(약 32개)

박력분	220g
코코아가루	10g
베이킹파우더	1t
계란	1개
설탕	60g
올리고당	60g
카놀라유	40g
백앙금	320g
장식용 참깨 적당량	

4 칼로 눌러 16등분 해줍니다.

5 손바닥에 굴려 경단 모양으로 만들고 앙금도 반죽보다 살짝 작은 크기로 둥글려 주세요.

6 반죽을 비닐로 덮어 납작하게 눌러 주세요. 테두리 부분을 더 얇게 눌러 주면 앙금을 예쁘게 감쌀 수 있어요.

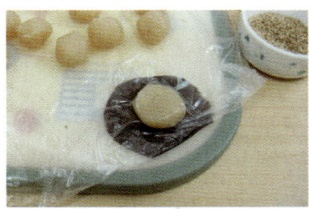

7 앙금을 넣고 동그랗게 감싸서 주둥이 부분을 가볍게 오므려 줍니다.

8 한쪽을 뾰족하게 만들어서 밤 모양을 만들어 주세요.

9 둥근 부분을 물에 살짝 담근 후 키친타올에 가볍게 콕 찍어 흐르는 물기를 제거하고 참깨를 묻혀 주세요.

10 참깨가 묻은 부분을 손바닥으로 살포시 감싸서 떨어지지 않게 고정을 시켜 주세요.

11 반죽을 팬에 담고 표시된 약불보다 불꽃 크기를 반으로 줄여 15~20분간 구워 주세요.

12 윗면의 물기가 거의 다 사라지고 바닥에 갈색이 돌면 뒤집어서 2~3분간 구워 주세요.

먹기조차 아까운
감 모양 만쥬

1 계란을 풀고 설탕, 올리고당, 포도
씨유를 넣고 설탕이 녹도록 저어 주
세요.

2 박력분, 황치즈분말, 베이킹파우
더를 체쳐 넣고 주걱으로 칼질하듯
섞어 줍니다.

3 마른가루가 모두 흡수되고 나면
위생비닐에 둘로 나눠 담고 냉장고
에 20~30분간 넣어 두세요.

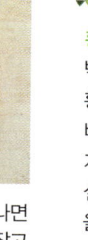

재료(약 32개 분량)

황치즈 반죽

박력분	240g
황치즈분말	20g
베이킹파우더	1t
계란	1개
설탕	60g
올리고당	60g
포도씨유	40g

초록 반죽

박력분	30g
쑥가루	1/2t
물	10g
카놀라유	10g
백앙금	320g

4 분량의 재료를 혼합하여 초록 반
죽을 만들어 주세요.

5 냉장고에서 숙성된 반죽을 꺼내
각각 16등분 해주세요.

6 손바닥에 굴려 경단 모양으로 만
들고 앙금도 반죽보다 살짝 작은 크
기로 둥글려 주세요.

팁

저는 미니 사이즈로 했기 때문
에 약 32개 정도 나왔는데요.
크기가 너무 작아 모양 만드는
데 고생 좀 했답니다. 크기를 두
배로 해서 16개로 만들어 줘도
좋을 듯하네요.^^

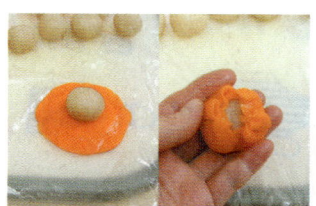

7 반죽을 비닐 귀퉁이로 덮어 납작
하게 눌러준 후 앙금을 넣고 입구를
잘 오므려 주세요.

8 초록 반죽을 살짝 뜯어내어 엄지,
검지로 집어가며 별 모양을 만들어
줍니다.

9 뾰족한 부분을 납작하게 눌러 동
그란 잎사귀 모양을 만들어 주세요.

10 반죽 윗부분을 검지로 찔러 홈
을 파준 후 초록 반죽을 눌러 붙인
후 계피막대기를 꽂아 주세요.

11 호일 위에 반죽을 놓고 실온에
대기시켜 두고 찜통에 불을 지펴 물
을 끓여 줍니다.

12 물이 팔팔 끓으면 반죽을 넣고
중불에서 10분간 쪄주세요.

해바라기 타르트

1 실온에서 말랑해진 버터를 부드럽게 풀고 설탕을 두세 번에 나눠 넣으면서 섞은 후 계란을 넣고 중속으로 1분간 휘핑해 주세요.

2 아몬드가루를 넣고 1단으로 고루 섞어 주세요.

3 박력분을 체쳐 넣고 주걱으로 가볍게 섞고 볼 테두리를 정리해 모아 주세요.

재료(3호 타르트팬)

시트
타르트 반죽 1/2
필링
버터 50g
설탕 50g
계란 1개
박력분 10g
아몬드가루 50g
장식
백앙금 150g
황치즈분말 1T
팥앙금 .... 조금

4 시트를 깐 타르트팬에 채우고 윗면을 정리해 주세요.

5 프라이팬에 넣고 표시된 약불에서 20~25분간 굽다가 윗면의 물기가 거의 다 사라지면 불을 반으로 줄이고 뒤집어서 2~3분 정도 구워주세요. (뒤집는 방법은 186쪽 양파햄 타르트를 참조하세요.)

6 윗면에 요런 색이 돌면 꺼내서 식혀 주세요.

7 백앙금에 황치즈분말을 넣고 고루 섞어 주세요.

8 짤주머니에 나뭇잎 모양 깍지를 끼우고 앙금을 담아 주세요. 팥앙금이 너무 되직할 때는 물을 살짝 넣어서 질기를 조절해 주세요.

9 테두리부터 빙 둘러가며 꽃잎을 짜주세요.

10 팥앙금으로 씨앗 부분을 짜주면 완성입니다.^^

자연의 싱그러움을 그대로~
수박 무스 케이크

1 수박은 둘레 약 64cm 정도 되는 것으로 준비하고 위아래를 잘라낸 후 속을 도려내 주세요.

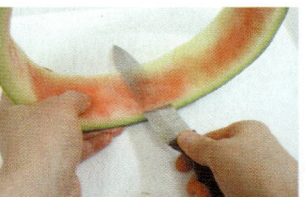

2 껍질의 두께가 일정하게 되도록 (약 8mm) 칼로 잘 정리해 줍니다.

3 무스링을 대고 높이를 정리해 주면 비뚤어지지 않고 예쁜 모양의 틀이 완성된답니다.

🍉 **재료**

(지름 18cm×높이 4.5cm)

시트
시판 카스테라 2개
커피시럽
물 50g
설탕 2T
커피 1T
무스
크림치즈 200g
플레인 요구르트 100g
생크림 100g
수박 100g
설탕 100g
판젤라틴 2장
장식
수박즙 150g
판젤라틴 2장

🍉 **준비**

크림치즈는 쓰기 3~4시간 전에 미리 꺼내두어야 말랑해져요.

4 생크림은 단단하게 거품을 내서 냉장고에 넣어 두고 커피 시럽은 분량의 물을 따뜻하게 데운 후 커피와 설탕을 녹인 후 식혀 두세요.

5 시판 카스테라는 둥근 윗부분은 잘라내고 각 2등분씩 두 개를 준비해 주세요.

6 수박틀에 카스테라를 빈틈없이 깔아 주세요. 빈 공간보다 크게 조각을 자른 후 틈을 벌려가며 꼼꼼하게 채워 줘야 촘촘한 시트가 된답니다.

7 준비해둔 커피 시럽을 숟가락으로 조금씩 떠서 골고루 뿌려 주세요. 만들어둔 시럽을 모두 사용해 주시면 됩니다.

8 무스에 쓸 수박은 설탕과 함께 믹서에 갈아 놓고 젤라틴을 찬물에 주물러 부드럽게 만든 후 전자레인지에 15초 정도 돌려 녹여 주세요.

9 실온에서 말랑해진 크림치즈를 부드럽게 풀어준 후 플레인 요구르트를 고루 섞은 후 미리 휘핑해둔 생크림을 넣고 부드럽게 섞어 주세요.

10 수박즙을 2~3번에 나눠 넣어가면서 고루 섞은 후 반죽이 부드럽게 엉기는 느낌이 들면 녹여둔 젤라틴을 넣고 재빨리 섞어 줍니다.

11 준비해둔 수박틀 안에 약 5mm 정도만 남기고 무스를 채운 후 냉동실에 4~5시간 정도 넣어서 굳혀 줍니다. 이때 틀이 기울어지지 않도록 평평한 곳에 넣어 주세요.

12 무스가 단단하게 얼었으면 장식에 쓸 젤리를 만들어 줍니다. 수박은 믹서에 간 후 굵은 체에 걸러 즙만 준비하고 젤라틴은 물에 불려 전자레인지에 녹인 후 둘을 잘 섞어 주세요.

13 무스를 냉동실에서 꺼낸 후 젤리를 붓고 냉장실에 보관해 주세요. 젤리가 굳으면 수박씨로 장식을 한 후 시원하게 썰어 드시면 됩니다.

시판제품에 대한 미련을 떨쳐버리지 못하셨다면
까짓것 우리도 한번 만들어 보자구요!
아무리 먹어도 느끼하지 않은 착한 이 맛!
정성이 듬뿍 담긴 만큼 성취감 또한 최고랍니다.^^

PART 8

시판제품 따라하기

1 계란을 풀고 설탕, 우유, 포도씨유를 모두 함께 섞어 주세요.

2 설탕이 어느 정도 녹으면 박력분, 코코아가루, 베이킹파우더를 체쳐 넣고 주걱으로 칼질하듯 뒤엎어가며 섞어 주세요.

3 마른가루가 모두 흡수되고 나면 곧바로 주걱질을 멈춰 주세요.

 **재료**(약 11개)

박력분 90g
코코아가루 10g
베이킹파우더 1/2t
계란 1개
설탕 4T
우유 60g
포도씨유 30g
커스터드크림 100g
코팅 초콜릿 200g

 준비

커스터드크림은 미리 만들어서 냉장고에 식혀 두세요.
(44쪽 참조)

4 싱글컵에 버터를 바르고 반죽을 약 1cm 정도씩만 담아 주세요.

5 팔팔 끓는 찜통에 넣고 중불에서 8~10분간 쪄줍니다.

6 완전히 식으면 절반으로 슬라이스 한 후 커스터드크림을 짜고 윗장을 덮어 살짝 눌러 주세요.

7 코팅 초콜릿을 중탕으로 녹여 줍니다.

8 숟가락으로 떠올려 코팅한 후 젓가락으로 들어 올려 비닐을 깐 도마 위에 놓고 굳혀 주세요. 코팅 초콜릿은 실온에서 10~20분 만에 금방 굳는답니다.

9 코팅이 굳고 나면 남은 초콜릿을 짤주머니에 담아 지그재그로 짜주면 모양이 훨씬 예뻐져요.

 **초 코 파 이 의 모 든 것**

초코파이는 스펀지케이크형, 쿠키형 등 여러 가지 방법으로 만들어 봤는데요. 이래저래 번거롭던 차에 갑자기 찜통에 간단하게 쪄도 되겠다는 생각이 들더군요. 샌드된 크림도 머시멜로가 아닌, 집에서 쉽게 만들 수 있는 커스터드크림을 사용해 봤어요.
머시멜로는 칼로리가 높고 몸에도 그렇게 안 좋다고 하네요. 생크림을 써보기도 했는데 요건 코팅할 때 초콜릿이 닿는 곳이 자꾸 녹아내려서 모양이 너무 안 예쁘더라구요.
초코파이… 이제 찜통으로 간편하게 만들어 먹자구요. ^^

모두가 반해버린
빅파이

 재료(약 20쌍)

박력분	280g
버터	120g
설탕	60g
계란	1개
딸기잼	적당량
코팅 초콜릿	200g

1 실온에서 말랑해진 버터를 부드럽게 풀고 설탕을 두 번에 나눠 넣어가면서 섞다가 계란을 넣고 중속으로 1분 정도 휘핑해 주세요.

2 박력분을 체쳐 넣고 주걱으로 칼질하듯 썰어가며 섞어 주세요.

3 마른가루가 안 보이면 반죽을 비닐에 담고 가볍게 뭉친 후 둘로 나눠 담아 주세요.

4 밀대로 얇게 밀어준 후 냉장고에 잠시 넣어 두었다가 반죽이 단단해지면 꺼내서 원형으로 찍어내 주세요.

5 반죽을 팬에 담고 이쑤시개로 찍어 살짝 흔들어서 조금 크게 구멍을 뚫어 주세요. 이쑤시개는 뾰족한 부분을 잘라내고 밀가루를 묻혀가면서 찍어 주세요.

6 프라이팬에 담고 '1/2약불'로 15~20분간 굽다가 뒤집어서 3~5분간 구워 주세요.

7 쿠키가 식으면 딸기잼을 살짝 샌드한 후, 윗장을 덮어 코팅 준비를 해주세요.

8 코팅 초콜릿을 중탕으로 부드럽게 녹여 주세요.

9 숟가락으로 떠올리면서 코팅을 한 후 젓가락으로 조심히 들어 올려 비닐 위에 놓고 굳혀 주세요.

 **콩지의 에피소드**

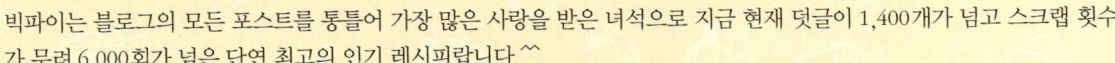

빅파이는 블로그의 모든 포스트를 통틀어 가장 많은 사랑을 받은 녀석으로 지금 현재 덧글이 1,400개가 넘고 스크랩 횟수가 무려 6,000회가 넘은 단연 최고의 인기 레시피랍니다.^^
그때의 경험을 바탕으로 이번엔 맛과 모양을 한층 더 업그레이드시켰구요, 맛을 보니 딱딱하지도 않고 부드럽게 바삭한 것이 정말이지 사먹는 것보다 훨씬 더 맛있더군요. 이웃집에 선물했더니 이걸 어떻게 만들었냐면서 꼬마들이 먹어보고 '환상적이었다'고 꼭 전해 달라고 했다면서 극찬을 해주시더군요. 이런 말을 들을 때면 만들면서 고생했던 기억은 모두 사라지고 기운이 불끈 솟는답니다.
생각보다 어렵지 않으니 여러분도 한번 도전해 보세요.^^

찰떡과 초콜릿의 만남
초코 찰떡파이

1 먼저 백앙금과 피넛버터를 섞은 후 설탕으로 당도를 맞춰서 동그랗게 뭉쳐 속재료를 준비해 주세요.

2 전자레인지용 그릇에 찹쌀가루, 설탕, 소금, 찬물을 모두 넣고 숟가락으로 덩어리가 없게 으깨가면서 곱게 섞어 주세요.

3 랩을 씌워 전자레인지에 돌려 테두리 부분이 익으면서 단단해지면 꺼내서 덜 익은 가운데 부분과 함께 고루 섞어준 후 다시 한번 익혀 주세요. 그런 다음 꺼내서 치대듯 섞다가 가운데로 모아 주세요.

 재료(약 12개)

찰떡

찹쌀가루	100g
설탕	2T
소금	1/4t
물	120g

속재료

백앙금	50g
피넛버터	50g
설탕	2t

코팅

코팅 초콜릿	100g

4 숟가락으로 반죽을 동그랗게 떼어낸 후 손끝에 전분을 묻혀가면서 떼어내 줍니다.

5 찰떡을 납작하게 눌러서 앙금을 넣고 손가락에 전분을 묻혀가면서 입구를 오므려 잘 집어서 봉해 주세요.

 팁

찰떡쿠키는 냉장고에 차게 식힌 후 살짝 단단해졌을 때 먹으면 훨씬 쫀득하고 맛있답니다.

6 손바닥으로 눌러 납작하게 모양을 잡아 줍니다.

7 도마 위에 비닐을 깔고 나란히 놓아 코팅 준비를 해주세요.

8 초콜릿을 중탕으로 녹여 주세요.

9 숟가락으로 초콜릿을 떠올린 후 위아래를 모두 젓가락으로 살짝 훑어내고 비닐 위에 굳혀 주세요.

10 초콜릿이 굳은 후 윗면을 손가락으로 눌러 크랙을 만들어 주면 훨씬 자연스런 모양이 된답니다.

캐러멜 초코바

 재료(약 14개)

생크림	200g
설탕	150g
물엿	60g
피넛버터	1T
견과류	100g
코팅 초콜릿	150g

1 냄비에 생크림을 데운 후 설탕과 물엿을 넣고 중불에서 저으면서 끓여 주세요. 생크림이 많이 끓어오르기 때문에 냄비는 넉넉한 것이 좋아요.

2 순식간에 끓어오르면 바닥에 눌어붙지 않도록 나무주걱으로 저어가면서 계속해서 끓여 줍니다.

3 색이 점점 캐러멜 빛이 되면 타지 않게 계속해서 저어 주다가 걸쭉한 거품이 일어나면 주걱으로 흘러보아 끈적이게 흘러내리면 불을 꺼주세요.

 팁

생크림은 유크림 함량이 높은 동물성 생크림을 사용해 주세요.

4 피넛버터를 한 숟가락 넣고 섞어 주세요.

5 피넛버터가 잘 섞이고 나면 준비해 둔 견과류를 넣고 고루 섞어 줍니다.

6 식기 전에 우유팩에 붓고 잘 눌러가며 평평하게 정리해 주세요.

7 미지근하게 식으면 꺼내서 칼을 대고 힘껏 눌러 썰어준 후 테두리를 만져 주며 모양을 정리해 주세요.

8 코팅용 초콜릿을 뜨거운 물에 중탕으로 녹여 주세요.

9 초콜릿을 숟가락으로 조금씩 떠부으면서 코팅을 해주세요.

10 비닐을 깐 도마 위에 놓고 굳혀 주세요.

초 코 바 의 모 든 것

여러 가지 시판제품을 만들어 봤지만 초코바까지 만들 것이라고는 콩지 스스로도 예상 못했기 때문에 완성 후의 성취감이란 이루 다 말할 수 없었답니다. 조금 난이도가 있긴 하지만 캐러멜을 자주 만들어 보신 분들이라면 누구나 쉽게 만드실 수 있어요.

초코바를 만들 때 가장 중요한 것은 바로 생크림인데요, 반드시 식물성이 아닌 동물성 생크림을 사용해 주셔야 합니다. 식물성 크림은 가열하면 유지가 분리되어 전혀 끓어오르지 않는다는 사실을 경험과 실패를 반복하면서 터득했거든요.

그리고 3번 과정에서 너무 오래 끓이면 식은 후 딱딱하게 돌처럼 굳어지므로 거품이 걸쭉해지면 불을 꺼주셔야 해요. 이 과정에서 바로 식혀서 정사각형으로 썰면 '밀크캐러멜'이 되고 4번 과정 후 식히면 '땅콩캐러멜'이 된답니다.^^ 피넛버터는 맛도 좋지만 캐러멜이 지나치게 딱딱해지는 것을 막아 준답니다. 하지만 너무 많이 넣으면 쫀득함이 떨어지고 느끼할 수 있으니 살짝만 넣어 주세요.

쿠키가 쫀득하다?!
찰떡쿠키

1 실온에서 말랑해진 버터를 부드럽게 풀고 설탕, 소금을 두 번에 나눠 넣어가면서 섞다가 계란을 넣고 중속으로 1분 정도 휘핑해 주세요.

2 박력분과 단호박가루를 체쳐 넣고 주걱으로 칼질하듯 썰어가며 섞어 주세요.

3 마른가루가 모두 흡수되고 나면 주걱질을 멈추고 비닐에 담아 가볍게 뭉쳐준 후 납작하게 눌러 냉장고에 30분 정도 넣어 둡니다.

 재료(약 30개)

반죽

박력분	160g
단호박가루	40g
버터	80g
설탕	80g
소금	1/4t
계란	1개

찰떡

찹쌀가루	150g
쑥가루	1t
설탕	3T
소금	1/2t
물	180g

4 내열그릇에 찰떡 재료를 모두 넣고 숟가락으로 덩어리가 없게 으깨가면서 곱게 섞어 주세요.

5 랩을 씌워 전자레인지에 돌려 테두리 부분이 익으면서 단단해지면 꺼내서 덜 익은 가운데 부분과 함께 고루 섞어준 후 다시 한번 익혀 주세요. 그런 다음 꺼내서 치대듯 섞다가 가운데로 모아 주세요.

6 숟가락으로 반죽을 동그랗게 떼어낸 후 손끝에 전분을 묻혀가면서 떼어내 줍니다.

7 접시에 모아 준비해 주세요.

8 냉장고에서 반죽을 꺼내 찰떡보다 살짝 크게 등분하여 동그랗게 굴려 주세요.

9 반죽을 납작하게 눌러 찰떡을 넣고 오므려 주세요.

10 반죽 위에 비닐을 덮고 손가락이 바닥에 닿도록 꾹 눌러 홈을 파 줍니다.

11 반죽을 손으로 집어가면서 6개의 날개 모양을 만들어 주세요.

12 프라이팬에 담고 '1/2약불'로 15~20분간 굽다가 뒤집어서 3~5분간 구워 주세요.

13 팬에서 뒤집으면 윗면이 요런 모양이 되는데요, 살짝 눌렸지만 나름대로 예쁘답니다.

14 윗면을 생선 굽는 그릴로 옮겨서 살짝 그을려 주면 모양도 그대로 살아 있고 색도 훨씬 예쁩니다. 그릴은 화력이 세므로 타지 않도록 수시로 꺼내서 색을 확인해 주세요.

진짜 야채가 듬뿍
야채 크래커

1 당근을 최대한 잘게 썰어서 마른 프라이팬에 타지 않게 저어가면서 볶아서 수분을 바짝 말려 주세요.

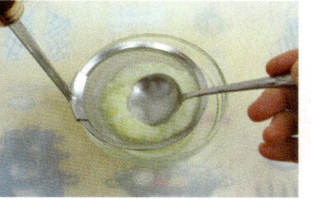

2 양파는 강판에 갈아 체에 살짝 내려서 국물만 준비해 주세요.

3 실온에서 말랑해진 버터를 부드럽게 풀고 황설탕, 소금을 두 번에 나눠 넣어가면서 섞다가 노른자를 넣고 중속으로 1분 정도 휘핑해 주세요.

 재료(약 20개)

박력분	120g
베이킹파우더	1/4t
버터	30g
황설탕	30g
소금	1/4t
노른자	1개
양파즙	30g
당근	60g
파슬리	1t
참깨	1T

4 양파즙을 넣고 섞어 줍니다.

5 박력분과 베이킹파우더를 체쳐 넣고 당근, 참깨, 파슬리를 넣고 주걱으로 칼질하듯 썰어가며 섞어 주세요.

6 마른가루가 안 보이면 반죽을 비닐에 담고 가볍게 뭉쳐 주세요.

7 밀대로 얇게 밀어서 쿠키커터로 찍어내 주세요.

8 반죽을 팬에 담고 이쑤시개로 구멍을 뚫어준 후 소금을 살짝 뿌려 주세요. 이쑤시개는 뾰족한 부분을 잘라내고 밀가루를 묻혀가면서 구멍을 찍어 주세요.

9 팬 뚜껑을 덮고 '1/2약불'에서 15~20분 정도 구워 주세요.

10 바닥에 갈색이 돌면 뒤집어서 2~3분간 타지 않게 구워 주세요.

 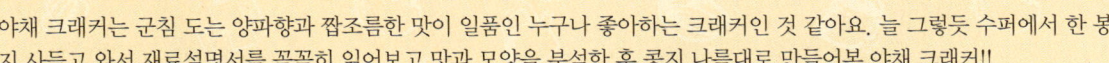

콩 지 의 에 피 소 드

야채 크래커는 군침 도는 양파향과 짭조름한 맛이 일품인 누구나 좋아하는 크래커인 것 같아요. 늘 그렇듯 수퍼에서 한 봉지 사들고 와서 재료설명서를 꼼꼼히 읽어보고 맛과 모양을 분석한 후 콩지 나름대로 만들어본 야채 크래커!!
굽는 동안 거실에 고소한 양파향이 어찌나 진동을 하는지 저절로 입 안에 군침이 돌더군요. 바삭한 맛을 살리기 위해서는 야채분말을 섞어 주면 좋겠지만 집 안에 그런 것이 있을 리 만무하고 콩지는 진짜 야채를 이용해 나름대로 머리 굴려가며 만들어 봤는데요, 바싹 구우니까 충분히 바삭하고 맛있더군요.
맨 처음 레시피를 짤 때 너무 막연하여 인터넷 검색을 시도해 봤으나 이게 웬일? 정보의 바다라고 하는 인터넷에 야채 크래커 레시피가 거의 전무한 상태더군요. 오호!! 희소성의 가치에 더욱 매력을 느낀 콩지는 곧바로 작업에 착수하여 당당하게 성공하고 말았다지요. ^^
재료를 준비하는 데 약간의 번거로움이 있지만 만들고 난 후의 이루 말할 수 없는 뿌듯함을 안겨준 맛있는 야채 크래커, 이제 집에서 직접 만들어 먹자구요. ^^

코코넛 향이 너무 좋아~

코코넛 비스킷

1 실온에서 말랑해진 버터를 부드럽게 풀어준 후 설탕, 소금을 두 번에 나눠 넣어가면서 섞어 주세요.

2 계란을 넣고 중속으로 1분 정도 섞어 줍니다.

3 박력분과 베이킹파우더를 체쳐 넣고 코코넛가루를 넣어 주걱으로 칼질하듯 섞다가 마른가루가 안 보이면 곧바로 중단하고 한 덩이로 모아 주세요.

 재료(약 40개)

박력분	200g
코코넛가루	100g
베이킹파우더	1/2t
버터	120g
황설탕	80g
소금	1/4t
계란	1개

 준비

버터와 계란은 쓰기 전에 미리 냉장고에서 꺼내 두세요.

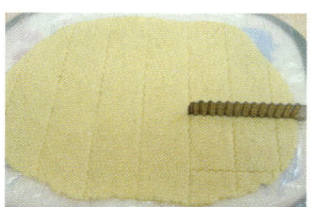

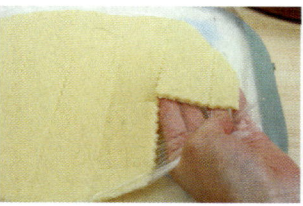

4 반죽을 비닐에 담고 밀대로 얇게 밀어준 후 냉장고에 넣어 뒀다가 굳으면 꺼내서 묵칼로 눌러 사각형으로 잘라 주세요.

5 비닐 밑에 손을 넣어 경계 부분을 꺾어 반죽을 떼어낸 후 프라이팬에 놓아 주세요.

6 이쑤시개로 구멍을 예쁘게 뚫어준 후 설탕을 솔솔 뿌려 줍니다.

7 팬 뚜껑을 덮고 '1/2약불'에서 15~20분 정도 구워 주세요.

8 바닥에 갈색이 돌면 뒤집어서 2~3분간 타지 않게 구워 주세요.

9 윗면에 전체적으로 고른 색이 돌면 꺼내서 식혀 주세요.

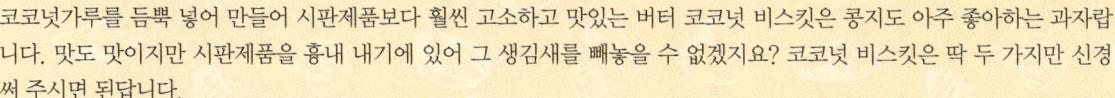 콩지의에피소드

코코넛가루를 듬뿍 넣어 만들어 시판제품보다 훨씬 고소하고 맛있는 버터 코코넛 비스킷은 콩지도 아주 좋아하는 과자랍니다. 맛도 맛이지만 시판제품을 흉내 내기에 있어 그 생김새를 빼놓을 수 없겠지요? 코코넛 비스킷은 딱 두 가지만 신경 써 주시면 된답니다.

첫째는 묵칼을 이용해 주름 모양으로 커팅을 해주는 것이고, 둘째로 중요한 것은 바로 구멍의 개수인데, 총 세 줄로 찍어 주되 양쪽은 각각 6개, 가운데는 5개를 찍어 주면 제법 그럴싸한 모양의 코코넛 비스킷이 된답니다. ^^

코코넛가루를 사두고 마땅한 레시피가 없어 구석에 넣어 두고 계신다면 지금 당장 꺼내셔서 만들어 보세요.

모양에 상관없이 그냥 네모 모양으로 썰어서 구우셔도 되니까 부담 갖지 마시고 맛나게 구워 드세요.

와우~ 진짜 같다!!

초코 샌드쿠키

1 실온에서 말랑해진 버터를 부드럽게 풀고 설탕, 소금을 두 번에 나눠 넣어가면서 섞다가 계란을 넣고 중속으로 1분 정도 휘핑해 주세요.

2 박력분, 코코아가루를 체쳐 넣고 칼질하듯 볼 바닥을 썰어가며 섞어 주세요.

3 마른가루가 모두 흡수되고 나면 볼 주변을 정리해서 한 덩이로 모아 주세요.

4 반죽을 비닐에 담고 가볍게 뭉친 후 둘로 나눠 담아 주세요.

5 밀대로 얇게 민 후 냉장고에 잠시 넣어 둡니다.

6 스탬프에 밀가루를 묻혀서 힘껏 눌러 문양을 찍어 주세요.

7 작은 사이즈의 이쑤시개통으로 한번 더 찍어내 줍니다.

8 요렇게 선명한 무늬가 나와 주어야 굽고 나서도 무늬가 사라지지 않아요.

9 프라이팬에 담고 '1/2약불'로 15~20분간 굽다가 뒤집어서 3~5분간 구워 주세요.

10 바구니에 식혀 주세요.

11 미리 준비해둔 샌드크림을 짜준 후 위에 한 개씩 덮고 살포시 눌러서 완성한 후 냉장고에 넣어 뒀다가 크림이 단단해지면 꺼내 드세요.

 재료(약 25쌍)

반죽
박력분 160g
코코아가루 60g
버터 120g
설탕 80g
소금 1/4t
계란 1개
샌드크림
버터 60g
슈거파우더 100g

 준비

1. 버터와 계란은 쓰기 전에 미리 냉장고에서 꺼내 두세요.
2. 샌드크림은 미리 만들어서 짤주머니에 담아 두세요. (45쪽 참조)

 팁

반죽이 질면 구울 때 부풀면서 문양이 흐릿해지기 때문에 반죽을 조금 되게 하는데 가루 섞으실 때 조금 까다로울 수 있어요. 무늬를 찍지 않는 경우라면 코코아가루를 50g만 넣어 주셔도 됩니다. ^^

고소한 땅콩과 달콤한 크림의 만남

땅콩 샌드쿠키

1 땅콩은 잘게 부숴서 마른 팬에 노르스름하게 볶은 후 식혀 두세요.

2 실온에서 말랑해진 버터를 부드럽게 풀고 설탕을 두 번에 나눠 넣어가면서 섞다가 계란을 넣고 중속으로 1분 정도 휘핑해 주세요.

3 박력분을 체쳐 넣고 볶아둔 땅콩과 함께 주걱으로 칼질하듯 썰어가며 섞어 주세요.

4 가루가 반 이상 흡수되고 나면 주걱을 짧게 잡고 쿡쿡 찍어가며 마른가루가 안 보일 때까지 계속해서 칼질을 해줍니다.

5 마른가루가 모두 흡수되고 나면 반죽을 비닐에 담고 가볍게 뭉친 후 둘로 나눠 담아 주세요.

6 밀대로 얇게 밀어 펴준 후 냉장고에 잠시 넣어 둡니다.

7 문양을 찍을 스탬프를 준비해 주세요. 요건 떡 만들 때 쓰는 도구인데요, 방산시장에서 5천원이나 주고 구입했답니다.

8 냉장고에서 단단해진 반죽을 꺼내 위 비닐을 걷어내고 스탬프에 밀가루를 묻혀서 힘껏 눌러 문양을 찍어 주세요.

9 주름커터로 한번 더 찍어내서 프라이팬에 놓아 주세요. 여러 개를 한꺼번에 찍지 말고 하나씩 찍어서 팬에 옮긴 후 다시 찍어 주세요.

10 두꺼운 음료 빨대로 구멍을 뚫어 줍니다. 반죽을 찍은 후 살짝 돌려서 빼주어야 구멍에서 반죽이 제거된답니다.

11 프라이팬에 담고 '1/2약불'로 15~20분간 굽다가 뒤집어서 3~5분간 구워 주세요.

12 미리 만들어둔 샌드크림을 짜준 후 뚜껑을 덮어 구멍 사이로 크림이 살짝 솟아나오도록 가볍게 눌러 주세요.

 재료(약 18쌍)

반죽

박력분	260g
버터	120g
황설탕	60g
소금	1/4t
계란	1개
땅콩	50g

샌드크림

버터	50g
피넛버터	50g
슈거파우더	100g

 준비

1. 버터와 계란은 쓰기 전에 미리 냉장고에서 꺼내 두세요.
2. 샌드크림은 미리 만들어서 짤주머니에 담아 두세요. (45쪽 참조)

 팁

1. 문양은 장식용이므로 굳이 찍지 않으셔도 됩니다.
2. 샌드크림 없이 그냥 먹어도 맛있어요.

불가능이란 없다
피자맛 토핑 쿠키

1 실온에서 말랑해진 버터를 부드럽게 풀고 설탕, 소금을 두 번에 나눠 넣어가면서 섞다가 계란을 넣고 중속으로 1분 정도 휘핑해 주세요.

2 박력분과 아몬드가루를 체쳐 넣고 주걱으로 칼질하듯 썰어가며 섞어 주세요.

3 반죽을 비닐에 담고 밀대로 얇게 밀어준 후 냉장고에 넣고 굳혀 주세요.

 재료(약 48개)

반죽

박력분	230g
아몬드가루	60g
버터	100g
설탕	80g
소금	1/4t
계란	1개

토핑

케첩, 슬라이스아몬드, 파마산 치즈, 파슬리 적당량씩

4 반죽이 휴지되는 동안 토핑 재료를 준비해 주세요. 슬라이스아몬드는 작게 부숴 주세요.

5 냉장고에서 단단해진 반죽을 꺼내 5cm 크기로 찍어내 줍니다.

6 반죽을 팬에 담고 케첩을 동그랗게 펴 발라 주세요.

 혼당만들기

슈거파우더	30g
물	5g

소량의 물에 슈거파우더를 조금씩 넣고 숟가락으로 저어가면서 되직해지도록 물과 슈거파우더를 추가해가며 농도를 맞춰 주세요.

7 파마산 치즈와 슬라이스아몬드, 파슬리를 올려 줍니다.

8 반죽을 프라이팬에 담고 '1/2약불'에서 15~20분 정도 구워 주세요.

9 반죽을 쿠키팬에 옮겨 담고 생선 굽는 그릴에 넣어 약불에서 살짝만 구워 주세요. 그릴은 화력이 세므로 타지 않도록 수시로 꺼내서 색을 확인해 주세요.

10 쿠키가 식으면 혼당을 지그재그로 짜주세요.

 **콩 지 의 에 피 소 드**

피자맛으로 뭘 만들어도 인기가 많은 것 같아요. 시중에서 파는 과자를 먹어보니 짭조름한 것이 제법 맛이 좋길래 콩지도 한번 만들어 봤답니다. 토핑으로 케첩을 바르면 쿠키가 눅눅해지진 않을까… 정말 피자맛이 날까… 여러 가지 의구심을 품은 채 무작정 만들기에 돌입. 완성 후 맛을 보고 이 모든 것은 기우였음을 깨달았답니다.

시판제품과 맛이 똑같진 않지만 일단 과자는 바삭했구요, 케첩이 쫀득하면서 짭조름한 파마산 치즈와 고소한 아몬드가루가 어우러져 진짜 피자맛이 나는 새로운 느낌의 쿠키가 되었답니다.

이번 쿠키는 케첩을 비롯해서 토핑된 재료들을 바짝 구워야 바삭한 쿠키가 되기 때문에 윗면은 되도록 그릴에 굽는 것이 좋을 듯하네요. 물론 오븐에 구우면 더욱 바삭하고 맛있겠지요. ^^

만드는 데 공이 많이 드는 과자이긴 하지만 완성 후 맛과 모양에 모든 것을 잊게 해주는 맛있는 피자맛 토핑 쿠키~ 여러분도 한번 만들어 보세요. ^^

쫀득하고 달콤한
단호박 찰떡 아이스

 재료(약 6~7개)

아이스크림

삶은 단호박	150g
생크림	30g
설탕	4T
초코칩	30g
호두	30g

찰떡

찹쌀가루	100g
쑥가루	1/2t
설탕	2T
소금	1/4t
물	120g
덧가루용 전분	적당량

1 삶은 단호박에 생크림과 설탕을 넣고 섞어준 후 초코칩과 호두를 넣어 단호박 아이스크림을 완성해 주세요.

2 미니 종이컵에 랩을 덮은 후 또 다른 컵으로 눌러 컵 안에 랩을 깔아 줍니다.

3 랩이 깔린 종이컵에 단호박 아이스크림을 2/3 정도 채우고 입구를 빙빙 돌려 봉해 주세요.

4 같은 방법으로 나머지도 컵에 담은 후 냉동실에 얼려 주세요.

5 전자레인지용 그릇에 찰떡 재료를 모두 넣고 숟가락으로 짓이겨 덩어리가 없게 곱게 으깨서 섞어 주세요.

6 랩을 씌워 전자레인지에 1~2분 간격으로 돌리다가 테두리가 익기 시작하면 꺼내서 저어준 후 다시 가열해 주기를 두세 번 반복해서 끈기가 있는 찰떡을 완성해 주세요.

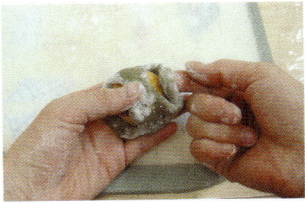

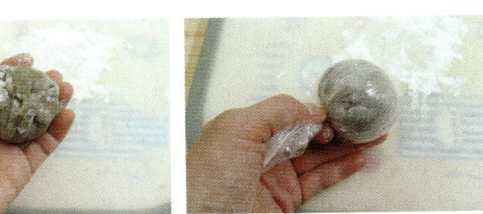

7 찰떡이 어느 정도 식으면 숟가락으로 동그랗게 떠낸 후 전분을 손에 묻혀가면서 떼어내 주세요.

8 손바닥에 굴려 동그랗게 만든 후 살짝 납작하게 눌러놓고 냉동실에서 아이스크림을 꺼내 찰떡 위에 놓고 반죽 끝을 길게 당기면서 서로 겹쳐가며 입구를 봉해 주세요. 이때 손가락 끝에 전분을 수시로 묻혀 주면서 작업해야 들러붙지 않아요.

9 랩으로 감싸 입구를 빙빙 돌려 단단하게 밀착시킨 후 입구 부분이 바닥으로 오도록 놓고 냉동실에 얼려 주세요.

 ## 콩지의에피소드

수퍼에 가면 늘 계산대 옆에 아이스크림 냉장고가 있어서 줄을 서는 동안 이것저것 눈요기를 하게 되는데 그 중 찰떡 아이스가 유독 눈에 밟히더군요. 하지만 그때만 해도 도전 불가능한 종목이라고 생각했었지요. 그런데 자꾸 보니까 점점 가능할지도 모른다는 생각이 들면서 머릿속에서는 이미 방법을 찾고 있더군요.

상상 속에서 수도 없이 방법을 달리해가며 시행착오를 거치는 과정에서 그 상상은 계속해서 진화가 거듭되었고 드디어 실현 가능한 방법이 떠오르면서 당당하게 성공하게 된 콩지표 찰떡 아이스!!

처음엔 시판 아이스크림을 넣고 만들었는데 너무나 빨리 녹아버려서 작업하기가 상당히 어렵더군요.

그래서 쉽게 녹지 않도록 단호박을 사용하였고 초코칩과 견과류로 씹는 맛을 더해 주었더니 이거이거… 제법 먹을 만한데요.

냉동실에서 꺼내 살짝 녹은 후 먹으면 쫀득한 쑥찰떡과 달콤한 단호박 아이스크림이 너무나 잘 어울리고 초코칩과 호두가 아작아작 씹히면서 사먹는 것보다 오히려 더 맛있는 거 있죠.^^ 이때 속에 들어갈 아이스크림은 얼린 후 찰떡과 함께 먹게 되므로 약간 달달하게 만들어야 맛있답니다.

초보분들껜 조금 까다로운 작업일 수 있으나 새로운 것을 도전해 보고 싶으신 분들께서는 꼭 한번 만들어 보세요.

우리를 유혹하는 패스트푸드점과 달콤한 아이스크림 전문점…
이제 더 이상 눈길 주지 마세요.
내 입맛에 딱 맞는 간식거리와 실패하기 더 어려운
초간단 아이스크림이 여러분을 기다립니다!

PART 9

간식 & 디저트

상큼한 딸기가 통째로~
딸기찰떡

 **재료**(약 12개)

찹쌀가루	100g
설탕	3T
소금	1/4t
물	130g
딸기	12개
딸기잼	1T
시판 카스테라	1개
전분	적당량

1 볼에 찹쌀가루, 설탕, 소금, 물을 모두 섞어 덩어리가 없게 으깨가며 곱게 섞은 후 랩을 씌워 전자레인지에 돌려 주세요.

2 테두리부터 익기 시작해 중앙이 아직 물컹할 때 꺼내서 힘차게 저어 준 다음 다시 전자레인지에 돌려서 완전히 익힌 후 다시 한번 치대듯 고루 섞어서 동그랗게 한 덩이로 모아 주세요.

3 찰떡이 살짝 식으면 숟가락으로 동그랗게 떼어내 주세요.

 준비

1. 찹쌀가루는 시판용을 사용했어요.
2. 딸기는 크기가 작은 것으로 준비해 주세요.

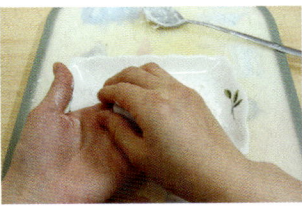

4 손가락에 전분을 묻혀가며 떼어내 주세요.

5 전분이 묻은 반죽을 손바닥에 놓고 잽싸게 비벼주면 전분이 얇고 고르게 도포되어 손에 들러붙지 않는답니다.

6 반죽을 납작하게 눌러준 후 꼭지를 뗀 딸기를 감싸 주세요.

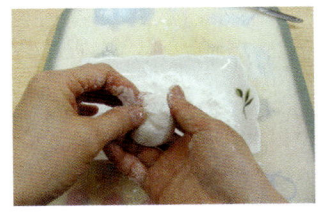

7 손에 계속해서 전분을 묻혀가면서 주둥이 부분을 집어가며 오므려 주세요.

8 카스테라를 굵은 체에 내려 주세요.

9 딸기가 든 찰떡을 딸기잼에 살짝 굴린 후 카스테라가루를 묻힌 후 접시에 담고 딸기꼭지로 예쁘게 장식해 주세요.

콩 지 의 에 피 소 드

미용실에 갔다가 우연히 잡지책에서 찹쌀가루를 익반죽하여 딸기를 넣고 물에 데쳐낸 떡을 보고, 별 이상스런 떡이 다 있구나… 찰떡에 딸기를 넣은 것도 독특한데 뜨거운 물에 데치기까지 한 레시피가 있네, 하고 다소 엽기적이라 생각하며 집에 돌아왔는데 자꾸 그 독특함이 지워지질 않더군요.

마침 집에 딸기가 있어 콩지도 나름대로 만들어 봤는데 모양도 예쁘고 맛이 생각보다 훨씬 좋더군요.

일단 쫀득한 찰떡과 상큼한 딸기가 너무 잘 어울리고 딸기잼과 카스테라가 그 맛을 배가시켜 준답니다. 특히나 썰었을 때 단면이 너무 예뻐서 손님상에 내놓으면 인기 만점일 것 같네요.

딸기찰떡은 독특한 모양새 때문에 인터넷에서도 엄청난 인기를 얻은 레시피랍니다.^^

나중에 안 사실이지만 일본에도 딸기모찌가 있다네요. 딸기와 찰떡은 확실히 잘 어울리는 재료인가 봅니다.^^

느끼함은 가라! 든든하고 푸짐한

고구마 찰떡 피자

치즈는
전자레인지에도 잘 녹는다구~

고구마, 너 오늘
잘 만났다~

고구마와 찰떡의 만남이라,,,,,

1 고구마가 뜨거울 때 으깬 후 우유, 소금, 찹쌀가루를 넣고 잘 섞어 주세요.

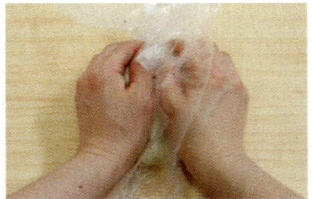

2 반죽을 비닐에 넣고 손으로 주물러가며 치대 줍니다.

3 반죽을 살짝 눌러서 손바닥 크기만하게 만들어 주세요. 너무 크면 프라이팬에 옮겨 담기가 불편하거든요.

재료(약 18cm 1개)

도우
삶은 고구마 200g
우유 100g
찹쌀가루 100g
소금 1/2t

토핑
김치 1장
스팸 50g
양파 1/2개
통조림 콘 80g
피자치즈 100g
케첩, 마요네즈 ....적당량
장식용 고구마 2개

4 프라이팬에 기름을 두르고 달군 후 고구마 반죽을 넣고 손바닥으로 눌러가면서 약 18cm 정도 되도록 모양을 잡아가며 구워 주세요.

5 살짝 들춰봐서 바닥에 짙은 갈색이 돌면 뒤집어서 역시 갈색이 돌도록 구워 줍니다. 도우가 부서지지 않도록 뒤집기는 딱 한 번만 해주세요.

6 전자레인지용 접시에 조심스럽게 쏟아내 주세요.

7 김치를 살짝 헹군 후 물기를 꼭 짜서 가위로 잘게 잘라준 후 기름을 두른 프라이팬에 햄, 양파를 함께 다져 넣고 살짝 볶은 후 후춧가루로 간을 해줍니다.

8 도우 위에 케첩을 펴바른 후 볶아둔 토핑 재료들을 꾹꾹 눌러가며 골고루 올리고 통조림 콘도 함께 올려 주세요.

9 마요네즈를 빙 둘러 뿌려준 후 장식용 고구마 12조각을 예쁘게 올려 줍니다.

10 피자치즈를 듬뿍 올리고 전자레인지에서 3~5분간 치즈가 녹을 때까지만 돌려 주면 완성.

MEMO

나들이 간식으로 딱!!
참치 샌드위치

요거 들고
소풍가고 싶다

고소한 참치를
듬뿍 넣었어요 ^^

상큼한 피클은 필수~

1 151쪽 모닝빵 만들기를 참조하여 빵 8개를 준비해 주세요.

2 참치는 기름기를 꼭 짜내고 분량의 재료를 섞어 주세요.

3 양상추는 작게 뜯어 놓고 토마토와 피클은 얇게 썰어 준비해 주세요.

재료(8개)

빵

강력분	150g
설탕	1T
소금	1/2t
이스트	2/3t
물	80g
포도씨유	20g

참치양념

참치	1캔
마요네즈	4T
쪽파	2T
통조림 콘	2T
소금, 후추	약간

샌드 재료

체다치즈 8장
양상추, 피클, 토마토
케첩, 마요네즈

4 빵을 두 쪽으로 가른 후 케첩과 마요네즈를 넉넉히 펴 발라 주세요. 머스터드소스를 함께 발라 주셔도 좋아요.

5 체다치즈 한 장을 둘로 나눈 후 각각을 접어서 양쪽에 놓아준 후 피클을 올려 줍니다. 슬라이스햄을 넣어도 좋아요.

6 토마토, 양상추를 올린 후 참치를 동그랗게 뭉치듯 떠내어 올려 주세요.

7 빵을 반으로 접은 후 숟가락으로 삐져 나온 재료들을 정리해 줍니다.

8 이렇게 해서 모두 8개가 완성되었으면 각각을 랩에 싸서 냉장고에 보관해 두시면 됩니다.

9 플라스틱 용기에 담아 주면 훨씬 근사하답니다.^^

콩 지 의 에 피 소 드

샌드위치 레시피는 블로그에 아직 한 번도 올린 적이 없는지라, 이번에 근처 제과점을 다 돌아다니며 샘플로 몇 개 사들고 와서 분해하고 맛을 보고 여러 가지 분석을 마친 후 콩지 나름의 새로운 샌드위치를 만들어 봤답니다. 결과는 대성공!! 맛도 모양도 훌륭하군요.
마침 다음날 동생이 친구들과 단체로 나들이를 가신다길래 새벽까지 완성한 후 싸 보냈더니 너무너무 맛있게 잘 먹었다고 하더라구요. 역시 음식은 먹이는 재미인가 봅니다.^^

통치즈가 그대로

치즈 스틱

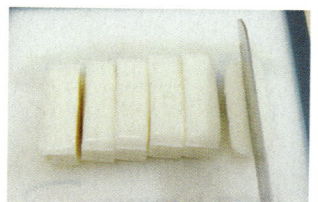

재료(12개)

피자치즈	200g
계란	1개
소금	약간
밀가루	적당량
빵가루, 파슬리	적당량

1 200g짜리 피자치즈를 6등분 한 후 각각을 다시 2등분 해서 총 12등분 해주세요.

2 밀가루, 계란, 밀가루, 계란, 빵가루 순서로 튀김옷을 입혀 주세요. 밀가루와 계란을 두 번 반복해 줘야 튀김옷이 두꺼워서 치즈가 새어 나오지 않아요.

3 빵가루가 묻은 치즈를 손으로 가볍게 감싸주어 튀김옷을 단단히 눌러 주세요.

준비

1. 계란은 소금간을 해서 잘 풀어 두세요.
2. 빵가루에 파슬리를 섞어 두세요.

4 튀김옷을 모두 입힌 치즈는 곧바로 튀겨도 되고 냉동실에 넣어 뒀다가 필요할 때 꺼내서 튀기시면 됩니다.

5 작은 냄비에 기름을 넣고 빵가루를 던져봐서 곧바로 거품을 일으키며 격하게 끓어오를 때까지 고온으로 데워 주세요.

6 부침개 뒤집개에 세 개씩 올려 풍덩 빠뜨려 주세요. 이때 넣자마자 요란한 소리를 내며 거품이 심하게 일어나야 해요.

7 치즈가 터져 나오기 전에 약 10초 정도만 튀긴 후 곧바로 건져내 주세요. 온도가 높기 때문에 튀김옷이 금세 갈색이 된답니다.

8 바로 옆에 키친타올을 깐 쟁반을 두고 바로바로 꺼내서 식혀 주세요.

9 튀김옷이 바삭할 때 맛나게 드세요.^^

콩지의에피소드

치즈 스틱은 오래전에 쉬운 줄만 알고 아무 생각 없이 만들었다가 치즈가 기름에 다 터져 나와 버려서 낭패를 본 경험이 있지요. 그 후로는 수퍼에 갈 때마다 냉동된 치즈 스틱을 보면서 너는 왜 터지지 않는 것이냐!! 맘속으로 수없이 외치면서 틈틈이 원인분석에 들어갔고 제품을 유심히 살펴본 결과 비법은 바로 두꺼운 튀김옷일지도 모른다는 중요한 단서를 포착, 당장 달려와서 작업한 결과 예상이 적중하였던 것입니다.

| 터지지 않는 치즈 스틱 만들기 |
비법1. 튀김옷을 입힐 때 밀가루와 계란옷을 번갈아가며 두 번씩 입혀준다.
비법2. 고온에서 단시간에 튀겨낸다.

이 두 가지만 지켜주시면 이제 터지지 않는 치즈 스틱 만들기는 문제없답니다.^^

고구마의 이색 변신
초코 고구마 만쥬

팥앙금을 가장한
고구마 앙금~

검은깨로
더욱 돋보이게^^

암만 봐도
단팥빵 같어…

1 고구마를 삶아 뜨거울 때 으깬 후 설탕과 코코아가루를 넣고 잘 섞어 주세요.

2 볼에 계란, 포도씨유, 설탕을 넣고 설탕이 녹도록 잘 섞어 주세요. 따뜻한 물 위에 놓고 섞어 주면 시간이 단축되겠지요?

3 박력분과 베이킹파우더를 체쳐 넣고 주걱으로 칼질하듯 썰어가며 섞어 주세요.

 재료(약 18개)

반죽

박력분	190g
베이킹파우더	1/2t
설탕	80g
계란	1개
포도씨유	20g

속재료

삶은 고구마	200g
코코아가루	2t
설탕	60g

4 마른가루가 모두 흡수되고 나면 위생비닐에 담아 냉장고에 30분 이상 넣어 두세요.

5 위 비닐을 걷어내고 칼로 눌러 적당한 크기로 등분해 주세요. 크기가 작은 것들은 서로 뭉쳐 균일한 크기로 만들어 주세요.

6 고구마 앙금도 반죽 개수에 맞게 동그랗게 뭉쳐 준비해 주세요. 앙금 크기는 반죽과 비슷하거나 살짝 작게 만들어 주세요.

7 반죽을 비닐로 덮어 납작하게 눌러준 후 앙금을 넣고 주둥이를 오므려 동그랗게 만들어 주세요.

8 반죽을 다시 납작하게 눌러준 후 칼집을 4군데 넣어준 후 검은깨를 박아 장식해 주세요.

9 팬에 간격을 두고 담은 후 약불에서 5분간 굽다가 불꽃 크기를 반으로 줄인 후 15분 정도 구워 주세요.

10 바닥이 타지 않을 만큼 갈색이 돌면 뒤집어서 타지 않게 2~3분간 구워 주세요.

  콩지의에피소드

예전에 만쥬를 만들려고 보니 만들어둔 팥앙금이 하나도 없더군요. 새로 만들자니 너무 번거롭고 귀찮아서 뭐 좋은 방법이 없을까 생각하다가 고구마에 코코아가루를 섞어봤더니 영락없는 팥앙금처럼 생긴 거 있죠.

만든 김에 모양도 팥앙금빵처럼 만들어 봤는데 너무 귀엽고 맛도 좋더라구요.^^

앙금은 살짝 달콤해야 맛있으니 입맛에 맞게 설탕을 조절해 주세요.

인도의 탄두리빵

난

딱딱하지 않아요~

난은
역시 카레와 함께^^

오~~
모양이 제법인데?ㅋ

1 강력분, 베이킹파우더, 소금, 물을 모두 섞고 주물러서 한 덩이로 뭉치면 실온에서 말랑해진 버터를 넣고 가볍게 치댄 후 표면이 매끄러워지면 비닐을 덮어 실온에 30분 정도 가만히 두세요.

2 반죽을 칼로 눌러 6등분 한 후 동그랗게 뭉쳐 비닐로 덮어 놓고 하나씩 꺼내 밀어 줍니다.

3 도마 위에 밀가루를 살짝 뿌린 후 비닐을 덮은 채 길쭉한 모양으로 얇게 밀어 펴주세요.

 재료(6개)

빵

강력분 150g
베이킹파우더 1t
소금 1/2t
물 80g
버터 20g

버터 10g
마늘 2개
파슬리 .... 조금

... 준비

 준비

마늘은 대충 다진 후 말랑해진 버터와 함께 섞어 두세요.

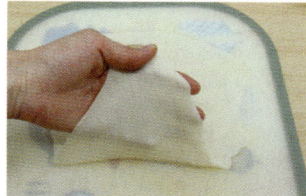

4 끝부분부터 조심히 한 번에 뜯어 내 주세요.

5 프라이팬에 끝에서부터 서서히 놓아준 후 접힌 부분은 당겨서 펼친 다음 손끝으로 눌러 모양을 다듬어 줍니다.

6 표면에 파슬리를 뿌린 후 붓으로 마늘을 섞은 버터를 펴 발라 주세요.

7 팬 뚜껑을 닫고 강불에서 2분간 굽다가 뒤집어서 30초 정도 구워 주세요.

8 뒤집고 나서는 납작하게 눌러 줘야 전체적으로 색이 고르게 난답니다.

9 앞뒤가 살짝 노르스름해지고 들어봤을 때 딱딱하지 않고 축 처지게 부드러운 상태일 때 꺼내 주세요.

10 식으면서 딱딱해지지 않도록 뜨거울 때 비닐에 겹쳐 담고 식혀 주세요. 반죽을 4등분 해서 동그랗게 구워 주면 또띠야가 된답니다.

 난 의 모 든 것

난은 인도 사람들이 먹는 담백한 빵으로, 탄두리라고 불리는 항아리처럼 생긴 큰 화덕에 구워낸다 하여 탄두리빵이라고도 한답니다.

난은 주로 카레와 함께 먹으면 맛있어요. 난이 뭔지도 모르던 오래전에 인도 음식점을 간 적이 있었는데 사라져가는 그때의 기억을 더듬으며 수없이 많은 시행착오를 거치면서 드디어 촉촉한 난 만들기에 성공한 콩지!!

이때는 정말 눈물이 나더군요. 난은 자칫하면 딱딱한 밀가루 과자가 되어버리는 경우가 많은데요, 야들야들 촉촉한 난을 만드는 가장 중요한 포인트는 바로 센불에서 잽싸게 구워내야 한다는 사실입니다. 그리고 표면에 버터를 발라주어 촉촉함을 더했구요, 마늘을 발라줬더니 그 향이 정말 끝내주더군요.

역시 카레에 찍어 먹으니 정말 맛있네요. 카레는 밥보다는 밀빵이 훨씬 잘 어울린다는 것도 이때 처음으로 깨닫게 되었답니다.^^

또띠야로 쉽게 만드는
치킨 트위스터

포장도 그럴싸하게

카레향을 품은
바삭한 닭가슴살~

촉촉한
토마토는 필수!!

오우~
이 신선한 채소 들~

1 287쪽 난 만들기를 참조하여 반죽을 4등분 해서 또띠야 4장을 구워 준비해 주세요. 시판 또띠야(약 20cm)를 쓰시면 더욱 편리하겠지요?

2 닭가슴살은 길게 썰어서 카레가루, 소금, 후추, 다진 마늘을 넣고 고루 버무린 후 간이 배도록 10분 정도 놔두세요.

3 양념된 닭가슴살을 밀가루, 계란, 파슬리 섞은 빵가루 순으로 묻혀 주세요.

🐟 **재료**(4개)

또띠야

강력분	150g
베이킹파우더	1t
소금	1/2t
물	80g
포도씨유	20g

치킨양념

닭가슴살	300g
카레가루	1T
소금, 후추, 마늘	약간씩

튀김옷

밀가루	3T
계란	1개
빵가루	50g
파슬리	약간

소스

마요네즈
머스터드소스
스테이크소스

야채

치커리, 양상추, 토마토 등등

4 기름을 뜨겁게 달군 후 빵가루 하나를 던져봐서 지글지글 끓으면서 떠오르면 닭가슴살을 넣고 앞뒤로 노르스름하게 튀겨내 주세요.

5 키친타올을 깔고 식혀 두세요.

6 바닥에 랩을 깔고 또띠야를 놓은 후 머스터드소스를 펴 발라 주세요.

7 각종 채소와 튀겨 놓은 닭가슴살을 올린 후 마요네즈와 스테이크소스를 중간중간 뿌려 주세요.

8 또띠야를 양쪽에서 단단하게 당겨서 겹쳐 주세요.

9 끝부분을 랩과 함께 접어 올린 후 양쪽 랩을 당기면서 감싼 후 또띠야가 풀리지 않도록 고정시켜 줍니다.

10 바로 드셔도 되고 냉장고에 넣어 두었다가 또띠야가 촉촉해진 후 드시면 더욱 맛있답니다.

콩 지 의 에 피 소 드

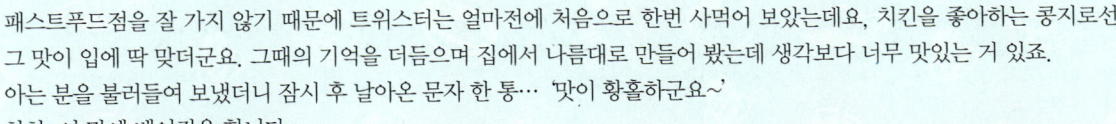

패스트푸드점을 잘 가지 않기 때문에 트위스터는 얼마전에 처음으로 한번 사먹어 보았는데요, 치킨을 좋아하는 콩지로선 그 맛이 입에 딱 맞더군요. 그때의 기억을 더듬으며 집에서 나름대로 만들어 봤는데 생각보다 너무 맛있는 거 있죠.
아는 분을 불러들여 보냈더니 잠시 후 날아온 문자 한 통… '맛이 황홀하군요~'
하하, 이 맛에 베이킹을 합니다.
트위스터는 소스도 중요하지만 토마토를 반드시 넣어 주셔야 촉촉하고 맛있다는 거 잊지 마세요.^^

카레 뚜껑 피자

재료(2개)

또띠야

강력분	150g
베이킹파우더	1t
소금	1/2t
물	80g
포도씨유	20g

속재료

스팸	50g
양파	1/2개
청·홍 피망	1/4개씩
통조림 콘	50g
카레가루	1T
소금, 후추	적당량
케첩	적당량
피자치즈	100g

1 강력분, 베이킹파우더, 소금, 물, 포도씨유를 모두 섞고 주물러서 한 덩이로 뭉치면 도마에 놓고 가볍게 치댄 후 표면이 매끄러워지면 비닐을 덮어 실온에 30분 정도 가만히 두세요.

2 반죽이 숙성되는 동안 속재료들을 잘게 썰어서 올리브유를 두른 팬에 가볍게 볶은 후 카레가루, 소금, 후춧가루를 섞어 간을 한 후 식혀 두세요.

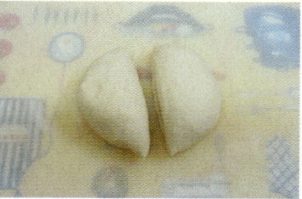

3 숙성된 반죽을 2등분 해서 둥글린 후 표면이 마르지 않도록 비닐에 덮어 두세요.

4 도마 위에 밀가루를 살짝 뿌린 후 비닐을 덮은 채 얇게 밀어 주세요.

5 케첩을 바른 후 볶아둔 속재료를 올리고 피자치즈를 올려 주세요. 속재료와 치즈를 너무 많이 넣으면 느끼할 수 있으니 적당히 넣어 주세요.

6 반죽을 접어 재료가 터져 나오지 않도록 감싸준 후 테두리를 손으로 꾹꾹 눌러 봉해준 다음 포크로 눌러 모양을 내주세요. 이때 바람이 차지 않도록 손바닥으로 윗부분을 납작하게 눌러가면서 봉해 주세요.

7 프라이팬에 담고 표시된 약불에서 약 15분간 구워 주세요.

8 바닥에 갈색이 돌면 둥근 부분을 손으로 잡고 조심히 뒤집은 후 5~10분간 타지 않게 구워 주세요.

올리브 치즈빵

재료(2개)

강력분	150g
베이킹파우더	1t
소금	1/2t
물	80g
올리브유	20g
체다치즈	4장
파슬리	약간

팁

요번 빵은 번거로운 발효과정이 필요 없이 팬에 올리브유를 두르고 간단하게 만들어 먹을 수 있는 빵으로, 올리브향과 치즈맛이 고소하게 잘 어울리는 빵이랍니다.

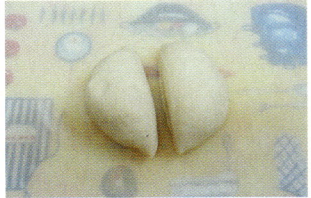

1 카레 뚜껑 피자와 같은 방법으로 반죽한 후 실온에서 숙성된 반죽을 2등분 해주세요.

2 도마 위에 밀가루를 살짝 뿌린 후 치즈 두 장을 감쌀 수 있도록 넓게 밀어 줍니다.

3 비닐을 걷어내고 치즈 두 장을 나란히 놓고 반죽을 덮어 테두리를 꾹꾹 눌러 봉해준 후 불필요한 부분은 잘라내 주세요.

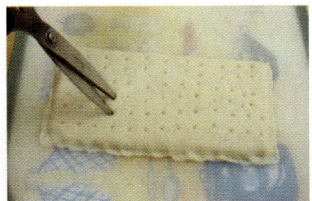

4 다시 한번 테두리를 꾹꾹 눌러서 꼼꼼하게 봉해준 후 가위로 찔러 구멍을 내주세요.

5 파슬리를 뿌린 후 붓으로 올리브유를 듬뿍 펴 발라 주세요.

6 달군 프라이팬에 올리브유를 두르고 중불로 익혀 주세요. 이때 팬 뚜껑은 닫을 필요 없어요.

7 바닥에 갈색이 돌면 뒤집어가면서 앞뒤 모두 노르스름해질 때까지 구워 주세요.

8 윗면에 요런 색이 돌면 꺼내서 식혀 주시면 됩니다.

 ## 바닐라 아이스크림

재료

노른자 2개, 설탕 4T, 생크림 150g, 우유 100g, 바닐라 오일 1/2t

만들기

1. 노른자에 설탕을 넣고 덩어리 없게 잘 섞은 후 우유를 붓고 고루 섞어 주세요.
2. 생크림을 걸쭉하게 거품낸 후 1에 넣고 섞다가 걸쭉한 상태가 되면 바닐라 오일을 넣고 가볍게 섞어 줍니다.
3. 적당한 통에 담아 냉동실에 넣고 반 정도 얼었을 때쯤 꺼내서(약 2시간 후) 포크로 고루 휘저어 준 후 다시 냉동실에 넣어 주세요.
4. 단단하게 굳기 전에 한번 더 꺼내서(약 1시간 후) 포크로 휘저어 주면 더욱 부드러운 아이스크림이 됩니다.

 ## 초콜릿 아이스크림

재료

우유 100g, 설탕 4T, 초콜릿 100g, 생크림 100g

만들기

1. 냄비에 우유와 설탕을 넣고 뜨겁게 데워 줍니다.
2. 초콜릿을 넣고 저어가며 녹인 후 냄비를 찬물에 담궈 식혀 두세요.
3. 생크림을 걸쭉하게 거품낸 후 식혀둔 냄비에 넣고 거품기로 고루 섞어 줍니다.
4. 통에 담아 냉동실에 넣은 후 반 정도 얼었을 때 꺼내서 포크로 휘저어 준 후 다시 냉동합니다.
5. 단단하게 굳기 전에 한번 더 꺼내서 포크로 휘저어 주면 완성.

 ## 호두 모카 아이스크림

재료

생크림 200g, 황설탕 4T, 우유 100g, 커피 1t, 호두, 아몬드, 건포도 적당량씩

만들기

1. 우유를 살짝 데워서 커피를 녹인 후 식혀 둡니다.
2. 생크림에 설탕을 넣고 걸쭉하게 거품낸 후 커피우유를 조금씩 부어가면서 휘핑해 줍니다.
3. 준비해둔 견과류를 넣고 가볍게 섞어준 후 통에 담아 냉동해 주세요.
4. 반 정도 얼었을 때쯤 꺼내서 포크로 고루 휘저어 준 후 다시 냉동실에 넣고 얼리다가 단단하게 굳기 전에 한번 더 꺼내서 골고루 휘저어 줍니다.
5. 먹기 전에 초코시럽을 뿌려 주면 더욱 맛있답니다.

 ## 크런치 아이스크림

재료

생크림 200g, 설탕 4T, 우유 100g, 까메오 6~8개

만들기

1. 까메오는 샌드크림을 제거하고 지퍼백에 담아 작게 부숴 주세요.
2. 생크림에 설탕을 넣고 걸쭉하게 거품내다가 우유를 조금씩 흘려 넣으면서 휘핑해 주세요.
3. 부숴둔 과자가루를 넣고 가볍게 섞어준 후 통에 담아 냉동해 주세요.
4. 반 정도 얼었을 때쯤 꺼내서 포크로 고루 휘저어 준 후 다시 냉동실에 넣고 얼리다가 단단하게 굳기 전에 한번 더 꺼내서 골고루 휘저어 줍니다.
5. 표면을 대충 정리한 후 냉동실에 넣어 두고 조금씩 꺼내 드세요.^^

 딸기 아이스크림

재료
생크림 100g, 설탕 5T, 우유 50g, 딸기 200g

만들기
1. 딸기, 우유, 설탕을 믹서에 곱게 갈아 주세요.
2. 생크림을 거품낸 후 갈아둔 딸기를 조금씩 넣어가면서 걸쭉하게 섞어 주세요.
3. 통에 담아 냉동실에 얼려 줍니다.
4. 반 정도 얼었을 때쯤 꺼내서 포크로 고루 휘저어 준 후 다시 냉동실에 넣고 얼리다가 단단하게 굳기 전에 한번 더 꺼내서 골고루 휘저어 줍니다.
5. 표면을 적당히 정리한 후 냉동실에 넣어 두고 디저트로 조금씩 꺼내 드세요.^^

블루베리 아이스크림

재료
생크림 100g, 설탕 5T, 우유 50g, 블루베리 300g

만들기
1. 블루베리 알맹이를 가위로 적당히 잘라 줍니다.
   (냉동 블루베리의 경우 전자레인지에 돌려 살짝 녹인 후 사용하세요.)
2. 생크림에 설탕을 넣고 단단하게 거품낸 후 우유를 조금씩 흘려가면서 휘핑해 주세요.
3. 블루베리를 넣고 가볍게 섞어준 후 통에 담아 냉동해 주세요.
4. 반 정도 얼었을 때쯤 꺼내서 포크로 고루 휘저어 준 후 다시 냉동실에 넣고 얼리다가 단단하게 굳기 전에 한번 더 꺼내서 골고루 휘저어 줍니다.

 단호박 아이스크림

재료
생크림 100g, 설탕 4T, 우유 50g, 삶은 단호박 200g

만들기
1. 단호박은 찜통에 푹 삶은 후 포크로 가볍게 으깬 후 식혀 두세요.
2. 생크림에 설탕을 넣고 단단하게 거품낸 후 우유를 조금씩 흘려가면서 고루 휘핑해 주세요.
3. 단호박을 넣고 가볍게 섞어 주세요.
4. 반 정도 얼었을 때쯤 꺼내서 포크로 고루 휘저어 준 후 다시 냉동실에 넣고 얼리다가 단단하게 굳기 전에 한번 더 꺼내서 골고루 휘저어 줍니다.

 크림치즈 모카 아이스크림

재료
크림치즈 100g, 설탕 4T, 생크림 100g, 우유 80g, 커피 2t

만들기
1. 우유를 살짝 데운 후 커피를 녹여 식혀 두세요.
2. 냉장고에서 미리 꺼내둔 크림치즈에 설탕을 넣고 부드럽게 풀어준 후 생크림을 넣고 걸쭉하게 거품을 내주세요.
3. 커피우유를 조금씩 넣어가면서 부드럽게 휘핑해 줍니다.
4. 통에 담아 냉동실에 넣어 주세요.
5. 반 정도 얼었을 때쯤 꺼내서 포크로 고루 휘저어 준 후 다시 냉동실에 넣고 얼리다가 단단하게 굳기 전에 한번 더 꺼내서 골고루 휘저어 줍니다.

293

 **팥 아이스바**

재료
빙수용 단팥 200g(약 1컵), 우유 80g

만들기
빙수용 팥과 우유를 믹서에 넣고 가볍게 갈아준 후 틀에 붓고 냉동실에 얼려 주세요.

팁
이때 팥과 우유를 적당히 추가해가면서 걸쭉한 상태로 만들어 주시면 됩니다. 빙수용 팥은 워낙 달기 때문에 설탕을 넣지 않아도 돼요. 집에서 만든 팥을 이용할 경우 팥을 무르게 삶은 후 입맛에 맞게 설탕을 추가하여 우유와 함께 갈아 주시면 됩니다. 곱게 가는 것보다 팥알갱이가 조금씩 남아있어야 더 맛있답니다.^^

 바나나 아이스바

재료
바나나 3개, 플레인 요구르트 1개, 꿀 2T, 건포도 적당량

만들기
1. 모든 재료를 믹서에 넣고 건포도가 완전히 갈리지 않을 만큼만 가볍게 갈아 주세요.
2. 적당한 틀에 붓고 냉동실에 얼려 주세요.
3. 드실 때는 실온에 잠시 꺼내두었다가 표면이 살짝 녹으면 손잡이를 잡아당겨 빼내 주세요.

 밤 아이스바

재료
삶은 밤알 200g, 우유 180g, 꿀 60g

만들기
모든 재료를 믹서에 넣고 갈아준 후 틀에 붓고 냉동실에 얼려 주세요.

팁
삶은 밤을 잘게 부숴 냄비에 넣고 설탕에 조린 후 우유와 함께 갈아 주면 캐러멜색이 돌면서 맛이 훨씬 좋아진답니다.

 미숫가루 아이스바

재료
미숫가루, 우유, 꿀 적당량씩

만들기
모든 재료를 믹서에 갈아서 틀에 담아 냉동해 주세요.

팁
반죽 상태는 너무 묽지도 뻑뻑하지도 않은 살짝 걸쭉하게 흐르는 정도가 좋아요. 믹서에 갈면서 우유와 미숫가루를 조금씩 추가해가면서 조절해 주시고 꿀은 입맛에 맞게 넣어 주시면 됩니다.

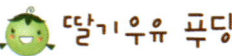 딸기우유 푸딩

재료
딸기 200g, 설탕 4T, 우유 300g, 판젤라틴 2장

만들기
1. 딸기를 4등분 한 후 냄비에 넣고 설탕을 뿌린 후 가볍게 저어가면서 중불에서 약 2~3분간 조려 주세요.
2. 설탕이 녹고 국물이 살짝 생기기 시작하면 불을 끄고 찬물에 담궈 식혀 둡니다.
3. 젤라틴을 찬물에 주물러 흐물흐물해지면 물을 따라내 버리고 전자레인지에 살짝 돌려 녹여 주세요.
4. 녹인 젤라틴을 우유에 붓고 재빨리 휘저어 섞어 줍니다.
5. 식혀둔 딸기조림을 투명한 그릇에 두 개로 나눠 담고 4의 우유를 채운 후 냉장실에 굳혀 주세요.
   *딸기조림이 뜨거울 때 우유를 부으면 멍울이 생기므로 반드시 식힌 후 섞어 주세요.

홍시 푸딩

재료
냉동홍시 200g, 꿀 3T, 계핏가루 1/2t, 판젤라틴 1장

만들기
1. 냉동홍시는 미리 냉동실에서 꺼내두어 자연해동 시킵니다.
   (전자레인지에 데우면 단맛이 사라져서 맛이 없어요.)
2. 녹은 홍시는 씨주머니를 건져내고 흐물흐물한 국물에 계핏가루와 꿀을 넣고 고루 섞어 주세요.
   (당도는 맛을 봐가면서 조절해 주세요.)
3. 젤라틴을 찬물에 주물러 부드럽게 만든 후 물은 따라내 버리고 전자레인지에 돌려 녹인 후 2의 홍시에 넣고 잽싸게 휘저어 섞어 주세요.
4. 예쁜 그릇에 나눠 담고 냉장실에 굳혀 줍니다.

단호박 푸딩

재료
삶은 단호박 200g, 우유 300g, 꿀 4T, 판젤라틴 2장

만들기
1. 단호박은 찜통에 푹 삶은 후 껍질을 제거해 주세요.
2. 단호박에 우유와 꿀을 넣고 믹서에 곱게 갈아 주세요.
3. 젤라틴을 찬물에 주물러 부드럽게 만든 후 물은 따라내 버리고 전자레인지에 돌려 녹인 후 2에 넣고 잽싸게 휘저어 섞어 주세요.
4. 적당한 그릇에 나눠 담고 냉장실에 굳혀 줍니다.

생과일 치즈 샐러드

재료
플레인 요구르트 1개, 크림치즈 50g, 슬라이스치즈 1장, 꿀 1~2T, 생과일, 견과류 적당량씩

만들기
1. 딸기, 바나나, 키위 등 다양한 과일을 적당한 크기로 썰어서 그릇에 담아 두세요.
2. 호두나 슬라이스아몬드는 팬에 한번 볶은 후 식혀 두세요.
3. 플레인 요구르트, 크림치즈, 슬라이스치즈, 꿀을 믹서에 곱게 갈아서 준비해둔 과일 위에 뿌린 후 견과류를 올려 주면 고소하고 상큼한 과일 샐러드가 완성됩니다.

콩지의 Q & A

1. 쿠키가 왜 이렇게 딱딱할까요?

네, 그것은 반죽을 할 때 밀가루를 너무 오래 섞어서 그렇답니다. 앞에서도 누누이 말씀드렸지만 밀가루는 치댈수록 자꾸 끈기가 생기기 때문에 쿠키가 질겨지거나 돌처럼 딱딱하게 되어버린답니다. 재료들이 잘 섞이지 않는다고 해서 반죽을 짓이겨서는 절대 안 돼요. 주걱날은 반드시 세워서 칼질하듯 썰어가며 섞어 주셔야 하구요, 버터 반죽을 밀가루에 최대한 접촉시켜가면서 볼 바닥에 줄이 생기도록 쓱쓱 그어가면서 섞다가 밀가루가 모두 흡수되고 나면 곧바로 주걱질을 중단해 주세요.

쿠키 반죽은 버터크림에 비해 밀가루가 굉장히 많아 보이지만 칼질만으로도 충분히 모두 흡수되니까 확신을 가지고 끝까지 칼질을 포기하지 말아 주세요.^^

2. 쿠키를 구울 때 겉은 타고 속은 안 익어요

우선 불이 너무 센 건 아닌지 체크해 주시고 열기가 빠져 나가지 않도록 팬 뚜껑을 반드시 덮고 구워 주셔야 해요. 그리고 반죽이 너무 두꺼워도 속까지 잘 안 익을 수 있으니 되도록 얇게 눌러 주시는 것이 좋답니다.
만약 바닥색이 진하게 돌도록 구웠는데도 속이 덜 익었다면 더 이상 팬에 굽지 마시고 전자레인지에 살짝 돌려 주시면 된답니다.

3. 스펀지케이크가 부풀지 않고 떡처럼 납작해요.

스펀지케이크는 베이킹파우더의 도움 없이 계란 거품만으로도 충분히 케이크를 부풀릴 수 있답니다. 폭신하고 도톰한 스펀지를 만들기 위해서는 가장 먼저 거품을 충분히 내주셔야 하구요, 그보다 더 중요한 것은 밀가루를 섞는 작업이랍니다. 밀가루가 액체 재료와 만났을 때는 건드릴수록 끈기가 생기기 때문에 주걱질의 횟수를 최대한 줄여 주시는 것이 중요해요. 큰 동작으로 섞을 수 있도록, 되도록 입구가 넓은 볼을 사용하시고 볼 바닥에 밀가루가 뭉쳐 있지 않도록 바닥까지 과감하게 쓸어 엎어가면서 큰 원을 그리듯 섞어 주세요. 만약 그래도 자신이 없다면 밀가루에 베이킹파우더를 1/2~1t 정도 섞어 주시면 훨씬 안정적으로 부풀게 된답니다.

4. 스펀지케이크에서 계란 비린내가 너무 심해요.

스펀지케이크는 계란이 많이 들어가기 때문에 비린내가 날 수 있어요. 그래서 대부분 반죽에 향이 좋은 술이나 바닐라 오일을 넣어 계란 냄새를 제거해 준답니다. 만약 이런 것들이 미처 준비되지 않았을 경우에는 집에서 흔히 쓰는 조리용 맛술을 넣어 주셔도 됩니다. 하지만 기본 스타일이 아닌 녹차나 쑥, 코코아가루, 커피, 계핏가루, 허브 등 향이 있는 재료를 섞어 사용하시면 따로 술을 넣지 않아도 비린내가 나지 않는답니다.

5. 발효빵에서 이상한 냄새가 나요.

빵이 덜 익으면 시큼한 냄새가 난답니다. 빵이 속까지 폭신하게 잘 익기 위해서는 우선 발효를 충분히 시켜주는 것이 가장 중요하구요, 열기가 빠져 나가지 않도록 팬 뚜껑은 반드시 덮고 구워 주세요. 바닥면을 타지 않을 만큼 최대한 갈색이 돌도록 구워준 후 뒤집어서 역시 타지 않을 만큼 최대한 굽다가 하나를 쪼개봐서 시큼한 냄새가 남아 있을 경우에는 불을 더 작게 줄여서 조금 더 구워 주시면 됩니다.

6. 빵에서 떫은맛이 나요.

빵이나 찜케이크를 만들 때 베이킹파우더를 너무 많이 넣으면 쓰고 떫떠름한 맛이 난답니다. 간혹 부풀지 않을 것을 염려하여 베이킹파우더를 불필요하게 많이 넣는 경우가 있는데요, 아무리 많이 넣는다 해도 빵이 부푸는 데는 한계가 있기 때문에 몸에 좋지 않은 화학 팽창제를 굳이 과용할 필요가 없답니다. 베이킹파우더는 소량만으로도 팽창력이 우수하기 때문에 해당 레시피를 따라해 주시면 되겠습니다.

7. 발효가 잘 되지 않아요

발효는 무엇보다 온도 유지가 가장 중요하답니다. 반죽이 담긴 볼을 담글 중탕볼이 너무 작으면 물이 금방 식어버리므로 되도록 널찍한 냄비나 속이 깊고 두꺼운 궁중 프라이팬을 사용하시는 것이 좋아요. 중간에 물이 식으면 가스불을 30초~1분 정도 지펴서 손을 담궈봐서 따뜻해졌으면 불을 꺼주는 방식으로 물온도를 체크해 주면 아주 편리하게 온도를 유지할 수 있거든요. 단, 물이 너무 뜨거우면 이스트가 죽어버리기 때문에 손을 담궈

1차 발효 모습   2차 발효 모습

봤을 때 미지근함과 뜨거움의 중간쯤 되는 약간 따끈한 정도가 되도록 온도를 맞춰 주시면 되겠습니다. 2차 발효의 경우 반죽을 담은 프라이팬은 직접 물에 담글 수가 없기 때문에 1차 발효 때보다 냄비 속 물은 훨씬 뜨거워야 해요. 이때는 냄비 속 물이 아닌 프라이팬 엉덩이에 손을 대봐서 따뜻한지 확인을 해주셔야겠지요? 그리고 발효 시간보다는 반죽이 2배 정도로 부풀어 오르는 상태를 보고 판단하시는 것이 좋습니다.

8. 버터 대신 마가린을 사용해도 되나요?

마가린은 일단 사용방법 면에서는 버터와 크게 다르지 않아요. 버터는 우유 속에 들어 있는 지방을 농축시켜 고체 상태로 만든 것으로 맛과 향이 우수하여 베이킹 전반에 걸쳐 두루 사용되는 재료지만 가격이 비싸다 보니 대부분의 제과업체에서는 그 대체 재료인 마가린을 주로 사용하게 되지요. 그런데 마가린은 우유가 아닌 식물성 오일을 고체 상태로 응고시켜 만든 것으로 이 과정에서 우리의 건강을 위협하는 '트랜스지방'이라는 반갑지 않은 녀석이 새롭게 생성된다고 하네요. 가격이 저렴하다는 점 외에 맛과 풍미 면에서 버터에 비해 현저하게 떨어지고 무엇보다 몸에 좋지 않은 성분 때문에 개인적으로 마가린보다는 버터를 사용해 주실 것을 권합니다.

9. 버터가 부담되는데 식용유로 대체하면 안 되나요?

일단 베이킹에 있어서 버터나 식용유 같은 기름 성분들은, 빵과 케이크는 부드럽고 촉촉하게 하고 쿠키는 바삭하게 하는 기능을 한답니다. 버터를 액체로 녹여서 사용하는 경우에는 같은 양을 식물성 오일로 대체하셔도 되지만, 쿠키나 버터 케이크처럼 덩어리 상태의 버터를 부드럽게 풀어서 크림 상태로 만들어 사용하는 경우에는 절대 식용유로 대체할 수 없습니다. 칼로리가 부담되신다면 버터를 쓰지 않은 별도의 레시피를 선택하시는 것이 가장 좋은 방법이랍니다.

10. 반죽질기는 어떻게 조절해야 하나요?

일단 전자저울을 이용한 정확한 계량이라면 문제되지 않겠지만 종이컵을 이용하신 경우라면 아무래도 레시피와 반죽질기가 다를 수밖에 없어요. 케이크의 경우는 약간의 오차가 있어도 크게 문제되지 않지만 발효빵이나 쿠키의 경우에는 반죽의 질기가 맛과 모양에 영향을 많이 끼친답니다. 발효빵의 경우 물을 처음부터 한꺼번에 다 넣지 마시고 조금 남겨 뒀다가 반죽 상태를 봐가며 조금씩 추가하면서 질기를 조절해 주시고 또 너무 질 때는 강력분을 조금 체쳐 넣고 치대 주시면 됩니다. 단, 추가되는 재료가 너무 많으면 상대적으로 이스트 양이 적어지게 되어 발효가 잘 안 될 수 있으니 주의하세요. 쿠키의 경우 대부분 반죽이 질척하게 되는 경우가 많은데 이럴 땐 가루가 완전히 섞이기 전에 박력분을 조금 더 체쳐 넣고 칼질해서 섞어 주시고 반대로 가루가 너무 많을 때는 우유를 아주 조금씩 흩뿌려준 후 섞어 주시면 됩니다. 이때 재료들을 추가하면서 주걱질을 너무 많이 하지 않도록 주의하시고 되도록 반죽을 냉장고에 30분 정도 쉬게 한 후 구워 주시는 것이 좋답니다.

11. 밀가루를 귀찮게 체에 꼭 쳐야 하나요?

밀가루는 분말이 곱기 때문에 아무래도 보관이나 이동 중에 눌려서 뭉치기 마련입니다. 베이킹에 있어서 가벼운 주걱질로만 밀가루를 섞어 줘야 하는 경우가 많은데요, 눌린 상태로 사용하면 밀가루 덩어리들이 쉽게 풀어지지 않고 그러다 보면 자연적으로 주걱질의 횟수가 늘어나게 되어 쿠키는 질겨지고 케이크는 떡

이 질 수밖에 없답니다. 반드시 체에 쳐주시되 최소 두 번 정도는 내려 주어야 가루 사이에 공기층이 충분히 형성되어 단 몇 번의 주걱질에도 쉽게 섞이게 되고 케이크나 쿠키의 맛도 그만큼 좋아지게 된답니다.

12. 밀가루를 용도에 꼭 맞춰서 사용해야 하나요?

밀가루는 특성별로 좀더 세분화해서 보다 효율적으로 사용하기 위해 분류를 해놓은 것이라고 생각하시면 되는데요. 글루텐 형성이 생명인 발효빵의 경우에는 반드시 강력분을 사용하셔야 하구요, 케이크나 쿠키의 경우에는 꼭 박력분이 아닌 중력분이나 강력분을 사용하셔도 괜찮습니다. 하지만 박력분을 사용했을 때가 가장 바삭하고 부드러운 쿠키와 케이크를 만들 수 있다는 것을 잊지 마세요.

13. 버터를 실온에 꺼내두었는데도 그다지 말캉해지지 않아요.

버터는 제품마다 말랑해지는 정도가 다른 것 같더군요. 제가 사용해본 결과 '서울우유 버터'는 조금 고가이지만 실온에 1~2시간만 꺼내두어도 쉽게 말캉해져서 사용하기에 편리했구요, 가격이 좀더 저렴한 '앵커버터' 같은 경우 3~4시간 이상 꺼내두어도 바로 휘핑해도 좋을 만큼 말캉하게 녹지는 않더군요. 이럴 때는 전자레인지에 10초 단위로 돌려가며 밖에서 들여다보고 있다가 형태가 살짝 무너지면서 국물이 녹아나오기 직전에 곧바로 꺼내서 휘핑해 주면 부드러운 크림처럼 잘 풀어진답니다. 이때 액체로 녹아내리지 않도록 주의해 주세요.

거품날이 부드럽게 들어가면 O.K

14. 완성된 베이커리들은 어떻게 보관해야 하나요?

쿠키는 눅눅해지지 않도록 완전히 식힌 후 곧바로 밀폐통에 담아 주세요. 케이크와 발효빵은 표면이 마르지 않도록 비닐이나 랩에 싸서 실온에 1~2일 정도는 보관할 수 있는데요, 그 이상 보관을 원하신다면 밀폐해서 냉동실에 보관해 주세요. 몇 달 동안 냉동실에 두어도 상하지는 않지만 냉동실 특유의 쾌쾌한 냄새가 밸 수 있으므로 너무 오래 두지 않는 것이 좋겠죠? 그리고 케이크의 경우 구운 후 뜨거울 때 바로 드시면 괜찮지만 식고 나면 표면이 건조해져서 겉이 살짝 단단해질 수 있으므로 비닐에 싸 두었다가 다음날 드시는 것이 가장 촉촉하고 부드러운 케이크를 드실 수 있는 방법이랍니다.

15. 머랭 만들기가 너무 힘들어요.

머랭 만들기를 어려워하시는 분들이 많으신데요, 다음 사항만 잘 지켜 주시면 누구나 쉽게 단단한 머랭을 만들 수가 있답니다.

| 5분 만에 머랭 완성하기 |
1. 흰자는 이물질이 섞이면 거품이 잘 일어나지 않으므로 사용할 볼과 거품날에 묻은 물기를 깨끗하게 닦는다.
2. 계란은 냉장고에서 꺼낸 후 표면에 물방울이 맺히기 전에 곧바로 사용하고, 실온에 미리 꺼내두었을 경우에는 껍질의 물기가 완전히 사라진 후 사용한다.
3. 흰자를 분리할 때 노른자가 섞이지 않도록 각별히 주의한다.
4. 분리해낸 흰자에 처음부터 설탕을 넣지 말고 흰자를 먼저 고속으로 2~3분간 휘핑하여 굵은 거품들이 전체적으로 잔잔해지면 이때부터 설탕을 2~3회로 나눠 넣어가면서 계속해서 고속으로 2~3분간 더 휘핑해 준다.
5. 볼을 뒤집어봐서 거품이 흘러내리지 않으면 성공!!

좀더 효율적인 작업을 위해 볼을 따뜻한 물에 담그고 거품을 내기도 하는데요, 이때는 반드시 물이 식으면 곧바로 중탕볼을 제거해 주셔야 합니다. 계속 두면 물이 차가워져서 거품이 단단해지지 않고 물처럼 흐물흐물하게 되어버리거든요. 하지만 콩지의 설명대로만 하시면 굳이 따뜻한 물에 중탕하지 않고도 얼마든지 쉽고 간단하게 단단한 머랭을 만들 수가 있습니다. 손거품기를 사용할 경우 철사가 단단하게 감긴 타원형 거품기보다 스프링처럼 감겨 있는 것이 가볍고 탄력이 좋기 때문에 거품이 쉽게 일어난답니다. 속도를 조절할 필요 없이 처음부터 힘껏 볼 바닥을 때리듯 착착착착 거품을 내주면 핸드믹서와 큰 차이 없이 쉽고 빠르게 단단한 머랭을 만들 수가 있답니다.

16. 생크림 거품이 단단하게 일지 않아요

생크림은 계란 거품과 달리 차가울수록 거품이 잘 일기 때문에 쓰기 직전까지 생크림을 냉장고에서 꺼내두지 마세요.
또 차가운 얼음물에 볼을 담그고 휘핑하면 더 잘 일어난다고 하네요. 그리고 무엇보다 생크림의 선택이 중요한데요, 유크림 함량이 높은 동물성 크림은 맛은 좋으나 거품이 단단하게 일어나지 않으므로 케이크의 장식용으로 쓸 경우에는 거품이 잘 일어나는 식물성 크림을 사용해 주시는 것이 좋답니다.

동물성 생크림   식물성 생크림

298

17. 판젤라틴은 어떻게 사용하는 건가요?

젤라틴은 젤리나 무스 케이크를 만들 때 반죽이 엉기도록 해주는 기능을 하는 재료로 가루젤라틴과 판젤라틴 두 가지가 있는데 열을 가하면 액체 상태로 녹았다가 차가운 곳에 두면 다시 고체처럼 엉기는 성질을 갖고 있답니다. 하지만 젤라틴은 자주 쓰는 재료가 아니기 때문에 소량씩 구매가 가능한 판젤라틴이 사용하기 편리하답니다. 빳빳한 상태의 판젤라틴을 접어서 찬물이 담긴 작은 그릇에 넣고 주물러주면 흐물흐물해지는데 물은 따라내 버리고 전자레인지에 10~15초 정도 돌려서 덩어리가 없게 맑게 녹인 후 원하는 재료에 섞어서 사용하시면 됩니다.

18. 빵이나 쿠키를 구울 때 팬이 작아 한 번에 다 못 굽겠어요.

쿠키는 반죽을 넉넉히 해서 냉장고에 넣어 두고 조금씩 꺼내서 구워 주시면 되기 때문에 마음을 급하게 먹을 필요가 전혀 없어요. 하지만 발효빵의 경우에는 반죽을 보관해 두는 것보다 되도록 그때 그때 구워 드시는 게 좋답니다. 프라이팬이 조금 작아도 빵이 부풀면서 서로 들러붙기는 하지만 굽는 시간이나 맛에는 크게 지장을 주지 않기 때문에 집에서 즐기시기엔 무리가 없어요.
하지만 좀더 예쁘게 굽고 싶을 때는 반죽을 두 번에 나눠 구워 주시면 되는데요, 첫 반죽이 구워지는 동안 나머지 반죽이 과발효되지 않도록 2차 발효가 끝났으면 중탕냄비를 제거하고 실온에 대기시켜 주세요. 만일 빵반죽을 이동할 일이 있을 경우에는 반죽을 팬에 놓기 전에 유산지를 작게 잘라서 깔아 주셔야 반죽을 옮길 때 모양이 망가지지 않는답니다.

19. 프라이팬 바닥에 기름을 두르지 않아도 타거나 들러붙지 않나요?

네. 베이킹은 말 그대로 굽는 것이지 부침개처럼 기름에 지지는 것이 아니기 때문에 대부분 기름은 두르지 않고 굽는답니다. 특히나 쿠키 같은 경우 바삭함이 생명이기 때문에 기름을 두르면 반죽에 흡수되어 식은 후에 눅눅해질 수 있어요. 그리고 반죽이 구워지면서 바닥에 딱딱한 갈색 껍질이 생기기 때문에 바닥에 들러붙지 않으니 걱정 마세요. 만약 팬코팅이 얇거나 수명이 오래된 팬을 사용할 경우라면 버터나 식용유를 붓으로 얇게 펴 바른 후 구워 주세요.

20. 프라이팬에서 쾌쾌한 냄새가 나는 것 같아요.

그것은 아무래도 프라이팬을 음식물 조리하는 데 주로 사용하다 보니 오래된 기름때나 음식물 찌꺼기가 남아 있는 경우 향이 강한 음식을 조리할 때는 느끼지 못했던 냄새가 빵이나 쿠키를 구우면서 감지되는 것으로 추정됩니다. 팬을 주로 베이킹에만 사용하는 콩지의 경우에는 별다른 불편함은 못 느꼈거든요. 너무 낡은 팬보다는 코팅 상태가 좋고 깨끗한 팬을 사용하시고, 뚜껑도 깔끔하게 세척해서 사용하신다면 크게 문제되지 않을 것 같습니다.

21. 프라이팬이나 밥통 같은 주방기기를 베이킹에 자주 사용해도 고장나지 않나요?

일단 저 같은 경우 2년 동안 거의 하루도 빠짐 없이 베이킹을 해왔지만 프라이팬과 밥통을 한 번도 교체한 적 없이 지금까지 아주 깨끗하게 잘 사용하고 있습니다. 프라이팬이나 밥통 내솥은 코팅이 생명이기 때문에 긁히거나 상하지 않도록 조심해서 사용해 주신다면 베이킹 때문에 문제가 되는 일은 없을 듯하니 안심하고 사용하셔도 될 것 같습니다.

22. 멀리 사는 친구에게 선물로 보내고 싶은데 괜찮을까요?

상하기 쉬운 야채나 앙금, 크림이 든 것들을 제외하고는 거의 대부분 배송이 가능해요. 쿠키가 눅눅해지거나 빵, 케이크가 건조해지지 않도록 반드시 밀폐포장 하시고 되도록 배송 후 다음날 받아볼 수 있도록 하는 것이 좋아요. 아무래도 배송 중에는 창고에서 잠을 자야 하기 때문에 특히 날이 더울 때는 상할 수 있거든요. 선물용으로는 역시 수분이 적은 쿠키가 가장 적합해요. 평소에 조금씩 구워서 냉동실에 모아 뒀다가 한꺼번에 보내면 시간에 쫓기지 않고 다양한 쿠키를 선물할 수 있답니다.

쿠키

케이크

빵

◀ 포장예

종이컵 계량하기

 물, 우유, 생크림
 150
 50 미니컵
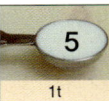 15 1T
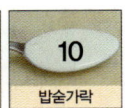 5 1t
10 밥숟가락

일반적으로 1컵이라 함은 물 200ml(200g)를 말하는 것으로 일반 물컵이나 종이컵 큰 것에 1cm 정도 남기고 채운 양이랍니다.

하지만 레시피에 'g' 대신 '컵'이라는 단위를 사용하는 것은 언뜻 보면 쉽고 실용적인 것 같아 보이지만 종이컵이나 물컵의 크기가 모두 같은 것이 아니고 또 재료를 채우는 높이에 따라 그 양이 천차만별이기 때문에 정확성뿐만 아니라 실용적인 면에서도 오히려 훨씬 떨어집니다.

콩지는 자료의 정확성을 위해 본문의 모든 레시피는 전자저울을 이용하여 g단위로 정확하게 표기하였고, 저울이 없는 경우 오차를 최대한 줄이기 위해 'g'으로 표시된 재료들을 하나하나 종이컵에 담아 부피로 환산하여 보았습니다.

오랜 시간 동안 심혈을 기울여 만든 콩지의 야심찬 자료인 만큼 많은 분들께 유용하게 사용되었으면 하는 바람입니다.

재료 담는 방법

1. 스푼에 담기
계량 스푼에 재료를 듬뿍 퍼 담은 후 칼등을 바깥쪽으로 비스듬히 기울여서 살며시 깎아 줍니다.

2. 컵에 담기
스푼을 이용해 적당량씩 담아가면서 옆으로 가볍게 흔들어 원하는 위치까지 채워지면 바닥에 가볍게 한번 쳐서 수평을 맞춰 줍니다.

참고사항

1. 밥숟가락은 담기는 양이 정확하지 않기 때문에 되도록 계량 스푼을 사용하실 것을 권합니다.
2. 미니 종이컵은 적은 양의 재료 또는 식용유나 물엿처럼 묻어나는 재료를 담을 때 굉장히 유용하게 쓰이므로 적극 활용해 보세요.
3. 종이컵은 재료를 담을 때마다 양이 달라질 수 있기 때문에 적은 양의 재료에도 반죽질이에 큰 영향을 받는 쿠키나 발효빵보다는 계량에서 어느 정도 자유로운 케이크에 활용하시는 것이 효과적입니다.

*생략된 단위는 모두 g입니다.
*표시된 수치는 컵에 담긴 모습 그대로의 양을 나타냅니다.
*사용된 종이컵은 큰 사이즈가 아닌 수퍼에서 쉽게 구입이 가능한 일반 종이컵과 미니 종이컵입니다.

 밀가루(강력, 중력, 박력, 통밀, 호밀)
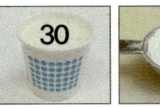 100
 30
 8
 3
8

 아몬드가루
 70
 20
 6
 2
6

 코코넛가루
 60
 20
 6
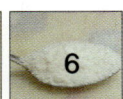 2
6

 옥수수가루
 90
 30
 8
 3
8

 흑미가루
 90
 30
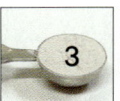 8
 3
8

 미숫가루
 80
 30
 8
 3
8

 찹쌀가루
 120
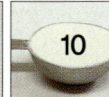 40
 10
 4
10

 100 / 30 호두분태
 80 / 20 슬라이스아몬드
 120 / 40 건포도
120 / 40 초코칩

백설탕

황설탕

흑설탕

슈거파우더

꿀, 물엿, 올리고당

식용유

버터
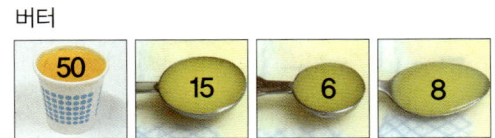

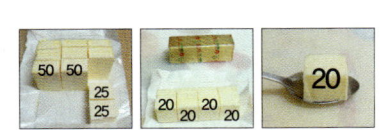

계란
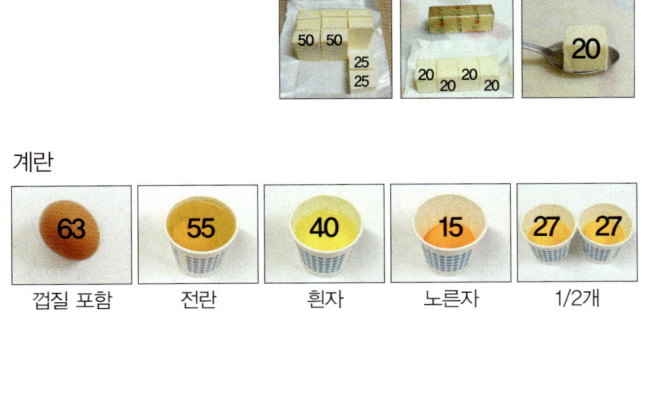

껍질 포함 · 전란 · 흰자 · 노른자 · 1/2개

베이킹파우더
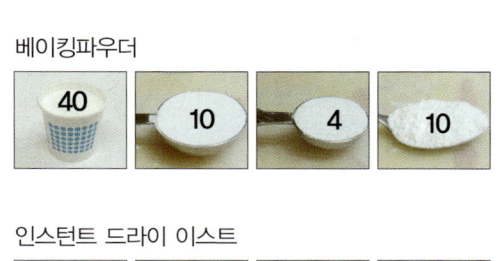

인스턴트 드라이 이스트
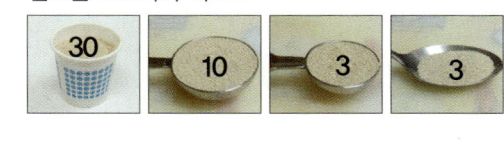

코코아가루

녹찻가루, 쑥가루

카레가루
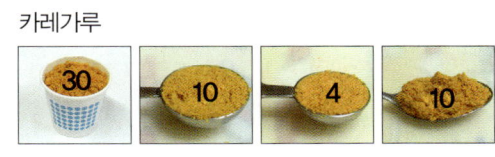

백년초가루

황치즈가루
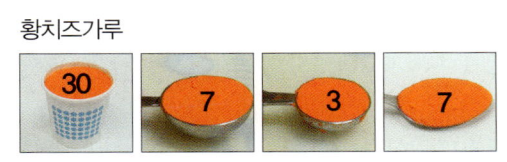

단호박가루
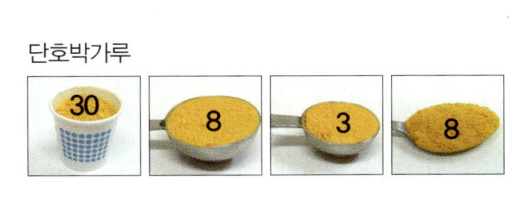

전분
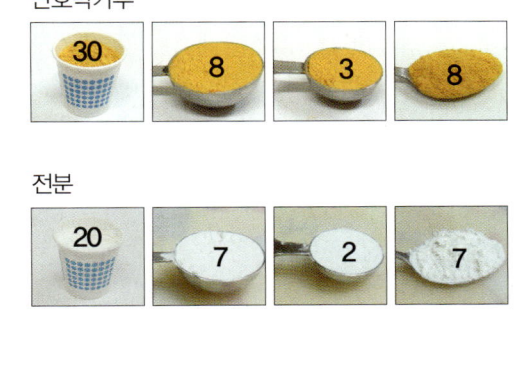

콩지를 웃게 한 이웃들의 한마디

그리고
일단 친절한 설명도 있지만 노 오븐 같은 방식으로 오븐 요리들에 도전한다는 것이 정말 멋진 것 같습니다. 사먹어야만 하는 줄 알았던 것들을 주변의 재료만으로도 이렇게 쉽게 만들 수 있다니!! 정말 멋집니다.

유아독쫑
나 이제부터 콩지님 팬,,, 진작 좀 알았으면 좋았을걸,,, 정말 이렇게 입이 다물어지지 않는 블로그는 첨입니다.
존경스럽습니다. 둘러보는 내내 입이 다물어지지 않네요. 진짜 대단하세요. 우와우와,,, 연신 이 소리밖에 안 나와요.

나츠야키
오븐이 없어서 하고 싶은 베이킹도 못하고 침만 삼키던 저에게 혜성처럼 나타난 블로그!!
정말 콩지님 블로그 찾은 건 지금까지도 너무너무 행운인 거 같아요.

아스카
다른 자료들 다 둘러봐도 콩지님 자료만한 게 없어요^^!!

경자시대
콩지님은 외계인이신 거 같아여. 생각지도 못한 것들을 척척!!

윤 짱
콩지님의 블로그에는 저 같은 초등학생도 많은 비용 들이지 않고 쉽게 만들 수 있는 레시피가 많아서 좋아요. 요즘 밀가루값이 많이 올랐지만 콩지님의 새로운 레시피, 계속 도전하는 중입니다!

헤헤은콩
아직 스스로 돈도 벌 수 없는 나이여서 그 비싼 오븐 사달라고 조르기가 부모님께 죄송하더라구요.
그래서 서핑하다가 콩지님 블로그 들어왔는데 와, 정말 좋네요.

너만본다
베이킹에 관심이 없던 사람도 꼭 한번 만들어 봐야지 하고 느끼게 되는 그런 블로그네요.
처음 접했을 때... 음..~ 이게 오븐 없이도 되나? 했는데 고정관념을 버리는 곳인 것 같아요!! 없어서는 안 될 ㅋ

보름달
자취생들이 따라할 수 있는 아주 유용하고 좋은 블로그예요~ 가난한 자취생은 오븐이 없거든요~ 그런데~ 콩지님 블로그 보고 아주 아주 많이 배워서 하나씩 시도해 보고 있어요 ~ 제가 만든 쿠키나 빵을 선물도 하기 시작했어요~ 몇 명 먹여봤더니~ 제가 만든 음식 먹고도 죽지 않더라고요~ㅋㅋㅋ 앞으로도 맛있는 정보 많이 부탁드려요~ㅋ

키스쟁이
요리를 좋아하는데 집에 오븐은 없고. 검색해도 잘 안 나왔었는데 콩지님 레시피를 보고 진짜진짜진짜!!! 쿠키나 빵 만드는 게 좀 더 쉬워졌어요^^ 크리스마스에는 쿠키를 발렌타인 데이에는 초콜릿을... 전 이거 맛있다는 소릴 들으면 그 재료에 쏟아부은 돈들이 하나도 아깝지 않거든요~ 콩지님 레시피 보면서 만들었는데 재료 계량도 일일이 다 알려 주셔서 학생인 제가 따라하기가 더 쉬웠어요.

뭉
학생인데도 케이크나 쿠키, 빵 등을 손쉽게 구울 수 있게 알려 주는 제빵 제과 학원 같아요!! 아니, 학원보다 더 자세히 알려 주세요^^

ohheeya05
콩지님 덕에 시어머니께 칭찬받았어요. 어머니가 꼭 가르쳐 주신 분께 고맙다고 인사 전하라시네요. 감사합니다.^^

아린님
헐, 콩지님!! 박수 짝짝짝!!! 브라보~ 정말 대단하십니다. 어쩜어쩜.. 정말이지 입이 떡 벌어집니다. 케이크나 쿠키 같은 경우 자주 해먹지 않는 사람들로선 가끔씩 한번 해먹어 보자고 전용팬 같은 도구들을 사다 처박아 둘 수는 없는 노릇이죠. 그런 의미에서 콩지님께 박수를 보내드리고 싶습니다.^^ 그리고 일단 친절한 설명도 있지만 노 오븐 같은 방식으로 오븐 요리들에 도전한다는 것이 정말 멋진 것 같습니다. 사먹어야만 하는 줄 알았던 것들을 주변의 재료만으로도 이렇게 쉽게 만들 수 있다니!! 정말 멋집니다.

rang5704
제가 찾던 방법입니다. 요즘 이곳에 자주 옵니다. 어제도 콩지님 레시피 보고 밤새워(제가 맞벌이 부부다 보니) 프라이팬에 쿠키 100개를 구워서 울 아들 유치원에 보냈습니다. 완죤 히트였어요.
여기저기서 레시피 묻고 난리가 났었답니다.^^ 정말 감사합니다 (꾸벅)

무무
감동의 블로그~~ 오븐 없이 베이킹을 할 수 있다는 데서 저 진짜 감동먹었어요.~~
너무너무 유익하고 감동스러운,,, 신기하고 재밌는 블로그이기도 하고요.~~^^

상털
난 오늘 사랑받았어요. 고마워요 콩지님~
콩지님은 자잘한 재료는 잘 못 구하는 저 같은 남자들에게도 멋진 음식을 만들 수 있도록 해주십니다. 마치 케이크 만드는 거 도와주는 친누나 같아 히히

플레르
저에게 홈베이킹을 할 수 있도록 희망과 용기를 주는 곳.
콩지님의 블로그를 첫 방문해서는 보물로 가득한 보물선에 올라탄 느낌이었어요^^
저에게 콩지님의 블로그는 한마디로 "홈베이킹 희망의 샘터"이지요~

상현러버
콩지님의 레시피를 기다리는 나. 나의 작품을 기다리는 언니와 동생 –_–;;
콩지님 손바닥만 봐도 이렇게 반가울 줄 미처몰랐네요^^

마미
와~ 울 아들 좋아하는 초코^^ 완성도도 높고 정확한 레시피 덕분에 달지 않은 초코 파운드 케이크와 치즈 케이크 어제도 해먹었답니다. 만들면서 넘 행복했어요. 감사합니다^^

솔잎
네이버에 뜬 글 보고 처음 접하게 된 콩지님의 블로그!!
한번 둘러보니 완전 금강을 발견했구나 >〈!! 하는 느낌이랄까.. ㅎㅎ 요리에 관심이 많고 또 하는 걸 좋아했는데 유독 베이킹만은 왠지 더 힘들고 잘 안 되더라구요~, 그런데 어딜 가도 볼 수 없었던 콩지님의 자세하고도 알아듣기 편한 설명 덕에 저 완전 홈베이킹 폐인된 거 있죠?ㅋㅋ

무지개비
하여간 콩지님 땜에 오븐 없어서 못 만든다는 핑계도 못 대겠어요 ㅎㅎ

달코미
정말 대단하신 것 같아요. 더 발전된 모습을 위해 항상 열의와 성의를 다하시는 모습을 너무 본받고 싶네요^^

yms2834
베이킹을 시작하게 해준 고마운 블로그. 오븐이 없는 사람들에게는 정말 사막의 오아시스 같은 곳이죠. 정말 콩지님을 만난 것이 행운이에요.^^ 베이킹의 늪에 빠져버렸다는,,,

초록바다
전 정말 오븐이 없어서 베이킹은 생각도 못했는데 한국 가면 꼬옥 해봐야겠어요.
그런데 한 가지 부작용이,,, 콩지님의 노오븐 베이킹을 보니 다른 건 별로 흥미가 없다는,,,ㅋㅋ

슝
부엌 들어가는 재미를 알게 해준 블로그! 베이킹이라는 게... 상상처럼 어마어마한 일이 아니라는 걸 알게 해준 곳이랄까요~
오븐이 없어서..란 핑계가 핑계일 뿐이라는 것도 알게 됐어요ㅎㅎ

욘삼
집에 오븐이 없어서 포기하고 있었는데 시도해 보지도 못했던 베이킹을 접할 수 있게 되어서 너무 기뻤어요. 그리고 블로그 처음 접했을 땐 진짜로 마음이 설레었답니다 ㅎㅎ

제우스
아무리 보아도 오븐 없이 이렇게 베이킹을 멋드러지게 하시는 분은 콩지님 외에는 없으신 것 같아요.
정말 존경스럽습니다^^

서윤
콩지님 레시피는 자주자주 도전하고 있어요. 케이크는 거의 다 섭렵했는데 정말 최고예요!!
다른 분들 레시피는 따라하면 엄청난 실패의 연속인데 콩지님건 맨날 성공 >,〈 오예~ 너무 좋아요^^

도로시
오븐이 생겼어도 콩지님 레시피를 따라 만드니까 제일 완성도도 높고 맛도 좋네요^^

아로미
어떤 감탄사가 어울릴지 고민이네요^^ 닮고 싶어요~ 콩지 워너비!!ㅋㅋ

행복한걸
님의 블로그 보고 깜짝 놀랐어요. 꼭 오븐이 있어야 하는 줄 알았던 케이크며 쿠키며 보면서 감탄을 금치 못했어요.
요구르트 케이크 내일쯤 함 도전해 봐야겠어요. 울 아가한테도 딱인 것 같고. 님은 대단하신 것 같아요~

moromoro78
오븐에 한 것보다 더 촉촉하고 맛있을 것 같아요. 나도 모르게 '어, 맛있겠다' 이 말이 입에서 흘러나왔어요 ㅋㅋ
자꾸 놀라운 스킬들이 입을 벌어지게 합니다 (=ㅂ=);